颜 柯
YAN KE

"她那个人，肌肉发达，头脑简单，总让人操心。"
"跟这样差劲的人在一起，不会后悔吗？"
"呵——我的女朋友，还轮不到外人诋毁。
我从未后悔过，并且觉得，
跟她在一起，是我做过最正确的事情。"

CHU LIAN LE NA ME DUO NIAN

熊 伊凡
XIONG YI FAN

"单恋啊，就像孤身一人的华尔兹，
十分寂寞，却那么美。"
"倒追他，你后悔过吗？"
"不后悔，努力过才不会遗憾，更何况，
我如今能牵着他的手一直留在他身边。"

初恋
三部曲
-01-

大鱼
有爱的青春陪伴者

♥ CHU LIAN LE NA ME DUO NIAN ♥

WEIMIANJUN
未眠君 著

初恋了
那么多年

花山文艺出版社

图书在版编目(CIP)数据

初恋了那么多年/ 未眠君著. —石家庄:花山文艺出版社, 2014.9（2018.9重印）
ISBN 978-7-5511-2070-8

Ⅰ. ①初… Ⅱ. ①未… Ⅲ. ①言情小说－中国－当代 Ⅳ. ①I247.5

中国版本图书馆CIP数据核字(2014)第199266号

书　　名	初恋了那么多年
著　　者	未眠君
策　　划	张采鑫
责任编辑	郝卫国
特约编辑	伍　利
美术编辑	胡彤亮
责任校对	齐　欣
封面设计	刘　艳
内文设计	cain酱
封面绘制	潘小寻
出版发行	花山文艺出版社（邮政编码：050061）
	（河北省石家庄市友谊北大街330号）
销售热线	0311-88643221/29/35/26
传　　真	0311-88643225
印　　刷	长沙鸿发印务实业有限公司
经　　销	新华书店
开　　本	889×1194　1/32
印　　张	9
字　　数	226千字
版　　次	2014年10月第1版
	2018年9月第2次印刷
书　　号	ISBN 978-7-5511-2070-8
定　　价	35.80元

（版权所有　翻印必究·印装有误　负责调换）

目录

CHU LIAN LE NA ME DUO NIAN

001·楔　子 / 全世界，最喜欢他。

004·第一章 / 爱，是一把肆意焚烧心脏的火，时而火热，时而伤痛。

017·第二章 / 暗恋，是孤身一人的华尔兹，那么寂寞，那么美。

032·第三章 / 自己选择的单恋，你悲伤给谁看？

047·第四章 / 何时才能在提起你的时候，心中不痛、不痒、不喜、不悲。

067·第五章 / 永远等不到的等待，称之为自取灭亡。

083·第六章 / 狂奔着，呐喊着，甩乱了头发，犹如走兽，她，爱疯了。

101·第七章 / 是谁宣誓了会永远爱谁，永垂不朽？

117·第八章 / 青春是真爱的饕餮盛宴，过了年纪，真爱就很少见了。

133·第九章 / 全世界最暖的地方，是有你的城市。

152·第十章 / 他在我心里，猫一样地酣睡着。

目录

CHU LIAN LE NA ME DUO NIAN

169 · 第十一章 / 曾痛彻心扉哭过的眼睛，才能够更为清楚地看清世界。

185 · 第十二章 / 爱，好似一棵畸形的树，如果不是哪一天拔起，绝不会发现已经扎根那么深。

201 · 第十三章 / 感谢你，赠予我的这些年，身边有你，一直有你，就是最大的欢喜。

219 · 第十四章 / 不想用唤醒你的喜欢，我只是倦了，这不是捉迷藏。

235 · 第十五章 / 深爱的人就好像洋葱，报复他伤害他的时候，自己却在流泪。

248 · 第十六章 / 将这份绝无仅有的宠爱全部给你，爱你爱你，生命不止，此爱不息。

262 · 番外一 / 或许，相遇就是一场上天注定的浩劫。

268 · 番外二 / 后来，我爱上的女孩儿都像你。

273 · 番外三 / 真正的闺蜜，不会睡好友的男人，甚至不会与喜欢好友的人在一起。

279 · 番外四 / 初恋了那么，那么多年……

|楔子|

全世界，最喜欢他。

　　夏日的阳光毒辣异常，将皮肤灼烧出粉红的颜色，从身体中蒸发出的水分，氤氲出缥缈的雾气，令周遭的建筑看起来都好似海市蜃楼一般扭曲着。柏油马路被晒得软绵绵的，广场上则一点儿水渍都没有，只反射出幽幽的白光。

　　蝉似乎也畏惧了这个夏天，一声声专属于夏日的鸣音也显得底气不足，声音发颤，让人听了莫名烦躁。

　　繁华的城市之中，充斥着形形色色的路人。广场的一角，一名穿着乳白色蕾丝裙的少女尤为醒目。三千发丝被她披散在肩头，烫着时下最流行的波浪卷，精致得如同一件艺术品。

　　不过，此时她却在拼命地摇头，将所有的形状摇得散乱，狼狈不堪。

　　她脸上化着淡淡的妆，却被泪水弄花，犹如被风撕裂的纸张，呈现出锯齿的形状。可她无暇顾及，只是对着手机低吼："够了！够了！我知道了！你的心意我一直知道，我也有自知之明，所以我放弃好吗？我简直要煎熬得疯了，是不是我放弃你，你的世界就能安静了？那好，我放弃，可以了吗！"

　　她说着，身体一晃。不合脚的高跟鞋让她站立都有些吃力，让她去跑马拉松也要比穿高跟鞋十分钟来得轻松容易。

如此精心地打扮自己，如今看来却有些愚蠢了。期待得越离谱，失望时就会越难过，她卑微的喜欢无人怜悯。在有些人看来，一心一意爱着，追求一个人三年只是一件与己无关的事情，还不如去思考晚饭吃什么比较有意义。

于是她想要出逃，想要洒脱地离开，却只是一只断了尾巴的壁虎，那么狼狈、那么疼。

手机那端只是传来一声极其轻微的叹息，却被她敏锐地捕捉到了，随后是一个简单的字："笨……"

单薄的回答，声音依旧暖得让她胸口酥麻。

是她喜欢的人，无论是样貌，还是声音，抑或性格，她都十分贪恋。

"对，我是笨，我居然喜欢了你这么多年，你却连见都不肯来见我。"

从高中，到大学，坚持了这么久，究竟是为了什么？

"你今天发疯就因为这个？"

"难道还不够重要吗？"

电话那端突然传出一阵清朗的笑声，时不时地，还伴着汽车的鸣响，竟然与少女所在的地方声音同步。

终于，话筒之中传来他的声音："白色裙子不适合你，而且，脚已经磨出血了，我拒绝与这样的你见面。"

少女的哭泣瞬间停止，蓦然回头……

许多人，都曾经在年少无知的年代，以奋不顾身的姿态，用出浑身的力气去爱一个永远不会爱上自己的人。

许多人，都会在爱得狼狈不堪、浑身伤痛之后，对这段坚持后悔不已，继而唾骂、记恨。

而总有一些冥顽不灵的人，明知道前方是刀山火海、龙潭虎穴，

而回过头，就是如蜜糖般的生活，她也不撞南墙不回头，撞了南墙也要做登云梯。

如此做，只是因为喜欢他，喜欢他……

全世界，最喜欢他。

| 第一章 |

爱,是一把肆意焚烧心脏的火,
时而火热,时而伤痛。

清晨的公交车站,焦急等候着的人群之中学生居多。

就算是在夏日的尾巴,早上还是有一丝凉意。空气略带潮湿,已经说不清是源于梅雨时节的哪一场雨。飘散着的草木清香,还伴着残花最后一缕芬芳。

熊伊凡紧了紧校服,手中还捧着新买的煎饼果子,猛吹了几下,随即大口吃了起来。嘴里被填满,脸蛋鼓鼓囊囊的,就好似一只贪吃的鼹鼠。

她身边还站着好友丁茗。与她的瘦小相比,丁茗身材要丰盈许多,脸蛋圆圆的,眼睛也水汪汪的,煞是可爱。

丁茗捧着一杯豆浆,一口一口地吸着,同时探头去看车来没来,憨态可掬如同小巧的不倒翁。

两人时不时地交谈几句,然后毫不嫌弃地交换手中的食物。

她们身后不远处站着一名少年,与她们穿着一样的校服,颜色崭新。车站之中的女生总在时不时地向少年投去目光,眼神暧昧。在一群学生之中,他能够轻易地脱颖而出,恐怕是因为他有一张极为俊俏的脸,皮肤白皙,眉眼好看得不像话。回避众人目光的时候,他的眼帘微微下垂，长而浓密的睫毛好似投下了一片热带雨林。

他此时的神情极为忧郁，好似在思考什么，让人不忍心去打扰。众人却不知晓，他只是想去问问煎饼果子是在哪里买的，又怕被熊伊凡误会为是在搭讪……

犹豫之中，沉思让他变得深沉，轮廓也更加深邃。

公交车摇摇晃晃地开来，速度缓慢，车中黑压压一片，没有覆灭众人的期待，反而让他们燃起了斗志，蜂拥着挤到了公交车的门口，生怕落后半分会被公交车遗弃。

熊伊凡见丁茗艰难地拎起行李箱，当即用胳膊撞了撞丁茗，示意着什么，丁茗会意地点头。

熊伊凡将剩下的煎饼果子一口气塞进嘴里，扔掉塑料袋，直接用校服擦了擦手。她的动作十分利落，背着硕大背包的同时，又将丁茗的行李箱扛了起来。

丁茗很是自然地从熊伊凡兜里掏出张学生卡来，说道："我帮你刷卡。"

两人一起上车，动作自然流畅，完全不在意周围人震惊的目光。

少年睁大了一双眼睛，一直目送两人上车。片刻的愣神，让他被甩在了队伍最后面。他动作有些缓，就好像久久不肯入戏的演员，找不到自己的角色，毫无战斗力地跟在队伍后面，还没上去，车门就关上了。他认命地准备等待下一辆车，谁知在车外就听到了熊伊凡的声音："师傅，等会儿，下面还有个学生呢，错过这班车就要迟到了！"

"你自己看看，上不来人了啊！"司机嗓门儿也不小，也不知是不是被熊伊凡的大嗓门儿感染的。

"没事，我能把他拽上来。"

熊伊凡放下行李箱，蹿到门口，车门打开的瞬间便将少年拽上了车，将他硬塞进了人群里。

周围怨声连连，熊伊凡却笑嘻嘻的，笑容明媚，宛若一轮耀目的太阳："大家都互相体谅一下，都不容易。"

原本优雅的少年被拽得极为狼狈，还没站稳车就移动了。他抬头的时候，熊伊凡已经重新挤回丁茗身边，好让丁茗扶着她。从头到尾她都没正眼瞧过他，使他连谢谢都没来得及说。

"师傅，开车吧，冲啊，前面是绿灯！"熊伊凡又喊了一声，引得司机大笑不止。

少年啼笑皆非，抬起手腕来看，上面被握得红了一圈，就好似戴上了红玛瑙的手链。直到车行驶到学校门口，那圈红印也没掉下去，真不知是他的皮肤太过于娇嫩，还是女生的力气太大。

之后很久，少年才意识到，他当时如果去问熊伊凡煎饼果子的摊子在哪里，她不但不会误会，说不定还会应答下一次帮他带一份。

这个熊伊凡就是一个大大咧咧的好心肠，对陌生人也是一样。

更何况，他在她心中，绝对是位置极重的"陌生人"。

阳光透过窗户照进教室，在课桌与地面上留下斑驳的光影，犹如夏末与初秋交织的网，让高二（2）班的气氛更加火热。

熊伊凡坐在书桌前，眼睛一眨不眨地盯着黑板上的"正"字看，书桌底下的手捏成一团，指尖也微微泛起粉红。

班级中不少人会时不时地看向她，她有所察觉，尽可能地笑得自然，嘴角倾泻而出的却是一丝抑制不住的失落。

丁茗则是气鼓鼓地仇视班中的众人，让他们纷纷低下头，可惜，情况无法改变。

站在讲台上，用马克笔写着"正"字的是前任班长唐糖，听名字就是一个甜美的女孩儿。

她是学校里公认的校花，皮肤雪白之中泛着一股晶莹，眼睛乌黑澄澈，透着一股机灵。她的五官极为精致，搭配巴掌大的小脸，更显得她楚楚可怜，给人一种我见犹怜的郁郁气质。她身材纤细修长，让人不禁怀疑她是不是天生的衣服架子，不然怎会穿着学校蓝白相间的运动服，也能穿出别样的韵味来。

她虽然瘦，胸围却极为可观。

熊伊凡也瘦，却是一马平川。

或许，差距就在这里。

熊伊凡今天竞争的也是班长的位置，她原本以为，高一时唐糖之所以会做班长，是因为大家互相之间都不熟悉，看她长得漂亮，外形很好，才会一起选她。经过一年的时间，大家也能看出，一直是熊伊凡在帮唐糖处理班级内部的事情，唐糖一个人根本应付不了。外加熊伊凡人缘很好，这一次的竞选势在必得，偏偏……还是落后了那么多票。之前答应过会选她的人，最后还是选了唐糖，倒戈的人中，怕是男生居多。

这更让熊伊凡感叹：长相决定命运。

投票结束，胜败分明，无力回天。

唐糖看着投票结果，随后轻描淡写地一笑，说："我又是班长了呢，希望新的一年里，我们能够互相关照。"

班级里响起了掌声，班主任也微笑着鼓励。

熊伊凡看着，跟着微笑。而那种淡淡的苦涩，只能在心中流淌，无处诉说。

下课后，便有一群女生围住熊伊凡，在她的书桌边含沙射影地嘟囔着："哼，人前一套人后一套，还不是那副德行，说得好好的，改得还挺快，恶心！"

"可不就是，一会儿我就去找找那些投票的纸，认认字迹，看谁出尔反尔。"

男生们聚集在一处,几人之间来回丢着篮球,只恨课间休息时间太短,不够他们打一场比赛。听到女生们的话,他们的脸色都有些不好看,有几个人已经开始起哄了,齐小松首当其冲:"熊哥你别灰心,班长没选上,我们集体选你做'女体委'怎么样?"

丁茗听了,直接咆哮:"体育委员,这可是女汉子干的活儿,你们怎么不选小熊做文艺委员呢?"

男生们听到后大笑不止,熊伊凡不是女汉子,谁还是?

随后,他们开始闹腾起来。

"小熊做文艺委员,首当其冲就得唱'沧海笑,滔滔两岸潮,浮沉随浪记今朝'。"

"不对不对,应该唱'望望头上天外天,走走脚下一马平川'。"

随后,男生们开始大合唱。

少数女生开始跟着偷笑。

平胸者熊伊凡毫不犹豫,拎起椅子,一记横扫千军秒杀班级众男生。别看她身材娇小,爆发力却极为惊人。齐小松一记排山倒海去回击,却毫不顶用,最后被熊伊凡牢牢地压在了椅子下面。

"老娘暂且再陪你做一年的体育委员,如何?"她问。

齐小松看着熊伊凡,露出雪白的牙齿一笑,眼睛眯成两道弯,乖顺地点头,明朗的模样极为讨喜。

"算了,你们也别愤愤不平了,不是什么大事。"解决完恼人的男生,熊伊凡拍了拍手,无所谓地耸了耸肩。

看到熊伊凡的霸气,丁茗开始尖叫,声音洪亮堪比二踢脚炮仗爆炸,扑过去抱住她就开始叫嚷:"小熊,变性去吧,做我男朋友,爱死你了。"

熊伊凡认命地翻白眼,自己的好友也恨不得她是男人,她注定要剽悍一生吗?

唐糖与自己的死党张萌婷坐在靠角落的位置,扭过头来看了熊伊凡一眼，交换了一个眼神，又回头看向齐小松，看到他正与男生们愉快地击掌庆祝什么，突然怅然地叹了一口气。

她何其无辜啊，何其无辜——

果不其然，在之后竞选女体育委员的时候，熊伊凡不负众望，全票通过，堪称取得了压倒性的胜利。可惜，熊伊凡完全开心不起来，因为她是女汉子这件事情，是全班认可的。

在走上讲台发表感言的时候，她站于讲台前，扫视众人，随后一巴掌拍在讲桌上，近乎低吼地道："兄弟姐妹们，今年的运动会，跟我一起虐死其他班，好不好？"

"好！"

"我们的口号是什么？"

"必胜！"

全班欢呼，气势大燃，洪亮的声音足以震撼整个校园，让操场上踢球的学生都不由得向高二（2）班看去。

丁茗笑得欢畅，宛若花开。这就是熊伊凡的霸气，这才是熊伊凡的好人缘。

就像一轮太阳，散着暖融融的光芒，无论是怎样寒冷的天气，只要她在，就会让人感觉到丝丝温暖。

体育课。

学生们三三两两地从教学楼里走出来，向体育馆内走去。

齐小松追上熊伊凡，揽着她的肩膀，颇为挑衅地开口："单挑篮球，敢不敢？"

后面传来男生们起哄的声音，熊伊凡权当是示威。她笑得轻蔑，扭头看向这个比她高出两头的男生，忍不住嘲讽："你除了个子高，还有什么能耐。来就来，老娘不怕你。"

事情得逞，齐小松笑得见牙不见眼，点了点头，比了一个OK的手势，便组织列队去了。熊伊凡则是去体育部取运动器材，正所谓男女搭配干活儿不累。

体育场内，另外一个班级在同时列队，体育老师看到熊伊凡，当即招呼她过去。

"小熊，让徐老师借我两个学生，给高一新生领操。"体育老师穿着宽松的运动服，一边活动身体，一边跟她说话，模样还挺自来熟的。

熊伊凡自问，整个学校的体育老师就没有不认识她的。高一运动会的时候，参加几个项目，就破几个项目的纪录，不少人都给她冠上了"四肢发达、头脑简单"这个称号。

"行啊，我把咱学校的领操员给您叫来怎么样，还是校花呢！"熊伊凡看到老师也大大方方的，就跟与同学说话是一样的，随后笑嘻嘻地指着体育部，"老师，我先去领东西，一会儿绝对帮您传达得漂亮！"

"去吧，去吧。"

不一会儿，熊伊凡就领着两名羞答答的女孩子过来了。唐糖与丁茗作为高二（2）班难得拿得出手的女孩子，被她都弄了过来，其中唐糖还是学校的领操员。

老师很是满意，顺便将熊伊凡也留下了，让她帮着监督，空留齐小松眼巴巴地抱着篮球看着，坐在一边空等，活脱脱一个怨妇。

高一新生刚刚军训完毕，体育委员也需要跟着学做操，没办法，熊伊凡只好帮着监督。其实看看这群被晒成黑炭球一样的学弟、学妹，她的虚荣心得到了强烈的满足，因为她自从高一军训完毕，到现在都没白回来，很是苦恼。

或许是因为队列之中那名少年皮肤白得太过于突兀，又或者是他本就外形出众，才让熊伊凡向他看过去。乖顺的正太模样，精致得如同画出来的面孔，完美的少年。

刹那间，眼前的少年好似展开了纠缠她多年的梦境，梦中完美的王子从中走了出来，带着盛世繁花，披着天边晚霞，如此淡然地立于她面前。周遭的一切开始变得不再真实，朦朦胧胧，弥漫了一股子雾气。萦绕之中，只有他是那般耀目。

仅仅一眼，她便万劫不复。

心脏就好似一只离群的梅花鹿，不知身后潜伏着什么，也不知究竟有没有凶兽追赶，只是没头没脑地狂奔着。

怦怦怦……怦怦……

心脏一丝丝地脱离了心口，她整个人变得没了魂魄。脑中如飘散着数枚粉红色气球，随后悄然破裂，散发出浓浓的甘甜气味。

一见钟情，她从未想过这种事情会发生在她身上。

不过，就算让她重新选择一千次、一万次，她也不会改变自己的决定，因为这一瞬间的触电感觉，是别人给不了的。见到明星如此，见到世界第一美男依旧一样，她从未这般心动过。

她的目光太过于炙热，引得少年扭过头看她，突然一怔。随后，他居然奇异地笑了起来，笑容有些奇怪，就好似蕴含着妖娆在其中，又好似故意忍笑，才让这个微笑变得扭曲。

她读不懂他的笑容的意思，却回过神来，不再痴迷呆望，而是继续站在一侧监督他们做操。

尽管如此，她还是认定，少年对她意味不明地微笑是在勾引她。所以，之后无论发生什么样的事情，少年都要扛着，这是对自己的所作所为负责任。

她突然想对酱油说一声抱歉，之后就不能再去打它了，她该做一回生命的主角了，就算是扮演苦情单恋的角色，也好。

她一直认定一个观点，就是与其暗恋下去，不如在对方的生命里出现过，这样，才算爱得有意义。

决定已经明确,她迈出的脚步也越发坚定。

熊伊凡走到少年身后,偷偷比量了一下身高,她的头顶到他的下巴。还算是不错的身高差,再加上这孩子日后说不定还会长个子,应该不会很矮。

她抬手,用手指戳了戳他的后背,随后颇为正经地开口:"手再举高一点儿。"

少年的脊背突兀地僵直,动作也开始有些不自然。陌生人的碰触让他有些反感,不由得蹙起眉来,还未等他如何,熊伊凡已经去教另一个小胖子了。

小胖子的动作总是很奇怪,让熊伊凡颇为伤脑筋,她好心指导,小胖子也认认真真地完成每一个动作,却总是引来一群人的笑声,使得小胖子颇为窘迫。

熊伊凡当即有些不高兴,双手叉腰,上身前倾,一副大人教训小孩儿的语气:"笑什么笑,有什么好笑的!你们谁再笑,我就把谁叫到前面领操去!"说着,还将小胖子调到了队列最后面,直接站在他身边亲自指导。

熊伊凡转身的同时,再次看向那名俊美的少年,竟然与他四目相对。那极具魅惑的双眼好似可以看穿她的心思,让她莫名心慌。她强装镇定,仰起下巴,挺了挺贫瘠的胸脯,继续监督,心中却泛滥着大雨倾盆也难以浇灭的欢喜。

少年的眼睛时不时地盯着熊伊凡打转,眼底跃跃而出的是一股子狡黠。

她早上应该没怎么看自己才对,刚刚是认出自己了吗?也对,如果她没看自己,怎么会注意到自己没上车呢?

不过,对她的印象也就仅限于此吧,顶多是在学校里充当一名"看起来很眼熟的人"。说明白点儿,到底还是路人,一面之缘罢了,无法进入他的堡垒。

他思量了片刻,终于回神,继续学新校操。

其他的一切,都不关他什么事。

下课的时候,熊伊凡是拖着齐小松回教室的。这小子一米九多的个子,竟然在体育馆里面公然撒娇,为了防止百人集体呕吐的恐怖事件发生,熊伊凡才出此下策。

"说好的,篮球呢!"齐小松不依不饶,被熊伊凡用手臂挎着,身体弓起,就好似蓄势待发的弓箭。

"下次,下次。"

"不许骗我!"

"我什么时候骗过你!"熊伊凡不乐意了,声音都提高了几度。她本就嗓门儿大,此时显得更有爆发力。

齐小松借坡下驴,当即笑嘻嘻地应了。

熊伊凡见他不折腾了,便重新去找丁茗。走过去的时候,女生们正叽叽喳喳地谈论着关于唐糖的事情。

"刚下课,就有高一男生跟唐糖要电话号码了。太猖狂了,完全没把我们这些寂寞的学姐看在眼里,亏得姐妹们用如狼似虎的眼神盯着他们。"

"唐糖不就是皮肤白那么一点儿嘛,有什么了不起的,家里还不就是开批发奶粉的小店铺的!"

"真的假的啊,我还以为是富家千金呢!你们说,唐糖是不是天天喝奶粉,才这么白的?"

随后,女生们又开始热火朝天地谈论关于美白的事情。

熊伊凡一直跟在一边沉默地听着,听说有一款不错的美白面膜,她终于来了兴趣:"那个管用吗?我这样的黑皮肤能白回来吗?哪里有卖的?"

话音刚落,全场静默。

众人原本走向教学楼的步伐突然缓了下来,熊伊凡不明所以地停下脚步看向她们,映入眼帘的是一张张好似见了鬼的脸,弄得她狐疑地四处张望,也未发现什么异常。心里觉得很奇怪,她还低头看了看自己身上的校服,随后又摸了摸自己的脸。很正常啊,依旧是那副女生看来长得很礼貌,男生看来长得很郑重的皮相啊。

"小熊你……"丁茗欲言又止,迟疑着不肯继续说下去。她与熊伊凡关系最好,通过微小的细节,就能够发现很多事情。想起了什么似的,她猛地瞪了一眼齐小松的背影,骂道,"那小子终于动手了吗?"

这个问题让熊伊凡越发觉得莫名其妙了,叉着腰,笑得像打嗝儿:"我说你发什么疯呢,我不过问一个问题而已。"

"可是,小熊你一直对女生的化妆品嗤之以鼻的啊!我们谈论的时候,你都说是浪费钱,到现在还在用超市里面,摆在最显眼位置的促销化妆品。你突然对美白产品感兴趣了,我们几个能不惊讶嘛。"

熊伊凡这才意识到自己不经意间的改变。竟然在对男神一见钟情之后,突然开始在意自己的外貌了。因为想追男神,因为不想让他觉得自己是癞蛤蟆想吃天鹅肉,所以想要改变一下自己,哪怕只是一丝一毫也好。

不知不觉间,她也开始关心之前看来极为无用的事情了。

她略显心虚地嘿嘿一乐:"啊——今天去高一监督,发现那群熊孩子刚刚军训完都比我白,我有些受挫。再怎么说,我也是咱班体育委员,运动会时的形象啊!怎么能给班级丢脸呢,到时候我还想闪亮登场一下。"

女生们将信将疑,丁茗则是盯着她瞧了半天,突兀地快速跑了起来,去追走在前面的齐小松。齐小松在人群之中就好似一根旗杆,远远地就能看到他，一抓一个准。丁茗拽着他的袖子，将他拽到一边，与他说了些什么。齐小松听完之后吓了一跳，竟然蹦了起来，颇为狼狈地快速退后几步，为了掩饰尴尬，还抬起手来不自然地摸鼻子。见丁茗在瞪他，他随后连连摆手，解释了一句什么，便有些慌张地逃跑了，身体一晃一晃，笨拙得好似企鹅一般可爱。

熊伊凡远远地看着，都不知道这两个人什么时候关系这么要好了。

丁茗走了回来，见某人依旧是糊里糊涂的模样，消除了心中的疑虑，放下心来，伸手挽住她的胳膊，开始仔仔细细地推荐美白产品给她。

熊伊凡认认真真地听，最后觉得自己当真是记不住，干脆拉着丁茗："周末放学陪我去买吧。"

她们目前是住校，一周才能够回家一趟。见她难得臭美，女生们都很积极，已经开始建议她偷偷去烫头了。她目前是短发，到耳根的长度，搭配上她脸小，显得整个人干净利落，却怎么看怎么像个假小子，也难怪班级里的男生总叫她"熊哥"。

学生里所谓的烫头，都是极为隐蔽的那种，顶多是修修头发的形状，外面一层的发丝是正常的，只是将遮掩之下的头发烫了，让头发蓬松一些。当然，平日里面什么蓬松粉、发蜡的功课也不能落下，这才能显得精神。

这些全是熊伊凡不懂的学问。

像现在的熊伊凡，就是过分随意了。

其实熊伊凡长相并不丑，只是不漂亮罢了。她五官挑不出哪里不好看，组合起来，也让人看得顺眼。单单一项皮肤黝黑，就令她大打折扣，外加贴于头皮上随意到让人觉得邋遢的发型，就显得她有些一般了。

进入教学楼的走廊，她站在二层向楼下看，看到她的男神正与朋友结伴走回教学楼。

阳光下,他的光彩好似一面镜子,三千华彩汇聚一处,将他整个人映衬得光彩照人,反射出的光华足以湮灭整个初秋,让熊伊凡的心口微微荡漾。有些莫名的爱恋,就好似一把肆意的火。爱上一个人时,心口会火热,也会被火烧得焦煳而疼痛不堪。

爱不止,火不灭。

若是不能完整这一场爱恋,心口就会留下火热的疤痕,永世留存。

熊伊凡轻轻扬起嘴角,有些不屑地笑了。

火既然要燃起,那么就让它肆虐。她也要开战了,为自己心中这种悸动的感觉,就算是一时冲动,也义无反顾。

| 第二章 |

暗恋，是孤身一人的华尔兹，
那么寂寞、那么美。

周六，熊伊凡被丁茗带领着进行改造，折腾了整整一天，回到家时已经晚上九点多了。

她坐在餐桌前盘着腿，数自己剩下的零花钱，掂量了一番，得出的结论为：这个月的早餐需要改成几天一次了，午饭也不能吃肉了。

家中依旧冷冷清清，她托着下巴看着屋子，眼睛盯着墙壁上只有她与父亲的相片良久，终于伸了一个懒腰，开始收拾屋子。路过落地镜子的时候，她突然停住脚步，盯着镜子里面的自己。

头发修整过，斜刘海、短发，头发蓬松了许多，显得脸更小了，依旧干净利落，只是平添了些帅气与洒脱。对这个发型，她自己没有多大的感觉，丁茗看到成品之后，竟然直接扑到她身上，捧着她的脸亲了好几口，兴奋异常。

为此，她认定，她的发型还是很成功的。

收拾完屋子，她回到房间，将薄薄的面膜敷在脸上，如此简单的事情对她来说宛如经历了一场战争。

做好了这一切，又开始写作业，却总是无法安心。她在桌子上摆出一面小镜子，时不时就要揭开面膜看看自己白了没有，随后再重新贴好。

　　时间嘀嗒着流淌而过，她几乎没有动笔，反而取出手机来，在通讯录中找到了"轩"这个字，输入了一行文字："你说，怎么才能变得与你一样白呢，有没有什么好的美白产品推荐一下？"

　　发送成功。

　　短信箱中静静地躺着几百条短信，全部是她一个人单方面发出的短信，没有一条回复。

　　熊伊凡咬了咬嘴唇，知道他永远不会回复，便将手机收了起来。

　　外面传来了开门声，若是往常，她一定会迎出去，可是今天她没有，因为敷着面膜不好意思见老爹。

　　"小熊，你吃晚饭了吗？"熊老爹在外面一边换鞋一边问，不太习惯熊伊凡今天的"冷漠"。

　　"吃过了，跟丁茗一起吃的，今天作业多，就不出去了。"

　　"行，你写你的，下回功课忙就别做家务了，我收拾就行。"

　　熊伊凡没回答，只是坐在书桌前转笔。

　　熊老爹这么辛苦，她还在想其他的事情……是不是……

　　吧嗒！笔落在了书页上，发出声响，让她回神，咬了咬下唇，决定不再去想那么多。

　　周一一早，当熊伊凡在公交车站见到自己的男神时，全身的肌肉都紧绷了起来。她不自然地抬手抓了抓头发，故意站到了站牌下面。上一次就算是歪打正着地拉着男神上了车，她也完全没有记忆，她当时不过是瞥到车外有个人而已，并没有仔细看长相。

　　明明男神不会注意到她，她紧张个什么劲呢？

　　丁茗姗姗来迟，走过来抬手给她整理了一番头发，又用手指戳了戳她的脸："的确是嫩了不少，毛孔也紧致多了，感觉比前几天白了，

果然是黑的女生效果明显。下回你买些睡眠面膜,可以涂抹的那种,不然脸与脖子就两种颜色了。"

熊伊凡听得似懂非懂,眼睛却往男神那里瞟。

丁茗跟着看过去,又看熊伊凡的老脸一红,当即眼珠子转了一个圈,先是震惊,随即嘻嘻地笑了起来。冥顽不灵的熊伊凡同学终于动了春心,难怪她突然在意起了自己的外表。这个小男生的确长得秀色可餐,应该就是熊伊凡喜欢的类型。

很多女生喜欢肌肉男,因为她们本身太过于柔弱。有些女生则是喜欢正太,因为她们本身就是个汉子,这样还能够互补。

熊伊凡从包里拿出几盒糕点,与丁茗分着吃:"这些是我家熊爹昨天带回来的,是店里卖剩的。"

"呜呜呜,家里是开糕点店的真好,为什么你吃那么多甜食都不胖,我每次去你家店里,闻着气味都要胖了!"丁茗说是这样说,人则开始大口吃了起来,"为什么你家的蛋挞从来不剩几个?"

"我家的蛋挞可是供不应求的,那是我爸的绝活儿,人气高着呢!"

两人叽叽喳喳地上了车,之后熊伊凡下意识地回头看了看,见男神也上了车,只不过已被拥挤的人挡住,她看不到人,只能看到他拉着吊环的白皙纤长的手指。如玉石般的指尖,圆润饱满,细长的手指,以及纤细白皙的手腕,让熊伊凡看得有些脸红。明明没有握过那只手,她还是能够感觉到上面的一丝凉意。

丁茗开始用手指戳她的肚子:"坦白从宽,抗拒从严,说,你是不是看上那小子了?"

熊伊凡受了一惊,当即捂住了她的嘴,让她小点儿声,随后惊讶地问:"我表现得这么明显吗?"

丁茗笑开了花,大大的笑脸灿烂如朝霞:"因为我读得懂你的眼神,你总是特别好懂。"

听到丁茗这么回答,熊伊凡却开始不安,抬手捂着自己的脸,觉得那里简直就是在燃烧。

"要追吗?"丁茗问。

"当然。"声音从指缝间传出来,闷闷的,却坚定异常。

"我去帮你要他的电话号码吧?"

"等等,我还没做好准备呢!"随后转折,"我想自己来。"

丁茗继续咯咯地乐,人却老实下来,一个劲地与熊伊凡笑闹。

倒追就是一种舍我其谁的勇敢,明明天空广阔,可以展翅飞翔,却爱上了海的湛蓝,宁愿一头扎入海中,折断翅膀湿了全身的羽毛,也想被对方拥抱入怀。

下了车,两人快速向学校里走,意外地碰到唐糖拎着一包东西等候在校门口。

唐糖看到她们二人笑着打招呼,就好似清晨的露珠,纯洁无瑕,细润无声,引得不少学生向她看过去。有她在,她就是发光体,人们出于本能会以她为中心,寻找光源所在。

"哟,班长大人在等人?"丁茗对唐糖说话总是阴阳怪气的,或多或少是因为熊伊凡。

唐糖却并未在意,只是微笑着点头称是,随后走向她们身后,同时叫了一声:"小白。"

两人一同回头,看到唐糖迎到了男神面前,将手中的东西给了他。男神接过,他们面对面说了些什么,随后并肩向学校里走。

熊伊凡听不清他们在说什么,只是深刻地感觉到,心口咯噔一下,嫉妒得无以复加。是的,嫉妒,比班长的位置被夺走时,还令人难过的心情。这种情绪极为霸道地入侵她的四肢百骸,让她的心口散发出难以掩盖的寒意。

她沉默地看着走在前面的那对金童玉女，又抬手摸了摸自己加工过的头发，突然觉得很是嘲讽。没有美丽的外表，往往就会让人丧失兴趣去瞧一瞧你有没有内在美。内在再美，也得人家发现得了才行。

丑小鸭就是丑小鸭，成为白天鹅的概率太低。

最可怜的是丑小鸭还会痴心妄想。

走进班级，熊伊凡顿时成为焦点。一群女生围过来夸赞，不过大多是"好帅""太酷了"之类的赞美词，与漂亮无关。

齐小松猴子一样蹦到熊伊凡前面的椅子上，眼巴巴地看了她半天，才伸手去摸她的头发："你觉醒了吗？这是猪扒大改造吗？弄得比我都帅，以后我班草的位置都要拱手相让了。"

班里的人立即起哄：

"谁承认你是班草了，臭不要脸！"

"你除了个子高点儿，皮肤白点儿，哪里帅了？与班草沾边吗？"

"就是就是，班里就剩你一个男生了，说不定能轮到你。"

当然，其实齐小松并不丑，还算得上是学年组之中几个长相不错的男生之一，只是因为他性格开朗，很少生气，所以班级里的同学都喜欢拿他开玩笑。

齐小松被众人吐槽得连连败退，难得红了一整张老脸，用手势摆出休止符："行行行，我承认，咱班班草一直是熊哥。"

若是平常，熊伊凡肯定与他们闹成一团，可惜今天她没心情，反而有些失落。

齐小松不明白，直勾勾地看着她，问："你怎么了？那几天了？"

"你熊哥我没有生理期。"熊伊凡不耐烦地打发齐小松走了，随后准备上课。

大家见今天熊伊凡心情不好，便不再起哄了。

丁茗看在眼里，对熊伊凡示意了一下，便去找唐糖打探消息了。

不出十分钟，开始早自习，丁茗也传来了字条。内容大致是唐糖与男神的关系，以及关于男神的事情。

男神名叫颜柯，一个王子般的名字，外号却有些大众——小白。原因很简单，就是他如何晒也不会黑。他与唐糖小时候在一处上儿童文艺班，一起学习钢琴与游泳。因为总是一起去上课，两家的家长也是认识的。据唐糖说，颜柯的母亲很漂亮，为人也十分和善。随后，唐糖因为跟不上钢琴课程的进度，从而放弃了学习钢琴，改学习跳舞，因为课程冲突，游泳也不再学了。不过用唐糖的话说，按照她如今的游泳水平，就算掉进水里也不会淹死，避免了以后男朋友犹豫该救老妈还是救女友的问题。

颜柯则是一直在学习钢琴，且拿了不少奖项。

这种事情不难理解，想要跟上钢琴课的进度，且得到成绩，在家里也是要练习的。唐糖家也只算是小康水平罢了，一架钢琴的负担太重，学舞蹈反而能轻松些，会放弃也不难理解。至于颜柯，不难想象他家的生活水平还是不错的，至少熊伊凡不认识几个家里有钢琴的人。

今天，唐糖是去给颜柯送高一笔记的，周末特意放在了书包里。

看完字条，熊伊凡开始发呆，不知道唐糖与颜柯算不算是青梅竹马，至少，也是多年的情谊了。

认识了这么多年，要能成事的话，早就成了，何必等到现在呢？而唐糖，一直是以单身自居的，偶尔听闻，唐糖喜欢的人年纪是比她大的，那是不是说，两人并没有什么关系？

这让她有些溜号，不一会儿，丁茗的下一张字条就丢了过来。

打开，只有一行字：你还记得学校考试的规律吗？

熊伊凡刹那间醒悟过来，不由得将纸团握紧。

学校的规律一直很简单，高一的课程表与高二的课程表几乎是一样的，高一（2）班与高二（2）班一同上体育课，这也是规律。同时，每次学校组织月考、期中考等考试的时候，都是安排高一与高二相对应的班级插班坐，一排高一的学生一排高二的学生，让学生不能轻易作弊。同时，也是一个科目，换一次座位。

这么说来……月考的时候，说不定会与颜柯在一个班级考试。

还真是近水楼台先得月啊。

熊伊凡偷笑起来，盯着讲台上的老师，眼睛亮得出奇。

齐小松因为个子高，所以坐在最后一排。他侧倚在桌子上，抬起眼皮盯着熊伊凡的后脑勺看，额头挤出一道道抬头纹。

其实，他觉得熊伊凡今天的发型还是很好看的，但是他说不出口，甚至不想承认。

他倒是很希望熊伊凡一直是原本那大大咧咧的模样，性格张扬，人却很乖，相貌平凡不爱臭美。没有小女生的麻烦，也没有男生的冲动。最重要的是，她很爱照顾人，这也是她人缘好的原因之一。

拳头握紧又松开，松开又握紧。他换了一个姿势，准备进入梦乡，却被老师丢过来的粉笔头砸了个正着。

"给我送过来。"老师开口。

齐小松撇了撇嘴角，在班上同学的笑声中走上讲台，将粉笔头放回笔盒里面，随后走了回去，途中有意或无意地，用手指拨了一下熊伊凡的头发，软软的，露出了下面一层小小的波浪。

熊伊凡瞪了他一眼，只当他是在撩闲。

她从未想过，会有哪个男生对她抱有好感，所以，她从未自作多情过。

甚至，是错过别人的心意。

熊伊凡开始注意颜柯的一举一动，就好似有千里眼、顺风耳一样。一场一见钟情，发掘了她做侦探的潜能。在人满为患的操场上，她总能够一眼看到他；在喧闹的食堂中，她总能够轻易地偷听到关于颜柯的事情。

　　她了解到，颜柯的运动服里面，总喜欢搭配蓝色的T恤，或者是格子衬衫；他有一双蓝白相间的平板鞋与一双黑白相间的旅游鞋，会换着穿，后来他又买了一双棕色滑板鞋，整整穿了一个星期；他在食堂的时候喜欢听MP3，只戴一个耳机，方便与朋友说话。

　　她曾经在食堂偷偷地跟在颜柯后面排队，害怕颜柯会回头，又期待着他回头，心中纠结不已。明明什么也没有做，却好似一个蓄谋的小偷，心虚莫名，那脸红彤彤的，怕是苹果见了她都会自惭形秽。丁茗总会在她身后起哄，伸手推她。她险些撞到颜柯，鼻尖摩擦到了他的衣服，闻到了他身上极为淡雅的香味，应该只是护肤品的味道，很轻很淡，却如同陈年老酒的香气，让她闻了之后险些醉了。

　　她偷偷去看颜柯喜欢吃的菜，一般是两荤两素。他好像特别喜欢吃甜的东西，食堂出现拔丝地瓜他必点一份。他饭卡之中的数额总是很足，不像熊伊凡月初才能出现那样的数额。

　　曾有一次，在超市的时候熊伊凡鼓足了勇气，佯装选东西，凑近了去偷听颜柯耳机里面的歌。她只听清了旋律，却不知道出处，回去与许多人哼哼，又在回家时上网搜索，听了整整两天的歌，数目不计其数，到最后才发现，颜柯听的是Davdi Garrett的小提琴曲。

　　这个答案让熊伊凡发了许久的呆，她的手机里面也有一些歌曲，她经常听，有时听到旋律，就能够哼出歌词来。最为让她记忆犹新的，是歌中那一句"来来来，喝完这杯还有一杯，再喝完这一杯还有三杯"。她喜欢听铿锵有力的歌曲，在KTV之中，也总是豪放地唱着《精忠报国》。

　　她与颜柯，喜好大相径庭。

她在颜柯周围出现得太过于频繁，以至于，她与颜柯的几个朋友都混了个脸熟。

很快，她就确定了一件事情，不仅仅是她一个人看上了颜柯，学校不少女生都盯上了他，且开始有所行动了。比如，颜柯前天收到了三封情书，他无聊的时候看了一眼，竟然拿出手机，输入内容百度了一下，果然在网上搜到了一样的文章。

而他的回复是：抄袭可耻。

多愤青的一个孩子啊！

熊伊凡居然被萌到了，虽然萌点十分可疑。

至于唐糖，除了上一次给颜柯送笔记，之后就再也没有什么举动了，依旧是平日里那样，上课忙碌着学习，下课忙碌着收情书，去食堂忙着躲避痴汉们的围追堵截，回寝室还生怕有痴汉在寝室楼下喊她的名字。

这让熊伊凡有些放心。

一直让熊伊凡期待的月考如期而至，她发誓，这绝对是她这辈子，第一次如此期待考试。盯着手中抽到的座位号码，她开始期待，希望自己能够跟颜柯在同一个考场。

丁茗就好像一只毛茸茸的小鼹鼠，钻进熊伊凡怀里，撒娇地道："让我猜猜，某人一定在期待见到某人吧？"

这个所谓的某人与某人究竟是谁，熊伊凡一下就猜到了。这些天，她已经被取笑得近乎麻木了，以至于此时并没有什么可紧张的。

"但愿我能跟他一个考场，如果不在一个考场，我在考试完毕，一副问答案的模样去另外一个考场也是可以的。"大不了就楼上楼下地跑。

看出了她的心思，丁茗当即开始抓她的痒，没一会儿就没劲了。

"姑娘我'那几天'来了,疼得要命……"丁茗趴在熊伊凡怀里,引得她低下头看,发现丁茗果然脸色苍白,额头也有细细的汗珠。

熊伊凡一个激灵,当即将她扶到她的座位上,拿出她的杯子来,给她倒了一杯温水放在桌面上,吹了吹,袅袅雾气飘散,在桌面上飘起了一朵淡薄的云。

熊伊凡蹲在丁茗身边,手指扒着桌沿眼巴巴地看着她:"很难受吗?不然就请假吧!"

"如果是平常也就罢了,今天我请假了,还得补考,挺过去就得了。"丁茗说着,还抬手拍了拍她的头顶。

每次丁茗难受的时候,都是熊伊凡更为担忧,归根到底,就是熊伊凡太喜欢照顾人了。丁茗知晓她的性格,不想让她因为自己而耽误了考试。

屋中陆陆续续走进来陌生的面孔,都是高一(2)班的学生,并未看到颜柯进来。熊伊凡的注意力全部在丁茗这里,竟然忘记了之前的期待,踌躇了半天,还是在临开考前十分钟跑了出去,去医务室跟老师借来暖宝。

在老师数试卷数量的时候,熊伊凡才气喘吁吁地跑了回来,老师催促她快些回座位,她连连点头。在她先去丁茗身边,将暖宝给她的时候,丁茗开始跟她飞眼。起初她没懂,只当丁茗是肚子疼得厉害,眼睛也跟着抽筋了。回座位的时候,她扫了一眼,就看到颜柯坐在靠窗的位子上,眼睛盯着窗外,皮肤白皙得近乎透明。

她的脚步一顿,险些左脚绊右脚,若非她身体灵敏,堪堪扶住椅子,一屁股坐在了椅子上,说不定就会摔倒在地。

丁茗咻咻笑,引得她一眼瞪过去,不过狂乱的心跳让她无心再顾及其他,只能规规矩矩坐好。

试卷发下来，熊伊凡依旧是按照自己的习惯，先写作文。

时钟用嘀嘀嗒嗒的声响宣告着时间的流逝，教室之中充斥着翻阅试卷的声音，以及答题时笔尖敲击桌面的嗒嗒声。学生们或冥思苦想，或索性乱写，或游刃有余露出各式各样的表情。

答完试卷，她下意识看向颜柯所在的方向。果然，这个教室之中，只有颜柯最有吸引力。

他依旧是乖乖的模样，端端正正地坐在桌子前，手中握着笔，正在阅读试题，时不时填写一笔。他的鼻尖因为阳光的照耀，有些闪闪发亮，璀璨如同托起了一抹星光。他的睫毛很长，在他的脸上布下阴影，遮住了他的眸子。

颜柯此时依旧在认认真真地检查，似乎有一道题目在考虑答案，让他犹豫了良久。仔细看会发现，他居然与她一样，习惯性先写作文。

她舔了舔嘴唇，居然看得有些着迷。

突兀地，他抬起头来，迎上了她的目光。

四目相对，一惊一静，她被抓了个正着。

熊伊凡一怔，有些不知所措，竟然对他傻兮兮地笑了起来。颜柯却没有什么好态度，微微皱眉，似乎有些厌恶，随后调整了一下姿势，让自己后脑勺对着熊伊凡，竟然用右手托着下巴，左手答卷。

在那一瞬间，她竟然没有感到失落，反而觉得颜柯真是全能啊，能够双手写字。随后就是局促不安地坐在椅子上胡思乱想，不知道自己是不是被嫌弃了，看他的模样，似乎不大喜欢自己盯着他看。

想起了什么似的，她又担忧地看向丁茗。此时丁茗趴在桌面上，身体蜷缩着，怀里捧着暖宝，眉头紧皱，可爱的小脸皱巴巴地成了一团，好似畏惧寒冷的婴儿。这幅景象让她的心口莫名地揪紧，她知道，丁茗每到"那几天"，都会疼得十分夸张，欲生欲死也不过如此。同为女人，她就没有那么痛的感悟，每次都是在睡梦之中神不知鬼不觉地脏了床单，而且，时间从不准。

教室里面陆续有学生交试卷，熊伊凡跟着交了，本想去看看丁茗，却被老师拦住了，不许考生在考场里面乱逛。熊伊凡没办法，只能坐在教室里等候老师放人。原本交卷就该让学生出教室的，可是今天的情况有些特殊，不知为何，其他班级还没有学生出来，监考熊伊凡所在考场的老师也不敢贸然放人出去，只好将人全部留下。

枪打出头鸟，老师也不愿意做第一个老好人。

陆陆续续，班级里面所有人的卷子都交了上去，依旧不见其他班的学生出教室。监考老师拿着卷子出了教室，说是出去看看是什么情况。没一会儿，另外一名监考老师也坚持不住了，在走廊里抓住了一名面孔有些新的老师替补，他则去厕所了。一系列的事情发生，他们就好似一群被抛弃的孩子，只剩下一名陌生的年轻老师坐在班级里看着这群学生。

不够凶猛的野兽，看管不住一群不安分的小动物，渐渐地，屋中起了一阵阵小波澜，交头接耳地交谈，互相确认答案。年轻老师睁一只眼闭一只眼，权当没看到。

丁茗突然举起手来，老师走过去，丁茗才艰难地开口："老师，我肚子痛，我想出去买药。"

年轻的老师显然是不能做主的，有些犹豫，熊伊凡自告奋勇说出去找班主任，却也被老师留下，说是学生不能出去乱跑，是犯纪律的。于是，年轻的老师离开去寻求帮助，却迟迟未归。

打个电话不行吗？一定要无头苍蝇一样寻找吗？这老师……到底靠不靠谱啊！最关键的是……学生的手机都被老师封在了信封里，不能拿出来，不然就是触犯考场纪律了。熊伊凡的手机没有交出去，也不敢拿出来自告奋勇地让老师知道她留下了手机准备作弊。

神烦啊！

熊伊凡有些着急，拿着杯子，又帮丁茗接了一杯子热水，随后对她嘘寒问暖，却被丁茗赶回了座位。如果被老师发现她随便乱走的话，定然是要被罚的。她虽然听话地回去了，可是丁茗那嘴唇发青的模样还是让熊伊凡心中紧张不已。

又过去了十分钟，依旧没有人回来，就好似所有出去的人，都被一种莫名的吸引力引走了，进入了深深的黑洞之中，挣扎不回来，不知不觉，为这一次考试增添了一抹诡异的气氛。班级里面的人开始不再安分，各种版本的悬疑事件被议论出来，还有些人将事情赋予了一丝神话色彩。

熊伊凡有些忍耐不住，在这种没有结果的等待过程中，每一分每一秒都好似煎熬一般，她难以忍受。于是她起身，走到讲台边，打开了班级的电脑，连接音响。接着，她坦然地在众目睽睽之下，上网、搜索、放歌、音响调到最大声，随后快速回了座位。

音乐在教学楼之中显得十分突兀，就好似一记炸雷，惊了天地。考场理应是宁静的，突兀地被打破，就好似晌午的天空突兀地飘起了红霞，如何美妙也显得不自然。

果不其然，不出五分钟，就有老师来了，还一下子来了七八个，事情成功到令熊伊凡大跌眼镜，这让她不免在心中暗暗忐忑：完了，闯祸了。

高二（2）班班主任姗姗来迟，进来之后扫视了众人一番，见熊伊凡直愣愣地瞅着她，当即明白了什么。先将音乐关了，稳住了即将发怒的教导主任，又将其他老师劝出去，这才斜靠在讲桌边淡然地扫视众人。

她本就是身材纤长的人，身材好得堪比模特，当然，如果长相再好点儿的话，会更完美。

"熊伊凡，起立。"第一句话，并非兴师问罪，而是点了名字。

熊伊凡应声站立起来,将头耷拉下来,看起来十分乖顺。

"解释。"这高端洋气的闹事,让班主任难以理解。

熊伊凡先抬头偷偷地看了班主任一眼,见班主任并没有发怒的模样,当即嬉皮笑脸的,笑得颇为憨厚:"丁茗她肚子疼,我想去给她买药,可惜老师都不过来,请不了假我没法去啊。"

班主任听了之后,这才发现痛苦不堪的丁茗,走过去看了看她,知晓事出有因,气也消了大半。毕竟考试都结束了,也没造成什么影响,今天不放学生出去,本就显得十分不正常,她可以说那是一场意外从而掩饰过去。

她点了点头,随后走到了熊伊凡身边,小声说道:"学校外面有些不太平,所以现在全校的学生都在教学楼里面,不是不让你们出去,是不能让你们出去。现在学校大门已经被封了,你去医务室先拿点儿药,马上回来。"

熊伊凡十分利索地点头答应,谁知刚刚走了几步就又被班主任叫住了:"你顺便去我办公室帮着把饮水机的水桶换了,太沉了,女老师都搬不动。"

话音刚落,教室里就响起一片压抑的笑声。

女老师搬不动,可以找男老师啊,您公然找女汉子,这不是让熊伊凡丢人嘛!

熊伊凡硬着头皮答应了,随后迈着沉重的步伐向外走。她分明看到颜柯坐在窗边轻笑不止,单薄的肩膀都一颤一颤的。

她被人嘲笑了,还是被颜柯嘲笑了,她突然觉得超丢人,简直无地自容。

丁茗看到熊伊凡丢人并没有闲着,与班主任眉来眼去了片刻,班主任竟然再次开口:"那个男生,你笑得挺开心啊,既然这样,你去帮她换吧。"

被点的男生正是颜柯。

丁茗立刻心情大好,心中暗道班主任难不成是会读心术的?这也太够意思了吧!不枉费班级里面的学生一直那么喜欢她,果然是超可爱的老师。

颜柯被点名,显得十分诧异,迟疑着起身,极为小声地答应了一声,便跟着熊伊凡走了出去。

教室之中的空气突然变了浓度,让人产生了即将窒息的错觉。高一(2)班的众女生眼睛一直跟随着颜柯移动,好似颜柯走出这个教室,就会成为被摔碎的杯子,不再完整。

"走吧。"颜柯走到熊伊凡身边,低声说道。

这是颜柯与熊伊凡说的第一句话,很多很多年后,熊伊凡还能够清楚地记得,他那时的声音有多么好听,就好似来自天谷天籁般的鸣唱,令她魂牵梦萦。

| 第三章 |

自己选择的单恋，你悲伤给谁看？

两人并肩走在走廊上，空荡的空间内，充斥着他们嗒嗒嗒的脚步声。熊伊凡耳边还环绕着震耳欲聋的心跳声，吵得她脚步乱了节拍。这是她第一次拥有与颜柯单独相处的机会，虽然来得有些莫名其妙。

她觉得自己十分贪婪，想要与颜柯在一起的时间长一些，希望路程能够变得遥远，需要走一年、十年这样长的时间。可是，此时丁茗正腹痛难忍，她不能耽误时间。

几番思量，她还是决定了下来。

"我们先去买药吧。"她开口，声音有些发颤，不自觉地紧张，让一向大大咧咧的她都有几分局促。与男神说话，就算是女汉子，也会有几分羞涩。

颜柯没有任何异样，他并不了解熊伊凡平日里是什么样子。因为不知道她的常态，所以根本就没有发现她的失态。更何况，颜柯一直没有正眼瞧她，安安静静地跟在她身边，看似一只温驯的小绵羊，却散发着一股子生人勿近的气息，好似无声的示威。

"哦。"

"高一的试题难吗？"为了避免没有沟通的尴尬，熊伊凡一边领路，

一边问，两人之间总要熟悉起来才好。

"也就那么一回事。"

这个回答让熊伊凡一噎，有些不知道该怎么继续对话了。

两人走进了医务室，见熊伊凡过来，医务老师还挺好奇地问："外面怎么有些不对劲呢，不少保安都在学校里面乱逛。"

"不知道啊，学生考完试都在教室里面关着呢，学校大门都被封了。"熊伊凡一边说，一边跟老师买了盒止痛片。

医务老师见熊伊凡做得轻车熟路，还不忘记叮嘱："这药不能老吃，不然会产生依赖性，让你那个同学多喝红糖水，来月经的时候也别总洗头。"

熊伊凡有些尴尬地点了点头，扭头去看颜柯，示意老师她旁边还有一个男生。老师只顾着探头探脑地向窗外看，根本没将熊伊凡当回事。

颜柯要比熊伊凡自然多了，没事人一样站立在门口，心中不由得觉得无聊。女生动不动就肚子痛，除了这原因，就是吃多了。今天是考试，还能有心情吃那么多的人可没多少，原因不过如此。初中生都明白的事情，大家都是高中生了有什么可尴尬的？

女人啊，真是一种麻烦的生物。

"然后呢？"出了医务室，颜柯突兀地开口。

熊伊凡被问得有一些发傻，不明所以："啊？什么然后？"

"那个女老师在哪个办公室？"颜柯有些不耐烦，说话的时候无精打采的，眼睛也神游一般看向远处，根本不正眼看熊伊凡。这种疏离的态度让熊伊凡莫名地一阵失落，明明就站在他身边，依旧走不进他眼中。

"跟我上楼。"

楼道之中极为安静，甚至看不到走动的老师。敞亮的窗户透进微弱的光,在走动的瞬间将两人的影子重叠,宛如一对互相依靠的璧人。熊伊凡的脑洞一不小心开得老大,想到了"孤男寡女"这个词,让她莫名地心跳加速,心虚得不敢直视颜柯,以至于走路姿势怪异,就像需要上油的机器人。

"帮我拿一下。"进入办公室,她将药递给颜柯,活动了一番手脚,就准备去换水,一回头,就看到颜柯正在摆弄手机,当即被惊了一下,"你的手机怎么没交上去,不会是……"

"我用得着作弊?"颜柯不屑地轻哼了一句,随后将手机随手放在一边的办公桌上,走到饮水机旁去搬水桶。

熊伊凡明显低估了颜柯的体力,他几乎毫不费力地将水桶搬了起来,安好。做好了这一切,他回过头,却没看到自己的手机。他的表情明显一变,好看的双眉微微蹙起,随后看向熊伊凡:"你看到我的手机了吗?"

熊伊凡摇了摇头,从自己的口袋里面掏出手机,递给颜柯:"你用我的手机给你的打一个电话吧,看看在哪里。"

"你……不是也没交吗?"

"嗯,我是留下来作弊用的,刚刚我都没敢用来找老师,生怕犯了纪律。"

两人相视沉默。

须臾,颜柯迟疑着接过她的手机,打开屏幕,看到桌面是"逢考必过"的桌面壁纸,当即嘴角一抽,强装镇定地输入自己的手机号码,随后拨号。手机振动的声音响起,却是在熊伊凡的口袋里,引得颜柯审视地看向她,似乎很是厌恶她的恶作剧。

真够幼稚的!

她却坦然地将颜柯的手机从口袋里拿出来,看了一眼屏幕上的来电显示,随后扬唇一笑:"这个是我的手机号码。"

在将手机还给颜柯的时候，她的手有些抖，让颜柯轻易地发觉了她的强装镇定。

他没有接过，而是看着她。

安静的办公室里，只有饮水机在发出咕咚咕咚的声响。两人沉默相对，一个眼神带着三分审视，一个神色有着七分不安。她当他是生气了，终于忍不住开口解释："如果你觉得这是恶作剧的话，那么对不起，我只是想要知道你的电话号码而已。"

又是一阵沉默。

熊伊凡终于提起勇气正眼瞧他，却看到他扭头看向一侧，单手揉着耳垂，似乎是有些不好意思。他本就很白，此时皮肤泛出了一丝可疑的红晕，一直板着的小脸，也难得地露出了局促不安的神色，让熊伊凡的心脏被萌了一下。

男神害羞了！

"既然把你的电话号码给我了，那就把名字输进去吧。"颜柯终于开口，秒速恢复到了平时的状态，好似刚才那一瞬间的害羞只是一场美丽的意外。

听到这句话，她惊讶地睁大了一双眼睛。也不知是不是她表现得太过于明显，竟然将颜柯逗笑了，就与当时在体育馆一样，他的笑容明媚，故意引诱她对他的爱越陷越深一般。

手指发颤地输入完自己的名字，她迟疑了一下，又很三八地将自己的生日输了进去，顺便输入了家里的座机号码。输入完毕，她瞄了一眼颜柯的电话簿，发现里面的人名很少，绝对不超过二十个，她有幸成了其中一员。

再次将手机递给颜柯，他伸手接过，两人的指尖不经意地碰触，让她感觉到了意料之中的冰冷。她的手指在触碰的一瞬间，好似被摩擦的火柴，燃烧起一团火焰，十指连心，灼得她心口阵阵抽搐。

"熊……"颜柯看了一眼名字，忍不住发笑，"比我的姓还怪。"

"不会啊，我的姓氏有些剽悍的感觉，你的姓氏就很文雅……"说完她就后悔了，她暴露了自己知道他名字这件事情。

他抬眼看她，清澈的眸子盯得她心口发虚。随后，他的嘴角绽放出一抹不易察觉的微笑，稍纵即逝。他点了点头，没再说什么，径直走出了办公室，同时将手机放入口袋里。

熊伊凡几乎不记得自己是如何回的教室，脑袋晕乎乎的，充斥着一种飘忽不定的幸福感。

回到教室的时候，班级里洋溢着一股子压抑的气氛，熊伊凡就算有些发晕也深刻地感觉到了。此时教室里是一种不让学生出去，却可以自由聊天的诡异情况，请假上厕所也是放行的。

熊伊凡先是把药给了丁茗，又帮她接了一杯温水，看着她将药吃了下去，这才回到座位上，回头问身后的学生："现在是什么情况？"

"说是外面有打群架的人，被警察追得到处乱窜，有些人跑到学校里面来了。老师怕不安全，就先不让我们出去。"

她似懂非懂地点了点头，见教室里面有学生拿着手机，知道是手机已经发回去了，这才放心大胆地拿出手机，将颜柯的号码存好。

校园动乱到下午就结束了，考试第一天，有三门科目，上午两门，下午一门，结束之后就是回到各班上自习。

熊伊凡一直沉浸在喜悦之中，以至于她兴奋地趴在课桌上挠桌板的时候，引来了班级众人的目光。丁茗还不知道，她的痛经，歪打正着地帮了某人一把。

放学后回到寝室，熊伊凡躺在上铺敷面膜，手中依旧拿着手机，盯着颜柯的电话号码发呆。她十分想给颜柯发一条短信，又怕自己会打扰他晚上复习，犹豫了良久，最后还是按了发送。

短信是一句废话："你在干吗？"

她盯着手机整整看了十分钟，身体来回翻转，举着手机的姿势却一直未曾改变。手机一直很安静，屏幕黑了，她会再次按亮，可惜那端没有回复，心中的期待难以湮灭，让她倍感煎熬。时间就好似沙漏之中渐渐堆积的沙，每增加一些，沮丧与失落就增加一分，让她几乎想哭。

人总是虚伪的，总想找些心理安慰，哪怕是欺骗自己卑微的自尊心。于是她手指缓慢地发送第二条短信："我发错了。"

这样，就不用等待了吧？就算不会回复，也不会觉得难受了吧？

谁知，手机短信竟然很快回了过来："在看你的短信。"

简单的一句废话回答，也让她兴奋得满床打滚。这是男神给她发的第一条短信，十分具有纪念意义，这绝对是他们二人关系上质的飞跃，量的改变。

她很快就好似没有第二条短信那回事似的，再次给颜柯发了一条短信："明天考试加油啊！"完全没有意识到自己以女汉子的身份，发送了可爱的语气。

这一次的短信回得很快，屏幕上也只是两个字而已："废话！"

一句话，让熊伊凡好似挨了当头一棒，男神在她心目中乖顺的模样瞬间倒塌。事实证明，他并不如外表一般可爱。这样暴躁的短信让她有些无法招架，甚至不知道该回复什么了。一般人看到这两个字，大概会生气吧，偏偏熊伊凡还是很没骨气地回复了："嗯，这样我就放心了。"

发送完毕，又是长久的等待，直到她敷着面膜躺在床铺上睡着。

凌晨，昏睡之中的梦境里出现了颜柯，表情严肃地质问她为什么不回短信，吓得她从睡梦中挣扎着醒来，从枕头下面拿出手机，却没有看到上面有短信提示。撕下几乎黏在脸上的面膜，不免有些失望，因为颜柯的冷淡，也因为那个梦。她恍然间明白，现实之中，颜柯并不在意她，回不回短信，也要看他的心情。

因为这件事情，她有生以来第一次失眠了，辗转反侧，直至吵得下铺踢床板，她才老实下来。

有人说，一个人之所以全无睡意，是因为这个人正在别人的梦中生龙活虎着。熊伊凡自问，自己不会出现在别人美好的梦中，却可以客串噩梦之中的反面角色，不由得有些伤感。最后她幻想着颜柯就在她身边触手可及的位置，将怀里的被子当作他的身体，紧紧地抱在怀里才终于睡得踏实，可惜没过多久就被丁茗叫醒。

熊伊凡顶着浓重的黑眼圈，失魂落魄地出现在教室，很快引起了齐小松的注意。他并没有很快去高一的教室，而是紧张兮兮地站在熊伊凡身边问东问西。他深刻地感觉到，最近的熊伊凡很不对劲，快乐得不正常，悲伤得不正常。以前她不是这样情绪化的人，她是一个每天都傻兮兮、很容易看懂的人。

"没事、没事、没事……"熊伊凡重复说了好几遍，就好似一部复读机，偏偏齐小松还是不愿意离开。

直至老师开始赶人，齐小松才伸出长长的手臂来，拍了拍熊伊凡的头："小熊，中午跟我一起吃饭，我在食堂等你，找不到我就给我打电话。"

熊伊凡颇为无奈地整理头发，觉得今天的齐小松出奇啰唆："怎么突然这么积极呢，好可疑……不过你请我吃饭的话，我可以考虑。"

"少废话，你这么能吃，谁请得起？"齐小松笑着拷着自己的包离开，临出门的时候还要回头跟她说什么，却被班主任推着离开了。两人一同离开教室的时候，还能听到班主任的声音："有一年级的学弟、

学妹在这里呢，你小子秀恩爱也给我收敛点儿。"

齐小松对老师解释了什么，不过熊伊凡已经听不清了。她坐在座位上，手中试着笔是不是写字顺畅，监考老师已经开始收手机了。她特意看了一眼颜柯，发现他果然不为所动，而她也再一次逃避了交出手机。

老师站在讲台上先说了一遍规矩，随后开始考试。

颜柯有条不紊地答卷子，开始考试十分钟，他瞬间变为吸铁石，散发着磁场，吸引着周围的学生总是想要瞄他的试卷一眼，却总是得不到机会。熊伊凡面临着同颜柯同学们同样的问题，她总想拿出手机来看短信，但是一直没有机会。这种僵持持续到考试结束，熊伊凡苦闷地在班级里面乱叫，丁茗心灵妈咪一般安慰着。

颜柯拄着下巴，看向两人，突然翻了一个巨大的白眼，将优雅的形象毁得连渣子都不剩。

这个男人婆一样的女生，嗓门真的是……太大了，声音也很难听，就好像老旧的钢铁厂铿锵砸东西的声音，听着就好烦。

不过，之前对她百般呵护的男生他总觉得很眼熟，在哪里见过来着？

月考结束，熊伊凡与颜柯的关系，依旧停留在有了对方的电话号码的程度。

随之而来的是运动会，这是熊伊凡肆意撒欢的舞台。

她初中是体校生，高中是体育特长生，之后的高考，她也要凭借这一项来考上大学。每每到这段时间，熊伊凡都会忙碌得好似打字机，机械地完成各项工作。她太得体育老师们的喜欢，以至于她只要一露面，就被老师叫去辅导其他学生，让他们知道每个项目的要领。

不过……铅球她不擅长啊，看她的体格也该知道，让她教导新生这个略显牵强吧。为了不误人子弟,她理性地选择撂挑子走人。在场地周围转悠了一圈,她敏锐地捕捉到了颜柯的身影。

颜柯此时正拉长了一张脸,站在跳高场地那边,被体育老师催促了好半天,他才不情不愿地助跑,起跳,居然是跨栏过去,理所应当地刮了栏杆。

跳高就是跳高,不是 110 米栏,耍帅是不行的!

熊伊凡小跑着过去,到了他身边站定,十分热心肠地嚷嚷着:"不对不对,你应该背越式,看我的姿势,是这样越过去。"

她说着,还做出背越式的姿势,恨不得教颜柯怎么掉在垫子上不疼。颜柯叉着腰看着她,撇了撇嘴角,不屑了好一会儿才说了一句:"那垫子……太脏了。"

话音刚落,熊伊凡示范的动作就是一僵,随后觉得此时的自己特别蠢,身体僵直地站在原地。

颜柯则是蹲在一边,看着其他人练习。

"跳高就是这样啊,垫子的问题你忍忍就好了,要不你试试跑步?跑步的话会好点儿。"

"我是被女生起哄才参加的,不然谁参加这,当我愿意参加这玩意儿浪费时间?"颜柯颇为不耐烦地轻哼了一声,随后仰头去看熊伊凡。

熊伊凡觉得自己说错了话,咬着下唇后悔不已,样子就好像做错事的孩子。

"你为什么不去体育馆里面教他们?"颜柯问。

"体育馆里面没有铅球场地啊。"

"你嗓门太大了,教学楼里面都能听见,我看书都看不进去了。而且,你的声音真的很难听。"

"对……不起。"

熊伊凡都快哭出来了,她从未觉得这么委屈过,她也只是被体育老师叫出来帮忙而已,她很认真地辅导大家,牺牲了好几天的自习时间,却……吃力不讨好。内心原本的雀跃,被颜柯短短几句话化为了灰烬,他总是可以轻易地改变她的心情。

爱上一个不对的人,就算被伤得遍体鳞伤、万念俱灰,也不会得到一丝一毫同情。

就好像见熊伊凡已经快哭出来,也不愿意理睬的颜柯。

站在不远处的丁茗没能听到他们两个在说什么,只是十分坏心眼地拉过齐小松,问他:"你觉得小熊身边的男生长得怎么样?"

齐小松刚刚长跑完毕,一身臭汗,喘着粗气抬头看了颜柯一眼,以及两人聊天的姿态,表情变了变,随后干笑道:"他啊,我妹妹的男朋友。"

听到这句话,丁茗的表情当即一垮,严肃地盯着齐小松,表情说不出来的恐怖。

齐小松被盯得毛骨悚然,随后又添了一句:"八成……是。"

"什么叫八成?"

"他是我妹妹弹钢琴的搭档,两人一块儿长大的,关系一直不错,还一块儿得过奖。而且他来我家做过客,我父母都很喜欢他。不就是叫小白嘛……"

丁茗睁大了一双眼睛,瞳孔微微颤抖,声音都有些不自然地开口问道:"你妹妹明确地说过他们在交往吗?"

"这倒是没说过,不过形影不离这么多年了,说不定到大学就修成正果了。"

他说着,还拿出自己的手机,翻出一张照片来,递给丁茗看。上面是他的妹妹与颜柯,两人穿着白色的短袖上衣,蓝色的校服裤子,一看就知道是初中的校服。画面上的两个人手中拿着奖杯与证书,脸上洋溢着微笑,纯洁、无瑕,就好似煮沸又被晾凉的白开水,透彻得极为纯粹。

齐小松与他的妹妹一样,都是身材纤长的人,而且外貌很是优秀。

丁茗曾经见过他在高一的妹妹,已经有一米七的身高了。虽然不及唐糖长相甜美,却也是一名有气质的小美人,披肩的头发、灵动的双眸,笑的时候会露出酒窝来,特别喜欢黏在齐小松身边撒娇,与熊伊凡的关系也是不错的。听说他们两个是龙凤胎,后来妹妹因为钢琴耽误了一年才回来上学,属于专攻钢琴的那一种艺术特长生。

她又看了看齐小松,发现他已经向熊伊凡所在的方向走了过去,当即伸手拉住他,不想让他过去。齐小松回头瞪她,一双眼睛就好似凶兽得到了食物,却碰到了争抢的对手,眼中带着示威性的杀气,让他近乎发狠地说道:"你应该知道我的心意,所以你不要耽误我。"

他发现了,因为他在意熊伊凡,所以在意她的一举一动。她与颜柯说话时的每一个表情,都被他捕捉到眸子中,印刻在心上。他深刻地知晓,那样的熊伊凡不正常,这种不正常不是对他。他看到之后很生气,心脏好似被一只无形的大手握紧,肆意蹂躏,使得他疼痛万分。

"我也知道小熊的心意,所以我阻止你!"丁茗终于开口,却被齐小松甩开。

他再次走过去,却看到熊伊凡沮丧地转身,向教学楼走了几步之后便快速地跑了起来。风扬起她的头发,将她的校服吹得鼓鼓的,就好像愤怒时的河豚。

颜柯没有回头看,只是蹲在原处。

齐小松走过去,在颜柯身边停下,微微低垂下眸子看了颜柯一眼,俊朗的面容之中带着三分怒气、七分疑惑。

颜柯跟着抬头看他,只是觉得他眼熟,却想不起他是谁。哦,嗓门很大的熊姓女的同班同学吧。

齐小松什么也没说，只是追着熊伊凡进了教学楼。

丁茗则是跟随在后面，还在一声一声地叫着齐小松的名字，可惜，她的声音好似敲打在回音壁上，最后只是寂寥地再次弹回自己身边。

齐小松走进教室时，班级里面正在上自习，铺到讲台下面的密集书桌，却只有寥寥数人而已，除了参加体育项目的，还有走列队的学生，此时正在参加彩排。熊伊凡趴在桌子上，傻呆呆地盯着黑板看，就算上面一个字也没有，她也看得津津有味。

走到熊伊凡前座坐下，齐小松伸手推了推她的脑门。

"你怎么了？无精打采的不像你啊。"

"我被投诉了。"

"投诉？"

"嗯，他们说我嗓门太大，在操场上乱喊，影响其他人看书。"

听到这句话，齐小松突然想起了颜柯的性格，那可是一般人不敢触碰的刺猬，熊伊凡凑过去，只能被扎得一身伤。他突然放下心来，点了点头，心中大感无所谓。或许，她在别人那里碰了南墙，就觉得自己对她特别好呢？

想着想着，心情转好，他便坐在椅子上开始大言不惭："那只能说明他们看书的意志不坚定，我们伟大的领袖毛主席曾经在闹市读书，这群孩子听到操场上有声音，就看不下去书了？娇气！"

熊伊凡也觉得有道理，当即来了精神，一拍桌子："可不就是！"

丁茗进来之后看到了这一幕，抿着嘴，站在门口徘徊起来。她盯着坐在一处说笑自然的两个人，突兀地又退了出去，靠着墙壁，懊恼地抬手猛拍了两下自己的额头。额头红肿，眼睛也有点儿发红，她却只能咬牙挺住，再次出了教学楼。

熊伊凡因为颜柯而开心或失落，她却只能看着齐小松与熊伊凡雀跃或难过，心中情愫无处诉说。

运动会上，熊伊凡依旧是极为出彩的一个，获得了多个项目的第一名，代表着熊伊凡的201号，也频频出现在广播里面。虽然不如第一年一口气破了几项纪录那般风光，却也是极为辉煌的成绩。

比赛的间隙，熊伊凡看了颜柯的跳高比赛。他穿着运动短裤，露出白皙笔直的双腿，不少男生见了都忍不住吹口哨，女生看了更为抓狂。那简直是一双比女人更为漂亮的腿，纤细修长，干干净净，细润如脂，真是让女生们无地自容。

男生都这样了，女生还怎么活？

这一次他竟然按照熊伊凡教的动作去做了，且做得极好。别看颜柯当时说得不好听，之后却是将她说的那些都学会了，这一举动很有治愈效果，让熊伊凡来了精神。就好似荒郊野外生长的杂草，本就有着顽强的生命力，又被人故意施肥，长得越发茁壮起来，迎着风，露出张牙舞爪的姿态。

她开始为颜柯加油，每次轮到他出场，便用尽全身的力气喊起来。听到她的一声吼，颜柯的助跑到一半，身体一顿，尴尬地停了片刻，这才退回去重新助跑，接着顺利通过。

接下来的比赛难度提高，颜柯过得就比较吃力了，如果不是他半路出家的话，也不会只取得第四名的成绩。熊伊凡看着窃喜，在颜柯比赛结束之后，立刻给他发送了一条短信："表现得不错，别太气馁。"

短信在几分钟之后回了过来："你给我加油时的嗓门也太吓人了，你的身体里面自带扩音器吗？"

在颜柯比赛的时候，熊伊凡所在的班级并没有项目，她却一个劲地给颜柯加油，同学问起的时候，她只是表示："那孩子跳高是我教的。"其他人也没怀疑什么，只是她这种近乎用生命去加油的架势，让不少

人受到了震撼。

她很快地回短信："呃，一时没控制住，以后不会了。"

颜柯："谢谢。"

看到颜柯的回复，她一瞬间失神，不知道颜柯的"谢谢"是指什么。是谢谢她以后不再大声了？还是谢谢她给他加油？又或者是谢谢她教他跳高？

她弄不明白，百思不得其解，于是只能转移话题："你国庆期间会出去玩吗？"

颜柯："出国旅游。"

看到这四个字，熊伊凡就直接失落了，看来，她是约不出他了。两人的假期安排根本就不在同一个档次，如何同日而语？

"你喜欢吃蛋糕吗？或者是蛋挞？"

这一次的短信回复得很慢，慢到让熊伊凡觉得他不会回复了，她才收到回复。

"不吃奶油。"

又是四个字。

喜欢，会让一个人变得卑微，尤其是首先喜欢的人，会有一种低人一等的姿态，以至于熊伊凡得到这样的答案，也足够她欣喜雀跃。陷入恋爱心情的女人总是会变笨，问她在欢喜什么、雀跃什么、伤心什么、痛苦什么，答案往往只有一个字：他。

运动会第二天，熊伊凡的嗓子就哑了，说话的时候，声音就好似用砂纸摩擦老树皮，十分难听。偏偏体育老师安排她在结束仪式上，到主席台上发表感言，毕竟她是个人成绩最好的一名学生，还反复叮嘱她一定要表现得足够出色，说是有其他特殊意义。这让她痛苦不已，没有草稿、没有好的声音，上台就是丢人啊。

可惜，抗议无效，她在上台前含了许多薄荷糖，觉得有些牙痛了才好一点儿。迈着沉重的步伐，她上了主席台，面前是大片的学生，全部列队在主席台前，黑压压的一片，好似高低起伏的衬布，上面点缀着复杂的图案，让人看了之后一瞬间有了密集恐惧症，只觉得头皮发麻。

打开麦克风，一声鸣响，让她将心提到了嗓子眼。

紧张。

怎么可能不紧张？

她用最快的速度调整自己的状态，努力镇定，让自己的声音听起来没有颤抖："大家好，我是高二（2）班的熊伊凡，昨天运动会太过于兴奋，今天都成公鸭嗓了，让我向女汉子的行列又跨进了一步。"说到这里，她清了清嗓子。

台下笑了起来，随后响起了鼓励的掌声，演讲的破冰步骤成功。

"我没有很好的学习成绩，没有能答出好成绩的笔杆子，但是，我有两条能够奔跑的腿。我坚持着我的坚持，不到终点之前，不会放松任何一步。我坚信，坚持下去就是晴天，雨过天晴之后，就有彩虹。取得成绩的，不仅仅是我一个人，我相信，这两天里，所有的同学都在努力。没有参加项目，也在摇旗呐喊，你们按部就班，努力了，你们就是英雄！"

随后，她捏出了学习委员在她上台前给的草稿，一板一眼地朗声读了起来。

演讲完毕，台下掌声雷动。

她沉默地交了话筒，走下讲台后还没来得及松一口气，教导主任就单独叫住了她，让她放学之前去他的办公室。她心中咯噔一下，不会是因为上一次音响的事情吧？

| 第四章 |

何时才能在提起你的时候,心中不痛、不痒、不喜、不悲。

　　进入教导主任的办公室的时候,屋子里还有其他人,她却一眼就看到了颜柯,这是喜欢一个人时,自动被解开封印的超能力。无疑,颜柯是熊伊凡在这个季节最在意的风景。

　　她诧异地看过去,看到颜柯正被一群老师包围,手中还拿着合同一样的东西。

　　他旁边还坐着齐小松的妹妹,相比较颜柯的冷漠,齐小松的妹妹要热情许多,向老师问了许多个问题。偶然抬头时看到了熊伊凡,还对她笑了笑。

　　熊伊凡回以微笑。熊伊凡记得她是齐小松的妹妹,几次碰面,她都十分热情,围绕着熊伊凡与齐小松,就好似枝头上的喜鹊般欢喜地叫个不停,声音好听得说话也跟唱歌似的。熊伊凡记得,齐小松好像提起过,他的妹妹很喜欢自己,希望两人能够成为朋友。熊伊凡一向人缘好,也没在意。

　　见所有的人都在忙,熊伊凡乖乖地等候在一边,就好似犯了错的学生在等待批判。事实上,她心中也是如此忐忑的,生怕教导主任当着颜柯的面批评她。

"我不需要。"颜柯淡然地开口,也不看老师递过来的合同。

"你再考虑一下吧,毕竟这样的话,将来你高考的时候还能轻松一些。"

"我就算参加高考,也能够顺利考上理想的大学,根本不必做文艺生。"颜柯说完,便不再说什么了。

老师恐怕是觉得他的确不需要如此,便没有再劝,开始主要劝齐小松的妹妹。

熊伊凡也在这个时候被叫了过去,让她坐在一边,一名老师讲明了意思。他们看中了熊伊凡的体育特长,想给熊伊凡保送的名额。

看到大学的名字,熊伊凡的眼睛都直了,声音也有些颤抖:"真的……可以吗?"

"可以的。"老师很满意熊伊凡的态度,笑得极为和蔼。

熊伊凡看着介绍,大致扫了几眼,随后笑开了花。她成绩一般,能够被保送至大学,绝对是梦寐以求的事情。她苦于没有门路,如今机会就摆在眼前,她自然不会错过。

感觉到了颜柯在看她,她下意识地抬头,看到颜柯面前放着同样的介绍,他却无动于衷。他看着熊伊凡笑得没出息的样子,似乎还有几分鄙夷。

她却只当没看见、没读懂。

她与颜柯有着本质上的不同,她答应得很痛快,同时还打电话叫来了熊老爹,让他一块儿过来,今天就将事情定了下来,丝毫没有犹豫。

颜柯因为不同意,就先行离开了。

高二就签署了保送名额,这是十分难得的事情,如果不是特别优秀,是完全不敢想象的。那么颜柯与齐小松的妹妹到底优秀到了哪种程度,才会刚刚上高一,就引来了大学的人?这俩孩子的钢琴,真的那么出名？

熊伊凡没来得及思考，就被喜悦冲昏了头脑。熊老爹很是开心，几乎笑出眼泪来。他特意提前关了店，带着熊伊凡海吃了一顿，表示庆祝，同时还叫来了不少亲属，隆重得不像话。

当然，不包括母亲那边的亲属。

回家之后，得到消息的同学纷纷打来电话祝贺，打开电脑，QQ更是险些被爆掉。熊伊凡也一直保持着咧开嘴，露出八颗牙傻笑的状态，傻傻中带着一股子憨厚。

在颜柯看来不值一提的事情，在熊伊凡看来是这样来之不易。

或许，这也是他们之间的差距。

很笼统地感谢了一番，熊伊凡打开了齐小松的对话框，看到他此时在线，立刻发过去问题。

熊小熊：松哥，我看到你妹妹也在办公室里面，你妹妹签了保送合同吗？

空城待满：没有，她想跟喜欢的人上一所大学，所以得参加高考了。她都没告诉家里，还求我保密。

熊小熊：哎哟哎哟，好浪漫哟，你妹妹喜欢的人好幸福。

空城待满：我觉得挺可惜的，那小子学习好拒绝了保送无所谓，我妹妹学习只能算是中上等，高考很难的！我巴不得被保送呢，她居然拒绝了。

熊伊凡看着电脑屏幕，有瞬间的错愕。她突然意识到了一个严重的问题，并且隐隐约约地猜到齐小松的妹妹喜欢的人是谁。齐小松的话说得再明白不过了，他的妹妹是与喜欢的人一同拒绝的，也就是说，他妹妹喜欢的人就是颜柯，两人的关系似乎很暧昧。

她的手指依旧停留在键盘上，却良久没有敲出一个字来。

盯着电脑屏幕上的对话框,她突然好奇心大起,发短信问颜柯的QQ号码。这一次颜柯似乎很闲,回复得要比以往都快。又或者他本来就是在等一个可以倾诉的人,熊伊凡歪打正着地送上门了。

颜柯:"你要干吗?"

熊伊凡:"聊天呗,还能干吗?"

颜柯:"我不经常上的。"

不过,说是这样说,短信后面还是将号码写上了。加颜柯为好友时,发现他的号码是六位数的,等级却很低,网名也很简单:柯。

她很快敲出一行字来:你在干吗?

柯:跟你聊天。

熊小熊:那之前呢?

柯:开电脑。

熊小熊:那你算不算是特意为了加我的QQ号码才开电脑的?

柯:不,是我同学总吵着要给我发运动会的相片。

熊小熊:我能看一看吗?

柯:没什么好看的。

熊伊凡盯着电脑屏幕,觉得她简直没办法与颜柯正常沟通。再次去看和齐小松的聊天框,上面已经又出现了一张相片。相片上是齐小松的妹妹,她身边站着颜柯,两人肩并肩站在学校后操场边一棵勃发的大树下,粗壮的树干上布满了杂乱无章的纹理,无声地透露着岁月的凄婉。齐小松的妹妹手中还拿着啦啦队用的彩花,身体微微倾斜,看上去就好像靠在颜柯怀里。颜柯表情十分自然,没有什么拘谨,对这样的依靠不以为然。

俊男美女的组合,明明未曾经过修图改色,画面依旧美好得不像话。青涩的少年,笑容甜美的少女,阳光透过树木缝隙在他们身上投下斑驳的影,明暗交织的大网罩着两人,囚禁着两人的青春与快乐。

一张相片，就能够让一个人的记忆永垂不朽。

两人如此熟悉的模样，若是不清楚，大概会觉得两人就是情侣。至少，熊伊凡看到之后，心口便酸涩得不成样子。

她坐在电脑前苦闷地用手掩面，死命地揉搓起来，将自己并不漂亮的脸蛋揉搓成诡异的形状，指缝之中透出她的喃喃自语："不带这样的……犯规了！"

有一种与生俱来的莫名情绪，好像喜欢一个人是一件十分不光彩的事情，轻易地说出去，说不定会引人嘲笑。所以只能将这种心情藏在心底，讳莫如深，而没有表达出口的爱意，就只能称之为暗恋。而暗恋，就是连吃醋的资格都没有的一种感情。

最在意的人，停留在没有她的温柔城中，体态舒展，感情自然。而她，仅仅想着他们的美好，就觉得事情特别可怕。所谓的嫉妒，就是自己得不到而别人得到了，偏觉得这个人也不该拥有。

熊伊凡是一个没出息的暗恋者，心中难受，却什么也不能去做，最后的最后，只能是伤及自己，憋出一身疤来。

长长地呼出一口混浊的气体，就好似吐出了身体内全部的不适感，让她恢复镇定。

熊小熊：你妹妹叫什么啊？

空城待满：齐子涵。

得到答案之后，她很快去问颜柯，总是要得到答案才能够安心，不然自己胡思乱想反而伤神。

熊小熊：你跟齐子涵是男女朋友吗？

柯：她是我弹钢琴时的搭档。

熊小熊：哦，看你们关系那么要好，还以为是情侣呢。不好意思，我误会了。

柯：你不是唯一一个误会的人。

熊小熊：看来你们是大家眼中公认的情侣啊！

柯：是被人有意引导吧。算了，不说这个，你想好去哪所大学了吗？

熊小熊：是啊，你们学习好，不在乎，那个名额在我看来却是来之不易的。

随后她还附上了一个大笑的 QQ 表情，是个看上去有几分猥琐的小人。

趁颜柯沉默期间，她回复了齐小松：国庆的时候记得出来玩，有机会必须单挑篮球，弄潮 KTV 的会员卡还剩几个小时，我们一块儿去。

这时颜柯已经回复了她：其实我也想答应，这样我还能轻松一些。我挺羡慕你的，尤其羡慕你家里人会为你而高兴。因为在我这边，如果是靠文艺升上的大学，亲属会嘲笑，我的父母也会没面子。所处的环境不同，会让我有许多的身不由己。

熊伊凡盯着电脑屏幕，惊喜地发现颜柯居然能一次性发给她这么多字。不知道这算不算是颜柯在对她吐露心声，或许是将她当成朋友了，愿意与她吐槽了？

这让她雀跃起来，原来自己当时读错了颜柯的眼神，他并非不屑，而是羡慕。

她能够按照狗血电视剧的思路想象，颜柯所处的家族之中钩心斗角，亲属之间都有利益纠缠，就好似宫廷争斗一般，抓住错处，就要对其进行一番冷嘲热讽。他明白，如果这件事情让父母知晓，父母定然会为难，他们心疼孩子会同意保送，再怎么说那也是一本大学。颜柯不想他们为难，所以才毅然决然地拒绝，且不让他们知晓。

有时，那种亲属之间互相攀比给孩子带来的压力真的很大。

这样的颜柯，也算是替父母着想的好孩子吧？

如此看来，齐子涵放弃保送，就有些不值得了。

熊小熊：我是因为学习差，家里才会雀跃呢，不然我也不会这么

热衷于体育。我只是没想到机会来得这么快,激动得都快哭出来了。

柯:你的选择是正确的,只是子涵她这么做,值得吗?

为了他这么做,值得吗?

或许这是颜柯的自问,他应该也觉得齐子涵太过于冲动了,很不理智。

可是熊伊凡觉得,齐子涵是真的很喜欢颜柯,不然她也不会如此大胆地放弃保送的名额,只是为了能与心爱的人在一起上学。齐子涵不在意究竟要等待多久,会错过多少个爱自己的人,因为她心中始终相信,这个人迟早会答应自己。

熊伊凡扪心自问,能否做到齐子涵这般。答案十分明显,她做不到,她无法想象,自己会为了一份懵懂的爱情,而放弃自己努力得来的前途。

原来她也是自私的。

或许是爱得还不够深。

可是她怎么会知晓,许多许多年后,此时自己不能理解的感情,之后她会爱得比谁都疯狂,为了爱,付出一切。就算千夫所指,骂她傻,她也傻傻地坚持。

又聊了几句,颜柯就下线了,他要去写作业,说是出国旅游的时候如果带着作业去会很扫兴。

他下线之后,熊伊凡开始与班级里面的人热火朝天地研究十一期间的安排,还登录了颜柯的空间,查看了他空间内的所有内容。

空间的背景音乐是舒缓的钢琴小调,时而悠扬,时而跳跃,好似芭蕾舞演员在钢琴键盘上随性地舞蹈。里面的内容很单调,相册中只有几张旅游时拍的风景图片,很少见人物。他的签名也不多,有时只是简单的标点符号,更多时候是励志的话语,显得极为古板。

在他的每一条心情下面,都有一个人的回复,语调活泼,似乎与他很熟，两人偶尔还会在那里聊几句。

点开那个女生的头像，进入的是齐子涵的空间。

齐子涵的空间要活泼许多，粉红色的色调，飘浮着可爱的饰物，装饰得极为漂亮，背景音乐是甜美的《洛丽塔》，是当年比较新的一首歌。她的两篇日志都与钢琴有关，也都提到了颜柯。相册里面，更是单独为颜柯创建了一个相册，名字叫"最最最可爱的搭档"，里面放着颜柯各种各样的相片，有练习钢琴时两人的合影，有与班级同学的合影，还有一些纯粹是齐子涵的偷拍。

看着一张张见证着两人亲密关系的相片，熊伊凡心中说不出的酸涩。

她是后来者，擅自喜欢上了颜柯，而这个男神一般的人物，早就有了守护着的精灵，完全没有理由接受她。仅仅是他心中有齐子涵这一点，熊伊凡就输得极为彻底。

那个女孩子，还是齐小松的妹妹……如果自己去挑拨，小松也会生气吧？

可是她好喜欢颜柯，这要怎么办？

熊伊凡在国庆假期期间，还多出了一项课程，就是与熊老爹学习如何制作蛋挞。自从她确定会被保送之后，熊老爹一直心情大好，没有了学业的负担，于是很热情地亲手教她如何制作蛋挞。热火朝天地学了几天，又与丁茗、齐小松等人疯了两天之后，假期最后两天，他们统一的命运就是在家里狂补家庭作业，偶尔上网，发现班级群里也寂静得可怕。

果然是……物以类聚。

假期结束，第一天上学，熊伊凡在床上挣扎了许久才爬起来，走出房间，看到窗外还是黑漆漆一片，她深呼吸了片刻，才走进厨房忙

碌起来。

　　幸好昨天晚上就做好了准备，今天才不会太过于狼狈。快速做完蛋挞，她看了一眼时间，生怕错过颜柯等车的时间，又飞快地赶往车站，看到颜柯已经在了。

　　她迟疑了一下，才走到颜柯身边，将手中的蛋挞递给他几个，同时颇为自来熟地问："这几天玩得怎么样？"

　　手中捧着热乎乎的蛋挞，颜柯有些错愕，随后还挺自然地接受了。吃了一口，发现味道还不错，当即眯缝起了眼睛。

　　"还不错，我们去了土耳其，其中费德西耶是十分著名的滑翔伞圣地，我觉得很刺激，结果我妈妈差点儿吓哭了。那里的海滨非常美，可以在天上俯瞰整个死海，看到的时候，就觉得看到了中国古代的水墨画，浓墨重彩难描的美景……"

　　正所谓吃人的嘴短，以至于颜柯在吃蛋挞的时候对熊伊凡的态度很好，说起旅游时的趣事也是眉飞色舞。两人正说得欢快，丁茗匆匆赶来，模样邋遢，显然是没能够调整好生物钟。她看到聊得热火朝天的两人都有些不好意思过来了，如果不是看到熊伊凡手里拿着蛋挞，她肯定会成人之美。

　　"哟，今天怎么有蛋挞吃，还是热乎的！"

　　"蛋挞凉了就不好吃了。"熊伊凡说着，给了她几个。

　　丁茗吃了一口便奇怪地看向熊伊凡："这味道不对啊，熊叔叔做的蛋挞比这个好吃。"

　　熊伊凡当即来了精神追问："差哪里了吗？我与爸爸的用量、时间都是一样的啊，为什么味道不一样呢……"

　　丁茗当即惊讶地看着熊伊凡，快速将已经吃了一口的蛋挞吃完，烫得她猛吸了几口气。又盯着熊伊凡手里剩下的几个，吧唧了一下嘴："行了，你不用说了，我秒懂，只是……这个我吃好吗？"

熊伊凡的一句话，就让两人猜到这蛋挞是熊伊凡亲手做的，还是特意早起做的。

颜柯还当是熊伊凡买来的，此时吃得有些心虚了。他没吃过熊老爹做的，只觉得熊伊凡做的也蛮好吃的。

到了学校，熊伊凡在午休时间收到了一份快递，十分大的一个箱子，用黄色的胶带封得严严实实。丁茗快手快脚地帮熊伊凡拆开，打开的瞬间就忍不住惊呼出声："我的妈啊，小熊你这是要逆天吗，买这些得多少钱啊！"

丁茗的声音颇大，引来了班级之中不少的人，众人围着盒子，一样一样地取出里面的东西，啧啧称奇。这些都是大品牌的美白产品，每一样都十分昂贵，是学生们消费不起的。熊伊凡不懂这些东西的价值，只是从里面翻出一沓发票来，看到数额就觉得眼前一黑，暗叹这些绝对是天文数字。

"是……别人送的。"熊伊凡干笑着回答，心中却荡起了涟漪。

"谁啊，这么大方？"班级里的同学开始起哄。

丁茗见熊伊凡的脸色有些不好，心中有了思量，便赶紧转了话题："这里不少赠送的小样，送我们几个吧。"

众女生纷纷被吸引了注意力伸手讨要，丁茗当起了分发人，一样一样地送出去，不过还是给熊伊凡留了不少。

齐小松伸手抢过熊伊凡手里的发票，看了之后当即开口："这些东西给你用也是浪费，不如趁还没开封，去店里退了，还能换点儿钱，足够奢侈两三年了。"

熊伊凡瞪了他一眼，没好气地回答："是不是换了钱之后再请你吃饭啊？你个吃货，滚一边去，看你就容易得颈椎病。"

"被大款包养了？这么豪气。"齐小松问得轻松，话语却有些发紧，

他在意得不得了。每一个接近熊伊凡的男人，都是他的敌人。

"你见过的……是轩。"熊伊凡回答了一句，便不再说话了。

齐小松当即闭了嘴，双唇抿成一条直线，伸出手揉了揉熊伊凡软软的头发，表示安慰。丁茗则是识趣地将东西重新装好，放在熊伊凡身边，对围观的其他人使眼色，让他们先回座位。

轩是熊伊凡心中的雷区，触犯了就会引爆，很难平复。再开朗的人，心中都会隐藏着难以言说的痛处，有时无意间的笑谈，都有可能揭开那血淋淋的伤疤。

熊伊凡颓然地坐在椅子上，取出手机来，看着轩未回复的短信，不由得苦笑。回一条短信才一角钱，他邮来这么多东西，也不肯与她沟通一句话吗？

真让人伤心。

丁茗笑呵呵地转移话题："哎呀呀，收到这么多好东西，别愁眉苦脸的，想想开心的事情。"

"看见你就很开心。"

"呃……聊点儿什么吧。"丁茗说着，眼珠子一转，看向了齐小松，当即问道，"你觉得小松的妹妹是个什么样的人？"

"挺好的，很可爱。"

"太笼统了吧。"

"是……一生气就会摔碎东西的那种女生吧？"

齐小松一听，当即乐了，耸了耸肩："是一边哭，一边摔，不仅仅是盘子、杯子，还有电话、键盘、鼠标，甚至有一次摔了笔记本电脑。"

只是一个转移话题的玩笑而已，结果引出了这么惊悚的事情，熊伊凡与丁茗都露出了呆傻的表情。

还好齐小松家里条件不错，不然绝对被这位大小姐摔穷了。

课间操一般在上午的第二节课结束，这是每一天都要做的事情。就好像上课回答问题需要举手，下课铃响就是下课，这些都是大家默认了的事情。

齐小松虽然个子高，却因为是体育委员，总是跟在队列最后面，与熊伊凡一块儿。丁茗则是矮个子，本就在后排，三个人在一处，就会叽叽喳喳说个不停，就连做操的时候也不肯安生。

比如，现在。

齐小松突然朝熊伊凡摆出了一个"大鹏展翅"的动作，熊伊凡看了嘿嘿直乐，跟着摆了一个稀奇古怪的动作，还低声说了一句："黑虎掏心！"

结果，两人还没收招呢，班主任就神奇地出现了，想打齐小松的后脑勺却碰不到他的头，只能拍了他的后背一巴掌："当体育委员也不消停，你们两个给我一直保持这个姿势，到走队列结束，再进教学楼。"

"不——是——吧？"齐小松与熊伊凡异口同声地惊呼，对着老师软磨硬泡，居然半点儿用都没有。

"你们两个是惯犯，上课飞眼、课间操对招，是不是午休你们两个还能在讲桌上跳段迪斯科？不罚你俩，你们能长记性？"班主任说着，扭头就走了，却还是泄露了她想要恶作剧的狡黠。这让熊伊凡感叹，班主任太调皮，也是一件令人烦恼的事情。

幸灾乐祸是会传染的，高二（2）班的学生笑得就像抽筋小分队，你抽抽，我抖抖，看起来可恨极了。就连邻班认识熊伊凡与齐小松的，或者是干脆看热闹的，也跟着嘲笑起来。

做操结束，学生们还要走方阵队列，绕操场一圈，才能够进入教室。熊伊凡与齐小松被安排在操场的角落，一个大鹏展翅的姿势，一个黑虎掏心的姿势，就像两座雕塑，供其他学生轮流观赏。

"完了完了，十六年的脸都丢尽了。"齐小松突然变成了和尚，

嘟嘟囔囔没完。

"方丈,少林派的独门绝技不该是罗汉十八手吗?"

"行了,你也别逗我开心了,你往我后面来点儿,哥个头大,还是这个姿势,能挡住你。"齐小松说着,还挪了挪位置,挡住了熊伊凡。

熊伊凡很感动,往齐小松身边凑了凑,说道:"松哥你真棒,我来世做牛做马也不会放过你的!"

齐小松一听就乐了:"瞧你说的这俩动物,到底是给我骑的,还是给我耕的?"

熊伊凡居然听懂了其中的内涵,一拳捶在了齐小松的胸口。

不过,就算如此,大家还是能够看清那里是两个人,就连颜柯都认出了熊伊凡,整整偷笑了好几天。

齐子涵也是个不安分的,路过他们的时候,生怕别人不知道那里的"雕塑"是自己的亲哥哥,居然喊了起来:"哥,小熊,你们太帅了!"然后对班级里的人介绍,"那个男生是我哥,个子很高是吧!"

齐小松哭笑不得,家有呆妹简直就是家门不幸,不过还是对齐子涵亮出了一个大拇指,弄得齐子涵回到班级里都没停止大笑,还将两人丢人的样子拍了下来。

后来,熊伊凡都不知道,他们两人的姿势,究竟被学校多少学生给偷偷拍了下来,这绝对是一生的污点。

学校的生活依旧是三点一线,教室、食堂、寝室。

熊伊凡依旧控制不住自己去喜欢颜柯,第一次开始努力地描绘恋爱是怎样的图案,却发现自己根本无法悟透其中的规律,就好似黑板上画出的几何图案,需要用许多等式来解开,最后算出的答案,居然是无限不循环小数一样。

好在两人终是成了朋友,颜柯对她来说是特别的,可惜在很多人眼中他们不过是正常的友谊罢了,毕竟熊伊凡的人缘太好,多交几个朋友也不奇怪。到了后期,他们之间会经常发短信,虽然只是寥寥几句。熊伊凡给颜柯带蛋挞也成了常事,且味道越来越好。

不过,颜柯容忍熊伊凡是有前提的,就是熊伊凡与他在一起的时候,不许大声说话。

颜柯从小就学习钢琴,有着十分挑剔的耳朵,偏偏熊伊凡有着很大的嗓门,以及不美好的声线。不让熊伊凡大声说话,已经是颜柯最大的容忍了。

高中时代的追求,真的没有很多方法。每天用早安短信与他问好,晚上用晚安短信陪他入眠,偶尔带些食物给他,在他失落的时候进行鼓励,在他高兴的时候陪他微笑,偶尔送一些小礼物,甚至是微不足道的笔记本。

仔细想一想,原来喜欢一个人,也很简单。

周末,能够在图书馆看到奋笔疾书的熊伊凡,颜柯也挺惊讶的。

他捧着书坐到熊伊凡身边,见她的脑袋埋在了书堆里,一副近乎晕倒的模样,不由得觉得好笑。

"体育特长生也有奋斗学业的时候?"颜柯说着,将自己寻找来的书籍铺满桌子,整理出笔记本,便准备与她一块儿学习。

"是我太大意了,如果不是前几天班主任提醒我,我都不知道我签的合同上面也是要求有一定学习成绩的,不然合同是不成立的。"

"这是自然啊,就算是体育特长生,也得保证跟得上那所大学的进度吧。"

熊伊凡魂不附体一般继续木讷地复习,颜柯时不时地看她一眼,见她居然是从初中的数学开始复习,这基础得差成什么样啊?

"算了,作为你给我蛋挞的报答,我来教你吧。"颜柯说着,开

始小声为熊伊凡辅导。

没错,高一学生教高二学生,且讲得头头是道,让熊伊凡大为诧异,同时……也大为受挫。

"看不出我认识了一个天才啊,你小子的学习果然好到逆天了……"熊伊凡是这样夸奖颜柯的。

又是男神,又是学霸,还有让女生嫉妒的美腿,这种人为什么要存在于世?又为什么要出现在她的人生之中,好似他的存在,就是故意让她就此沦陷的。

"是凡人太多了,才让我脱颖而出。"颜柯笑着说,伸手弹了熊伊凡的脑门一下。

她现在呆傻的表情逊透了。

周六的图书馆内散发着慵懒的气氛,坐在熊伊凡身边的俊美少年,身边放着一瓶酸奶,有时给她讲题时,会直接去舔唇瓣上乳白的痕迹,留下些许湿润,在阳光下泛起盈盈光泽。青春期的暧昧,可能是坐在邻座时手肘衣服的摩擦,可能是几何图案上的辅助线,又或者是一道计算公式之中,交换着的两种字体,一个圆润稚嫩了些,一个工整漂亮了些。

熊伊凡一直与这些阿拉伯数字相敬如宾,亲切不起来,看到颜柯写出漂亮的公式之后,又有些许向往。是不是自己若是个好学生,也会与颜柯一样,流畅地写出一道道题目的答案,工工整整地解开?

相处久了就会发现,颜柯并没有最初印象里那么刻薄,说到底,也只是认生罢了。这种慢热型男生,还真是容易让其他人对他印象很差。熊伊凡曾经回忆过,两人的关系应该是在她送了颜柯蛋挞之后好起来的,这让她错误地认为,男神是需要投喂的。

共度的甜蜜时光总是过得飞快,与颜柯在一起,学习也变得美好起来。

两人结伴回家的时候，才发现两家离得特别近，就是两个相邻的小区。不过熊伊凡的家是旧小区，颜柯家是新小区，一年前才竣工，他也是后搬过来的。

　　"你说我们算不算是邻居？"熊伊凡双手环胸，目测起两家的距离来。随后她指着小区楼下的一处糕点店介绍，"看到那家生意很好的糕点店没有，我家熊爹开的。"

　　颜柯看过去，点头："看不出你的手艺还是传承下来的。"

　　"可不就是，我家距离百年老店也就差个八十多年。"

　　颜柯笑了起来，盯着熊伊凡看了一会儿，见她眉眼舒展，笑得柔和。

　　熊伊凡一直是一个十分快乐的人，让她周围的人能够感觉到她的快乐。与她说话会觉得快乐，与她一同学习会觉得快乐，看着她快乐，也会觉得自己快乐。

　　颜柯看了一眼手表："我先回家了，碰到什么问题的话，给我打电话就行。"

　　"感情问题呢？"

　　"这个该问闺蜜。"

　　熊伊凡深感有理。

　　颜柯从她手里拿过自己的包，背上。他总觉得让女生帮自己背包十分别扭，偏偏熊伊凡太过于热情，拒绝两次，她就开始大嗓门地叫嚷了，他只能妥协。

　　熊伊凡目送他离开，开始思考，是不是自己表白了，就不能与颜柯继续保持现在的关系了？

　　这是一道未知题。

　　周日一早，天空尚有朝霞升起时的粉红，太阳慢慢地爬着，直至变为一个圆球，就好似古代福娃圆滚滚的脸蛋，于是那连绵不绝的淡蓝色线条越发明显，占领了天际。万物从薄明的清晨苏醒过来，亮出初嫩的枝丫。

熊伊凡扛着煤气罐，走出糕点店的时候，刚巧邻居路过，很是热络地问她："小熊啊，你知道现在几点了不？"

熊伊凡单手扶住肩头上的煤气罐，用另外一只手从口袋里面取出手机看了一眼回答："七点二十，张阿姨这么早起来，是去早市吗？"

"嗯，孩子休息，就趁早上去买点儿菜，你快点儿换煤气去吧。"

熊伊凡跟张阿姨道别，扛着煤气罐到了父亲的面包车上摆放稳妥，回过头，就看到表情严峻的颜柯，不由得一愣。

"你周末也起这么早？"

"嗯……今天有钢琴课。"颜柯依旧沉浸在震惊之中。能够单手扛起煤气罐，还能有闲置的力气去找手机看时间，难不成这熊姓女是女张飞再世？

"这么辛苦？跟子涵一块儿？我能跟着听听不？"熊伊凡拍了拍手，大大咧咧地走过来与颜柯说话。自从熟悉起来，熊伊凡也渐渐自然了许多，与他说话就跟与朋友说话一个样，没有过分热情，也没有过分疏远。

颜柯盯着熊伊凡沉吟了片刻，才说："行是行，你去了别乱说话，容易被声乐老师拉去改造。"

熊伊凡很是乐和，当即拉着颜柯等她，自己则是去了店里，取了几块糕点出来："我们怎么过去？远不远？要不我骑自行车载你吧？"

颜柯从自己的口袋里面取出学生月票卡晃了晃，便径直走向车站。熊伊凡明白，当即小跑着跟上。

对熊伊凡的突然到来，齐子涵很是惊讶，不过看到熊伊凡手里的糕点，还是忍不住欢呼："小熊你知道吗，我可喜欢你了，你身上总有一股子甜甜的味道，现在我明白了，你身上都是蛋糕的香味，真好闻。"

"这话要是被你哥听到,他能搓出三斤多的鸡皮疙瘩,还甜甜的味道……"熊伊凡说着,一咧嘴,自己都觉得恶心起来。

"怎么会,我哥比我还喜欢你呢。"

"别闹了,他不气死我就烧高香了。"熊伊凡完全没有将齐子涵的暗示当一回事,只当是开玩笑。

齐子涵只是颇为暧昧地嘿嘿一笑,扭头就去给班级里的其他人分糕点了,还特意介绍是熊伊凡带来的。

颜柯则是跟钢琴老师解释:"她是我邻居,也有学钢琴的意向,我带她过来看看。"

"现在学有点儿晚了吧。"老师说着,还看了看熊伊凡的手指。

熊伊凡心虚地握紧了拳头,她可没有颜柯那样修长的手指,顶多算一双纤细却骨骼分明的手。

"她这一生能弹《小星星》就已经很了不起了,只是学个皮毛而已,不用讲究那么多,靠这个生活她能饿死。"颜柯说得很不客气,让熊伊凡忍不住瞪了他一眼。

之后,熊伊凡被安排在了一边的休息沙发上,看着其他人练琴。其实班级里的学生并不多,只有六个人,都是两两搭档,就数颜柯与齐子涵这一对最为抢眼,让熊伊凡觉得,他们两个在这方面也算是偶像派了。

钢琴的声音很动听,颜柯弹琴的时候姿势优雅、表情认真,那一丝不苟的模样,甚至是兴奋之中带着些许享受在其中。颜柯应该是喜欢钢琴的,不然也不会一碰触到钢琴,就如此快乐,整个人的气场都变得柔和许多。

钢琴上摆放着的淡粉色玫瑰花,面朝百叶窗,吸收着一道道阳光,扬起灿烂的笑脸,跟着乐曲跳起了快乐的恰恰。

后半段是练习时间,老师离开,留下几名学生与钢琴做伴。

另外两对学生相约去逛街,只留下颜柯、齐子涵,以及近乎被人遗忘的观众熊伊凡。

没有了其他人,熊伊凡要自在许多,跷起二郎腿,取出酥脆的饼干咔嚓咔嚓地吃了起来。颜柯在第三次错音之后终于停了下来,扭头瞪着熊伊凡:"出去吃,立刻,马上。"

在高雅的乐曲面前,却悠闲地吃着零食,还不忘记吧唧嘴。这就好比在交响乐的公演时在座椅上嗑瓜子,有伤风雅。关键是,颜柯是极为喜欢甜食的人,听着熊伊凡吃得香甜,自然也会乱了心神。

用美味的食物引诱人,简直是在犯罪!

熊伊凡的动作一僵,嘴里还有一半饼干没有咀嚼,最后干脆吞了下去,噎得直咳嗽,却强装镇定地连连挥手:"你们继续,我不吃了。"

颜柯这才不再说话,齐子涵则开始用乌溜溜的眼睛盯着两人看,随后感叹:"你们两个的关系真好呢!"

"才怪。"颜柯第一个否认。

熊伊凡跟着干巴巴地笑,无力反驳。

钢琴声又起,熊伊凡坐在一侧做起了免费的观众,可惜她真的是一个没有高雅细胞的女生,完全不懂得欣赏,心中觉得周杰伦的新歌还是不错的。后来,她的脑子里只在思考一件事情:在没有她的情况下,颜柯是不是经常与齐子涵这样独处?

他们是搭档,需要磨合默契,自然需要多多在一起练习,还真是近水楼台先得月的最佳途径。

她抬手看了看自己硬邦邦的手指,不经意间叹息声已经溢了出来,她现在的年纪,再想学什么都已经晚了。乐器样样不会,十八般武艺却是精通了七八样,这让熊伊凡自动将自己与女汉子画上了等号。

离开的时候,三人一起去了快餐厅。

"我们经常去这家的,套餐真的很好吃,小熊你一会儿跟我去点餐,让小白去占座。"齐子涵亲热地拉着熊伊凡的手臂,手里却拿着手机,"我把哥哥叫来接我。"

"小松最近在忙什么,周末约他都很少出来了。"

"我哥最近在补课呢,立誓要考上你那所大学。"

"啊咧,我怎么没听说过?"

齐子涵突然露出了颇为苦恼的表情,看着熊伊凡情不自禁地叹气:"我真为哥哥发愁。"

当初齐小松就与齐子涵说过,他喜欢的女孩子神经大条到一种境界,如果真的去向她表白,她说不定都会当成是玩笑话。齐子涵几次暗示熊伊凡,熊伊凡也是浑不在意的模样,她不得不替自己的哥哥发愁,追求熊伊凡的道路会极为崎岖难行,说不定真的会被错过心意。

"小松挺聪明的,努力努力一定能考上,你要对自己的哥哥有信心。"熊伊凡好心安慰。

齐子涵的心情却又沉重了几分。

三人边吃边等待的时候,齐小松的电话打给了熊伊凡,让她替自己去点餐。

熊伊凡起身去排队,留下颜柯与齐子涵两人。

"我哥特别喜欢她,可惜她在这方面总是很迟钝,一直没发现我哥的心意。她跟我哥在一起的时候,两人都超可爱。"齐子涵一边津津有味地吃着东西,一边与颜柯说着八卦。

颜柯则是取出手机与家里发短信,对齐子涵的话根本没有听进去,结果饭还没吃完,就起身准备离开:"家里出了点儿事,我先走了。"

"吃完再走嘛,喂,小白!"齐子涵去唤,却没能留住他。

熊伊凡回来的时候,只看到颜柯匆匆离开的背影,消失在人来人往的街道之中,就好似,从未出现过一般。

| 第五章 |

永远等不到的等待,称之为自取灭亡。

熊伊凡原以为要到周一才能再次与颜柯见面,没想到,当天晚上颜柯就主动要求见她了,只是气氛有些诡异。

在熊伊凡做晚饭期间,颜柯打来了电话,问她能不能出去坐坐,陪他说说话。听得出,他的声音有些哽咽,就好似受了天大的委屈。本就好听的声音带着柔弱,让熊伊凡的心酥麻成一团。

"你……吃饭了吗?"她问。

电话那边的颜柯一怔,迟疑了一会儿才说:"还没。"

"来我家吧,我刚刚做好饭。"

于是,颜柯被熊伊凡劝着,莫名其妙地来了她家,又规规矩矩地坐在了桌子前。他的眼睛红红的,似乎是哭过,又似乎只是被烟熏了,看着熊伊凡的时候眼睛里还有一股子雾气。

熊伊凡都快跟着哭了。

她围裙都来不及拿下来,就忙着给颜柯拿纸巾,同时还焦急地问:"你这是怎么了?"

颜柯什么也不说,更不肯承认自己哭过,只是鼓着小脸坐在桌前,没有了平时傲娇的模样,此时的他只是一个小男生而已,觉得委屈,然后生着闷气。保持着心中最后一丝倔强,不肯将心事说出口,偏偏还想要找人安慰。他纠结的心理让人觉得很难懂,熊伊凡也觉得很心慌。她想用纸巾帮他擦眼泪,可惜他的眼睛如同枯竭的井口,没有任何的润泽。这让熊伊凡显得手足无措,围着他乱转,就好像脚下有火在燃烧,让她无法停下脚步。

熊老爹也注意到了颜柯,不免也有些担心,手中还拿着炒勺就开始询问:"小熊啊,他是你的同学吗?这是怎么了?有话好好说,生气不能解决问题。柜子里面还有蛋糕,拿点儿给他吃吧。"

"爸,你去帮我看着锅啦,一会儿菜都煳了。"熊伊凡说着,把热心肠的熊老爹推了出去。熊老爹领命,转身出去,留下他们两个单独说话。

"你不是说想让我陪你说说话吗?你怎么不说话?"熊伊凡再次凑到颜柯身边,轻声问道。

她还系着围裙,在肚子的地方有一个小熊图案的口袋,很是可爱,给人一种家居的亲切感觉。她身上散发着一股子菜香,能够勾起无尽的食欲,让人不禁猜测一名糕点大师的厨艺会怎样,仅仅"香"这一项,就已经堪称一绝了。

"你就不能跟我说话吗?"他问,语气理所应当,毫不理亏。

"可以是可以,可是话题持续不下去啊!"她不由得再次提高了音量。

"我不是说过,跟我说话时不要嗓门太大吗?"

熊伊凡立刻举起双手表示投降:"好好好,是我错了。"

为了哄颜柯开心,熊伊凡开始说自己丢人的事情。颜柯坐在椅子上,坐姿端正,就好似居于高位的王者。听完熊伊凡的糗事之后一脸理所当然,觉得熊伊凡这样的人,做出什么丢人的事情都不会奇怪。

听了一会儿,他终于心情转好,眼眶中孕育的眼泪也全部消失不

见了。在熊伊凡家里洗了一把脸，刚刚抬头，就已经有毛巾拿了过来，直接敷在他的脸上，帮他擦脸，活脱脱一个照顾孩子的母亲。

颜柯夺过手巾，退后一步，责怪地瞪着熊伊凡："我自己会擦。"

熊伊凡家里的毛巾有一股洗衣液的清香味道，带着家的温馨。

将脸擦干净后，颜柯走到了厨房门口，十分正式地对熊老爹问好："叔叔好，我是小熊的同学，住在隔壁的小区，今天打扰了。"

方才他进来时情绪不佳，并未对熊老爹问好，在颜柯的世界观里，这是极为不礼貌的，他必须补救。

熊老爹不是一个会计较的人，熊伊凡的性格大部分遗传于他："没事，你去坐着吧，一会儿就能吃饭了。"

颜柯似乎很少在同学家里吃饭，十分拘谨。可是很快，他就觉得无所谓了，因为这父女二人完全没有将他当外人。他注意到餐桌上只有父女二人就开饭了，又看了一眼墙壁上的合影，心里已有所猜测，规矩地没有多问，只是闷头吃饭。

熊伊凡用筷子指着桌上的菜，鼓着腮帮子告诉他哪一个是她做的，哪一个是熊老爹做的。不得不说，这父女二人的厨艺都是不错的，颜柯觉得都很好吃。

吃过饭后，颜柯又坐了片刻，便起身告辞了，熊伊凡起身去送。

这里是旧小区，楼道里面个别楼层的感应灯并不灵敏，如何跺脚也不亮。熊伊凡伸手握住了颜柯的手腕，小声叮嘱："跟着我走，这边的楼梯很陡。"

颜柯没有挣脱，沉默地被她拉着。

寂静的楼道里，安静且清冷。熊伊凡的手渐渐开始颤抖，她紧张得不敢回头去看颜柯。重重地吞了一口唾沫，渐渐觉得自己有那么些居心不良，掂量着自己算不算在占颜柯的便宜。

"你……今天究竟怎么了？"熊伊凡再次开口问道。

"没有什么原因,就当我看了一部深情的电影,多愁善感了吧……"颜柯说完,叹息了一声。原因他并不想说,恐怕是家里的难言之隐。

每个人心中都有不肯言说的小秘密,熊伊凡一个劲地问,会显得有所冒犯。

"这事我不会说出去的。"

"好,我也不会将你满卫生间挂粉红色内裤的事情说出去。"

熊伊凡当即蹦了起来,回头盯着颜柯,羞红了一整张脸,支支吾吾的,什么也说不清楚。

颜柯难得地露出了笑脸,且笑得一发不可收拾,临走时还不忘拍了拍她的头,说:"我自己回去就行了,你上去吧。"

她乖乖地听话,看着颜柯走出小区。皎洁的月,银辉洒满大地,将他离去的身影镀上了一层银白。天空之中的星星闪烁着,好似也在对颜柯抛媚眼。

熊伊凡觉得很遗憾,因为从颜柯来,到他离开,她都没能问出问题所在。她终于意识到,如此俊美的少年,学习如此好的他,也会有他的烦恼,无法诉说,难以启齿。

回到房间,某人躺在床上,一边疑惑颜柯难过的理由,一边又为颜柯今天愿意第一时间来找她,而非别人而感到激动。想起自己曾经握过颜柯的手腕,她就忍不住在床上翻滚起来,兴奋难当,理所应当地再一次失眠,黑了眼圈,第二天也没能拿去蛋挞,只好带了三个煎饼果子。

颜柯依旧是自然地接过,盯着她的黑眼圈笑嘻嘻的。

"你笑什么啊,看我没睡好你很开心?"熊伊凡不高兴地问。

"不是啊,刚认识你的时候,你就算有黑眼圈也看不出来,最近居然能看出来了。"

熊伊凡后知后觉地反问:"我可以认为是你在夸我皮肤白了吗?"

熊伊凡之前就在用美白面膜,之后又有轩给予的补货,如今还真是白了许多。不过,与颜柯相比,她还是一个小黄人。

"你可以这样理解。"颜柯说着,打开自己的包,从里面取出一个袋子递给了熊伊凡。

熊伊凡狐疑地接过,打开来,看到里面放着一双浅棕色的半指手套,顶端还有一圈毛茸茸的兔毛,看起来十分温暖,还很可爱。

见她不解,颜柯解释:"昨天感觉你好像很冷的样子。"

熊伊凡当即忍不住腹诽,那时哪是冷啊,她是紧张得发抖!

不过这也算是因祸得福吧,说不定颜柯是昨天晚上特意去为她买的,这也是颜柯送给她的第一份礼物呢!想想,就觉得心中暖融融的。

她试着戴了一下,发现刚好合适。

"谢谢,很好看。"说得矜持,人却笑开了花。

颜柯看了一眼,不免有些惊讶:"看不出来你手还挺白的。"

"我脚更白。"熊伊凡说完,恨不得脱鞋给他看。

颜柯吓得连退了好几步,生怕别人知晓他认识她。

可是,颜柯送熊伊凡手套的情景还是被车站的不少女生看到了。

颜柯在学校算是一名风云人物,学习好、人也帅,还是出了名的钢琴小王子,学校里面追他的女生不在少数。之前觉得他与齐子涵是情侣,不少人望而却步。如今知晓颜柯总是与熊伊凡这样的女汉子一同上学,不少人也注意了起来。

于是,与颜柯走得颇近的熊伊凡,已经成为众多女生的假想敌。

熊伊凡刚到学校,就恨不能将颜柯送的手套供起来,每天点几根香,供上几个水果。事实上,她也是这样做的,而且还立了一个牌子,上面写着:男神保佑。

熊伊凡还在膜拜，就被齐小松一个电话叫下了寝室楼。

到了学校的凉亭里，齐小松见到熊伊凡的第一眼就开始兴师问罪："你知不知道你收了一件礼物，害得多少女生哭了鼻子？其实这些都无所谓，最让人觉得可恶的是，你居然还惹哭了我妹妹。"

熊伊凡思量了一会儿，便直接坐在了齐小松身边："是她们大惊小怪。"

"你敢说你心思纯洁？"齐小松问得阴阳怪气的，听起来十分不舒服。

熊伊凡看到齐小松的神情，不由得一怔，随后就有几分不悦了。"公平竞争不行吗？她们喜欢谁是她们的事情，她们如何去追的，也是她们的事情，她们不争气地哭了，这统统与我无关吧？"

听到她这一句话，齐小松当即垮了一张脸，不薄不厚的唇瓣好似瞬间干裂开，露出了一丝猩红的颜色，就好似破碎了的心脏，那丑陋的伤口暴露无遗。几句简单的试探，却得到了如此直白的答案。他突然后悔来问，这样他还能够自欺欺人地告诉自己，熊伊凡没有喜欢的人，自己还有机会。

可是，如此明显不过的事情，他早就看出来了。于是，带着心中那扭曲的嫉妒，他开始冷嘲热讽："还真看不出来，我们熊哥也有倒追的一天。"

"是啊，我在倒追，难道你妹妹就不是吗？你现在找我是什么意思，因为你与我关系好，所以派你来劝我放弃吗？"

"熊伊凡，子涵不是你想的那个样子！"齐小松近乎低吼了，随后在凉亭里烦躁地来回踱步，几圈之后终于停了下来，"你放弃他行吗？"

"不要，我喜欢他。"

齐小松几乎要将眼珠瞪出来了，有一句深藏在心中的话险些破口

而出,熊伊凡的手机铃声却打断了他的诉说。

气氛被打断,冲动也很快被遏制住,他将险些脱口的表白重新咽回肚子里。

熊伊凡接通电话,里面传来颜柯焦急的声音:"快来快来,救命!"

她一听,吓了一跳,当即蹦了起来,快速向外走,同时问:"你怎么了?出了什么事?"

她走得毅然决然,甚至不愿意与齐小松打一声招呼。

齐小松看着她离开,脊背僵硬,高大的身体突然变得矮小了几分,宛如短短几分钟内,让他遭受了千年的风霜雨雪,身姿也一点点变得蹉跎。

丁茗从不远处走了过来,站在齐小松身后看着他:"吵架的理由略显牵强啊……"

齐小松也没隐瞒丁茗,直接笑着说:"今天子涵是对颜柯表白被拒绝了才哭鼻子的,根本没提小熊的事情。在她心里,小熊就是未来嫂子,她一直很喜欢小熊的……"

"你为什么不干脆表白?"

"现在不是时候吧,她如果追颜柯的话,一定会受伤的,那时……"

"真的喜欢她,会舍得看到她受伤吗?"

"不让她受伤,她不会意识到我的好。"

齐小松又怎么可能不明白,他只不过是在为自己的不勇敢找寻借口,此时也是在自圆其说罢了。

"莫名其妙。"丁茗坐在凉亭里面,看着熊伊凡的背影,心中却有些羡慕。

齐小松大马金刀地坐在丁茗身边,舒展开自己的手脚,就好似长腿长脚的蜘蛛,张开了巨大的网。他歪着头,看了丁茗一眼,突然用开玩笑的语气说道:"我说丁小茗同学,你不会喜欢我吧,千万别啊,我会拒绝的。"

丁茗被问得心口一颤,表情也变得怪异起来,最后强装镇定地回答:"开什么玩笑,怎么可能!"

"是啊,怎么可能呢。你是小熊的朋友,不能喜欢我,也不能让小熊知道任何端倪,不然啊,我就真的没可能了。只要与你在一起过,我这辈子就算是错过她了,我会不甘心的。"齐小松说着,自顾自地笑了起来,随后站起身来,又低声说了一句,"千万……不要喜欢我。"

这个时代的人,总是有着精神洁癖,对古代三妻四妾嗤之以鼻,开始向往肉体占有与精神占有这样的双领域,也就是俗称的独占欲。女人们无法与闺蜜分享男友,那无疑是一件令几个人都很别扭的事情。

世间的男人千千万万,用不着闺蜜两个人去抢一个男人,这不能说明这个男人有多好,只能说明两个女人的交际圈子都太小。

曾经有人说,两个女人,如果爱上过同一个男人,那么她们的一生都会互相比较。往往,让两个女人之间的关系彻底决裂,只需要让她们爱上同一个男人,而这个男人,爱上了其中一个女人。

失败者暗暗祝福,却也会在他们吵架的时候幸灾乐祸。这是人的本性,而不是电影之中虚构出的善与恶。

情绪,是管不住的。

如果让熊伊凡知道,丁茗喜欢齐小松,就算是"喜欢过",日后就算是丁茗结婚生子了,熊伊凡都不会与齐小松在一起。

而这,是熊伊凡的风格。

"你放心好了。"丁茗扯着嘴角笑着,声音也极为正常。

齐小松放心地点头离开,步伐决然,没有回头,他害怕看到一双泪湿的眼,他也怕自己心软。可是他那么喜欢熊伊凡,这又能怎么办呢?趁早让丁茗断了想法,这样也能避免丁茗受伤,徒劳的暧昧只会伤神,不会有任何实际的好处。

丁茗孤零零地坐在凉亭里面，眼泪止不住地往下掉，口袋里的一包纸巾被用尽了，才起身向寝室的方向走。

偶像剧里面的女二号总会捡漏，与深情的男二号在一起。可是现实中的人，有几个愿意如此将就呢？如果说，熊伊凡是偶像剧里面的灰姑娘，那么丁茗也做不来幸运儿。齐小松不喜欢她，也不希望她喜欢他。

连喜欢的资格都没有，这种境遇才是最为凄凉的吧？

她又恨不起来，因为她在喜欢齐小松的同时，是那样喜欢熊伊凡。

当熊伊凡赶到颜柯的寝室楼下时，正看到颜柯孤身一人等候在那里，捧着被洒满钢笔水的校服。她奇怪地走过去，颜柯已经主动开口了："这校服，还有救吗？"

熊伊凡长长叹了一口气，将自己提起来的心放了回去，伸手接过他的校服，说道："等着，我只能尽力，明天早上不一定能干。"

颜柯面露喜色："多谢女侠行侠仗义！"

"过奖了。"

钢笔水是刚刚溅上去的，所以还很好洗，只是上面的痕迹很难做到一点儿都没有。熊伊凡在水房里面奋斗到深夜，才将校服洗干净，拉着丁茗将校服拧成了麻花，晾在了寝室的阳台上。

夜已经深了，天空之中镶嵌着璀璨的星星，好似细碎的沙粒铺成的高低起伏的沙漠，泛出蔚蓝的颜色。

校园之中极为沉静，整个世界都酣睡着，犹如冬眠的蛇。

"你……和小松说了什么，他好像很生气的样子。"丁茗看着熊伊凡问。

"没说什么，他居然为他妹妹打抱不平来了，难不成只有她妹妹是爹生妈养的？只有她妹妹娇气？"

丁茗听完之后，只是点了点头，随后沉默了好一阵，才又问："你真喜欢颜柯？"

"嗯。"

"如果你追不上颜柯，另外一个与你关系不错的男生跟你表白，你会答应吗？"

"别扯了，谁能看上我啊！"

"问你正经的呢！"

见丁茗有些着急，熊伊凡还是认真思考了下，随后才微笑着说："你会因为别人喜欢你，而放弃你喜欢的人吗？青春就是用来疯、用来闹的，这个年纪过了，就会束手束脚，顾虑也会变多。如果不死命地折腾一番，那不叫无悔的青春。"

不会。

答案十分明显。

所以，熊伊凡不会答应表白，也不会放弃颜柯，这是熊伊凡的选择。

丁茗释然地叹了一口气，随后指着校服说："恐怕，你的男神正被男生们孤立，这钢笔水，说不定就是一场恶作剧。"

熊伊凡完全没有想过这方面的可能，听到之后不由得错愕，扭头看向颜柯的校服，眉头蹙起。

"为什么？"

"一切源于嫉妒。"丁茗说着，又推着熊伊凡进寝室，"我只是胡乱猜的，说不定你的男神魅力无限，这也是不小心呢。"

熊伊凡干笑了几声，表情却有些僵硬。她一直知道颜柯女生缘很好，男生缘却很差。外加颜柯十分毒舌，应该有不少人很难与他相处吧。

被孤立……

熊伊凡没有经历过，因为她的种种不优秀，使得她在交际方面十分优秀。

这，又是熊伊凡与颜柯的一项不同。

熊伊凡早上是被颜柯的电话吵醒的。趁着许多人还没起床的时间，颜柯来到了女生寝室楼下面，让熊伊凡将校服送下去。就算选择了这个时间段，还是被几个早起的女生碰了个正着，看着颜柯与熊伊凡窃窃私语。

颜柯撇了撇嘴，有些无奈，不过还是说："谢谢，这个给你。"说完，将在食堂买来的包子递给了熊伊凡，便逃也似的离开了。

熊伊凡美滋滋地回到寝室的时候，室友们悠悠转醒，对熊伊凡居然早起去买包子表示深刻的怀疑。不得不说，颜柯将熊伊凡当成了一个汉子，就连饭量也是根据汉子估算的，这些包子福利了整个寝室的成员，最后还剩了几个。

齐小松在前一天还与熊伊凡吵了一架，第二天就跟没事人一样继续与熊伊凡说说笑笑。熊伊凡也没往心里去，自然而然地，便将这件事情忘记了。

只是突然有一天，齐小松无意间提起了一件事情："我妹妹也签保送合同了，与颜柯一起，还是颜柯主动打电话给子涵的。"

熊伊凡先是错愕，随后就是惊喜。这样的话，颜柯以后就会是她的大学同学了。

"之前不是拒绝了吗？"

"听说是老师觉得机会难得，给家长打了电话，具体情况我也不知道。"

熊伊凡不免想到颜柯突然心情很差的那天晚上，说不定就是在那一天，颜柯的隐瞒被暴露了出来，他明明是好心，却被家里责怪，才会觉得委屈的。

事情得到了答案，熊伊凡也淡然了许多。

一学期很快过去，寒假如期而至。

因为学校冬季会长时间开空调，较为费电，学校出于节省的角度，会适当地调整寒暑假，以至于学校的寒假总是要比暑假长一些。

熊伊凡的期末考试很是狼狈，几乎满堂红，这让熊老爹在期末家长会的时候，还被单独留了下来，进行谈话。

熊老爹因为是单身父亲，所以一直对女儿的教育很有愧疚心理，看到熊伊凡的成绩这么不好，心中也不是个滋味，回家便与熊伊凡商量着请一名家庭老师，来帮熊伊凡补习。

其实很多时候，熊老爹就好似熊伊凡的哥哥一样，说话温和，许多事都是与她商量。两人互相扶持，互相依靠，幸福地过了这么多年，从未让熊伊凡觉得家中缺少一位母亲，是一件多么值得悲伤的事情。

熊伊凡自知理亏，便也答应了。

碰巧颜柯来熊伊凡家送还几本菜谱，看到了发愁的父女俩，取来了熊伊凡的期末卷子，看了几分钟，便将所有错误题目的正确答案写了出来，又还给了熊伊凡："哪里不懂再问我。"

熊伊凡伸手接过卷子，诧异万分，心中对颜柯这个学霸佩服得五体投地："你就是我心目中的神。"

"不如这样吧，家庭教师不用请了，我寒假来你家里写作业，辅导你的功课，你顺便做饭给我吃，就当酬劳了。"

熊老爹很开心，家里的饭是每天都会做的，不过是多给出一些口粮罢了。颜柯饭量小，相比较请一名家教所需要的花费，这些饭菜的开销根本不算什么。

等熊老爹走了，颜柯才颓然地靠在熊伊凡家的沙发上，用极小的声音说道："我是来避难的。"

熊伊凡依稀了解了颜柯此时的处境。

她曾经逛到过齐子涵的空间，看到里面有一篇新的日志，洋洋洒洒几千字的长文，里面诉说着自己失恋的情绪。日志里的她情比金坚，颜柯却是冷酷无情的存在。他们两个的组合原本是万般美好、千般合拍的，却还是不能在一起。

日志下面有许多回复，多在安慰，或者是怒指颜柯太过于无情，说他错过了很好的女孩子，今生注定会后悔。还有人诅咒颜柯一定找不到好的女朋友……

熊伊凡看完之后还挺同情颜柯的。

颜柯喜欢齐子涵，就是终成眷属、美好姻缘；颜柯不喜欢齐子涵，就是冷酷无情、感情背叛。说到底，是齐子涵将自己看得太重，又将颜柯的想法看得太轻。这世间，没有谁必须喜欢谁，也没有谁规定了，如果一个女孩子喜欢一个男孩子许多年，这个男孩子就必须做出点儿什么来回报。

谁也不欠谁的。

"你为什么不与齐子涵在一起呢，她很可爱啊。"熊伊凡也忍不住想要八卦，问问颜柯的意思。

颜柯将自己的身体埋在软软的沙发里，用懒洋洋的声音回答："我和她在一起经常会吵架，那样会很累。而且……你知道吗，我妈妈从初中起就是校花，直到研究生毕业，校花的位置都坐得稳稳的。偏她是一个不折不扣的花瓶，倒咖啡都能烫到手，然后毁了一个笔记本电脑。家里有一个花瓶，可以欣赏，两个花瓶，就是灾难。"

熊伊凡听了颜柯拒绝的理由后，无论从哪个方面想，都觉得自己很有机会。首先，她性格很好，不会和颜柯吵架；然后，她不是花瓶，许多事情都能办得干净利落；最后，她很喜欢颜柯，一定会始终如一。

可是她也明白，一个男神，想要拒绝一个追求他的女生有很多理由，拒绝齐子涵可能是这样的理由，拒绝熊伊凡的理由可能就是：丑、嗓门太大受不了、你居然还敢妄想。

颜柯不是一个小男生，他清楚自己想要什么，而且十分清楚自己的想法。他曾经以钢琴的声音很好听为理由，学了这么多年的钢琴，还成了艺术尖子生；又因为学年组排第一名的男生对他露出了不屑的眼神，而在期中考试时一举超过了对方；甚至是在小学时，曾经想要参加偶像的演奏会，而独自购买车票，跑到了千里之外的城市，天亮出发，晚间回来，无人知晓。

颜柯的目标一直十分明确，且确定了，就不会更改，并不是熊伊凡对他好，他就会感动到与她谈恋爱那种人。

"你该跟她好好解释。"

"她最近在闹情绪，几个月了也不见消停，现在我们两个已经不是搭档了。其实这样也挺好的，四手联弹什么的早腻歪了。"

熊伊凡不知道在这个情况下该怎么安慰，她甚至开始怀疑，是不是有一天，颜柯会像躲避齐子涵一样躲避自己。他们两个相伴了那么多年，也是这样的下场，自己，会是下一个齐子涵，还是说她会更惨一些？

颜柯是一名尽职尽责，却没有什么耐心的老师。如果一道题讲两次熊伊凡没懂，颜柯就会蹙眉，随后用手指敲击桌面，或者是用笔尖在题目旁边点出一片小星星来兴师问罪："你到底有没有认真听？这样的题目居然说两遍你也不懂！你现在是学生，你还签约了保送，你就是用这种态度，面对你的人生的吗？"

不得不说，有时颜柯就是一个有些神经质的人，就好似熊伊凡的家长，代替熊老爹这过分慈和的父亲，教育熊伊凡这不争气的孩子。

而男神与男神经病，也只有两字之差而已。

有时在吃饭的时候，颜柯都会像神经病一样，突然指着盘子里的

菜问熊伊凡:"蔬菜的单词是什么?"

"Vegetables。"

"用英语给我介绍一下这道菜。"

"呃……"

在颜柯的表情渐渐变得严肃的时候,熊伊凡终于答道:"This dish is very delicious。"

"好吧,算你过关。"

这个时候熊伊凡通常会长松一口气,心中开始腹诽,真不如当初找个慈眉善目的家庭老师来。跟颜柯在一起学习,生怕颜柯将她当成笨蛋,还怕颜柯生气,最可恨的是这小子生气比她亲爹都吓人。

在颜柯躲避在熊伊凡家里写作业外加辅导的时间,颜柯时常会接到齐子涵打来的电话,或者是她发来的短信。

每当颜柯接听电话,熊伊凡的动作都会变缓,举手投足之间,净是隐藏不住的好奇。

这个时候,往往等同于下课时间,颜柯会拿着电话去阳台,有时也会不避讳熊伊凡,直接在房间里接听。

不过,熊伊凡也发现了,颜柯愿意在她面前接听的电话,回答一般是"哦,是吗?""呵呵,行,我知道了"之类的话语。去阳台接电话的时候,有时会争吵几句,熊伊凡偷听过,说的是关于钢琴搭档的事情。

有几次丁茗在网上问熊伊凡,与颜柯单独在家里补习了这么多天,两人的关系有没有什么进展。

熊伊凡思考了半天,才回答:齐子涵在颜柯身边那么多年,都没有半点儿进展,我能有什么进展啊。

丁茗一听也蔫了,直骂熊伊凡没出息。

熊伊凡的确不够勇敢,情人节的时候准备好了巧克力,却始终没有勇气送给颜柯。在人家离开之后,自己一股脑地全给吃掉了。她的全部勇气,都在跟颜柯要电话号码的时候用尽了。越是与之相处久了,越是发现两人之间的距离,还不如就一直做一个朋友,这样还能陪在他身边,不求他记住她的好,只求他能够记住她就好了。

| 第六章 |

狂奔着,呐喊着,甩乱了头发,
犹如走兽。她,爱疯了。

临近开学,熊伊凡和颜柯一同去了一趟商场。

换季的衣裳需要买,开学要用到的书籍、文具需要买。直到这个时候,熊伊凡才知道颜柯买袜子的时候是多么豪放,他完全是成批买,先买三十双,能穿一个月的。

"你可真是贵足啊……在洗脚的时候,顺便将袜子洗了不就可以了吗?"熊伊凡居家过日子的传统理念还在,所以难以理解颜柯的奢侈。

"不爱洗……"颜柯有着意料之外的固执,稚气的模样反而像个孩子。

他故意板着一张脸,露出一副"我乐意,你别管"的架势来,做出来的事则是用最快的速度将袜子放进自己的背包里面,欲盖弥彰。

"实在不行你拿给我,我给你洗。"

"不要,让别人洗袜子感觉好丢人。"

"那你换成穿丝袜呢,这样成本还能低一些。"

"……"颜柯不再回答,扭过头去,仅露出粉红色的耳垂,逃也似的溜走了。

在商场里买衣服的时候,颜柯主要看的是外表,熊伊凡则是注重面料、舒适度,以至于两人的意见总是不统一。不过,但凡熊伊凡表示这衣服料子穿起来会不舒服之后,颜柯一般会选择放弃。其实,颜柯是一个不喜欢逛街的人,好几次都在问:"要不干脆就这件了吧?"

熊伊凡则不然,她虽然不像其他女生那样喜欢逛街,却喜欢货比三家。直到看到一件十分漂亮,做工也很好的针织外套,她才停下脚步,谁知她还没问价钱呢,店员就问了:"两个小帅哥买衣服啊?"

熊伊凡动作一僵。

颜柯皮笑肉不笑地点头应了,然后开始问价钱,几乎决定买的时候,才听到熊伊凡弱弱的声音:"这衣服我也挺喜欢的……"

颜柯回头看了她一眼,见她可怜兮兮的模样,竟然有点撒娇的味道,偏偏还不觉得别扭。

"一块儿试试吧。"颜柯说着开始脱外套,走到镜子前试衣服。他的皮肤如同上好的羊脂白玉,加上身材纤细,是极好的衣服架子,有羊毛衫白嫩的兔毛毛领映衬着,还增添了几分华贵的感觉。

"挺好的。"熊伊凡拎着小一号的衣服眼巴巴地看着颜柯,迟疑了一会儿,才进了更衣室。

过了许久,颜柯敲了敲更衣室的门:"不过是一件外套,你要换这么久吗?"

熊伊凡这才打开门,让颜柯看了看。她问:"怎么样?是不是显得我好黑?"

"你本来就黑,还用显?"

"你不吐槽我会死啊?"

"我觉得挺好的,买了吧。"颜柯说着,走到服务台交钱。

熊伊凡风风火火地换好衣服走出来的时候,颜柯已经帮她将衣服的钱交了。

"就当是这些天的饭钱。"

熊伊凡当即觉得不妥:"你还帮我补课了呢,我们扯平了。"

"我真的没觉得我教会了你什么。"

"要不……"熊伊凡迟疑着,终于鼓起勇气,走到了颜柯身前,十分郑重地开口,"要不我帮你洗袜子吧,你穿完四天的装一个塑料袋里面给我。"

颜柯突兀地红了一整张老脸,嘴唇翕动了半天,才恼羞成怒地低吼:"你很烦人你知不知道!"

说完,便大步流星地离开了,说不定此时正在后悔,就不该当着熊伊凡的面买袜子,像以前一样网购就好了。

到了书店,就会发现店中选书的人中,学生居多。开学的季节,络绎不绝的学生带着对新学期的向往,开始为新学期做准备。一个良好的开端,才能为之后的成功奠定基础。

颜柯与熊伊凡在高二的参考书前徘徊,颜柯为熊伊凡挑选了几本练习题,吓得熊伊凡小脸煞白。平日里学校出的题就够多了,自己再买几本来做,那简直就是雪上加霜,自讨苦吃。

"买几本理科的书就好了,最好是那种书上有课本例题答案的,这样就不怕被老师点名回答问题了。"熊伊凡说得义正词严,很是理所当然地接收到了颜柯鄙夷的目光。经过整整一个寒假的磨炼,她早早练就了自己的抵抗能力,此时丝毫没有动容,反而挺了挺贫瘠的胸脯。

还没等颜柯犀利的吐槽开始,两人就被几个女生打断了思路。

和他们在一块儿选书的,大多是同年级的学生,有可能不是同校,却也算是同龄。这几名女生十分热情地围在颜柯身边,叽叽喳喳地说个不停。熊伊凡也是被挤开老远才分辨清楚,她们是在向颜柯问电话号码。

颜柯无疑是引人注目的,无可挑剔的五官,修长纤细的身材,以及聪明的大脑，虽然有的时候有些任性、固执，但总体来说，他可以匹配"男神"这个称号。熊伊凡能够对颜柯一见钟情，那么，其他的女孩子也可以。

颜柯会在不同的时间段，认识不同的女生，被不同的人追求、陪伴。比如小时候的唐糖，后来的齐子涵，以及现在的熊伊凡。在之后冗长的时光之中，能与颜柯相伴的，说不定会换成别人。身边的人走马灯一般不停更换着，也不知有没有哪一个能够走进颜柯心中。

熊伊凡咬着嘴唇，狠狠地一跺脚，还是扒开人群，挤了进去，尽可能地将颜柯护住。颜柯正不耐烦，眉头打了一个漂亮的结，嘴里说着："没有手机很奇怪吗？"然后就看到熊伊凡小野牛一般挤了过来，拉着他往旁边去。

"我们还有急事，先走了。"熊伊凡说着，便在众女生的包围之中将颜柯抢走了，这种感觉还真是让人暗爽。

谁知，很快就有人给她泼了一头凉水："天哪，那帅哥居然是喜欢男生的！他们还拉着手！"紧接着，就是一片尖叫的声音。

"噗——"颜柯没忍住，笑出声来，看着熊伊凡的后脑勺，注意到短发下半遮掩的耳朵已经红了个彻底。

一天之内，两次被误认为是男生，这让熊伊凡大为受挫。她不就是女汉子了点儿、声音粗了点儿、力气大了点儿、行为剽悍了点儿，其他都是十分标准的女孩子啊！

不如……将头发留长吧。

这个想法在脑中乍现，随后便一发而不可收。

颜柯不知道熊伊凡在想什么，只是在书架子上选了几本书，便与熊伊凡一同去结账了。这一次，熊伊凡说什么都要她来结账，因此颜柯并没有如何反对。

回来的路上，两人乘坐公交车，熊伊凡坐在椅子上，颜柯则是扶着椅子上的扶手，站在她身边。偶尔抬头，就会看到颜柯以张开双臂的姿势俯瞰着她，好似她只要一起身，就会进入他怀里。

这是一个无限暧昧的姿势，心思纯正的人不会胡思乱想，熊伊凡却大大地幻想了一把，觉得颜柯是在邀请她入怀。

回到家以后，熊伊凡穿着新买的针织衫满屋子狂奔。

她和颜柯的确没有买情侣装，只是买了一样的衣服而已。可是，在别人看来，这与情侣装还有什么不同？她兴奋得难以自拔，只能用消耗体力来让自己的兴奋消退下去。

难得静下来之后，她躺在床铺上，取出手机，看着屏幕迟疑了许久，想要发一条短信给颜柯。可是想了好久，竟然想不出该发什么，难道与他说：能跟你买一样的衣服好开心。

房间里的书桌上面，放着新买来的熏香，散发着阵阵薰衣草的芳香，沁人心脾，为的不过是在颜柯来的时候，能让她的房间有点儿女人味。书桌上还放着颜柯没有拿走的字帖，里面满满的，都是属于颜柯的字体，漂亮的楷体字，极为规范。

颜柯来熊伊凡家也有将近两个月的时间了，两人经常孤男寡女共处一室，什么也没发生过，除了写作业复习之外，只能说是相敬如宾。初期，熊伊凡还有些小女儿姿态，后来，齐小松在网上嘲讽了她一句：放心吧，花心大萝卜与你独处都会变成禁欲系，颜柯这样的，一定会变成纯太监。

以至于，熊伊凡到后来尴尬、羞涩的心情都没有了，只能将自己的全部精力都消耗在书本上。

关上台灯，屋中陷入黑暗，熊伊凡却睁着一双大眼睛，盯着天花板发呆。

或许关上一盏灯，合上一扇窗，就可以陷入不一样的处境，用另一种心情，看待这一份不成熟的感情。

晚安，我的初恋。

翌日一早，是颜柯将熊伊凡从被子里面揪起来的。

熊伊凡睡眼惺忪地在被子里面打了一个滚，被颜柯掐了一把之后，竟然来了一个鲤鱼打挺，起了身。她看到颜柯之后一边揉眼睛，一边问："你怎么从我梦里走出来了？"

颜柯拉出椅子准备坐下的动作明显一顿，随后姿势有些僵硬地坐下，单手掩着脸，咬牙切齿地吩咐："起床、刷牙洗脸，速度！"

熊伊凡木讷地起身，一边抓痒，一边顶着乱糟糟的鸡窝头走出了房间，就连睡衣上的褶皱，都透着一股心照不宣的邋遢。

不出五分钟，熊伊凡就冲回了房间门口，用惊悚的眼神看着颜柯："你……你怎么来这么早？"

"今天我妈妈的公司有活动需要早起，她怕起不来床，定了十个闹钟。我在听到第六个闹钟的时候终于扛不住，去把我妈妈叫醒了，不过我睡不着了。"颜柯说着，翻开桌面上的书，"睡衣居然是男款的，你究竟得多爷们儿？"

熊伊凡无语了，她刚才睡得迷糊，好像说了些什么奇怪的话，却又想不起来是什么了。

"你怎么进来的？"

"熊叔叔刚出去。"

熊伊凡这回老实了，去洗手间洗漱完毕，还打电话给熊老爹，下了正式通牒，如果以后颜柯早上去她家，一定要先把她叫醒，不然这样见面太狼狈了。

在洗手间里面换好了衣服，熊伊凡才磨磨蹭蹭地坐在了桌边。

椅子还没坐热乎，颜柯已经开口了："我饿了，做早饭去，我想

吃两个蛋挞,还有黑芝麻奶油球、一杯热可可。"

"你说你这么爱吃甜食,怎么都不胖呢?"

"你也不是很胖啊。"

"不一样的,我是运动系的,一会儿吃完饭,跟我一块儿去跑步吧,我每天早上都会出去跑一圈。"

"我不去,要去你去。"颜柯坚决抗议。

如今可是寒冬腊月,地面上有一层厚厚的积雪,个别地方还会结冰,走路都不方便,更别提跑步了。他是一个不喜欢运动的男生,偶尔跟着出去打篮球、排球,也是被人软磨硬泡才去的。

谁知,熊伊凡竟然坐在了颜柯身边,伸出一只手来:"敢跟我掰腕子吗?"

颜柯沉默了,他可是见识过熊伊凡的力气的,这小妞绝对是爆发力惊人的女汉子,一般男人都会自叹不如,与她掰腕子,绝对会扼杀他作为一个男人最起码的尊严,于是颜柯很是体面地拒绝了:"我还没吃饭,哪有力气与你比?"

熊伊凡认命地起身去做饭,不一会儿,厨房里面就传出了乒乒乓乓的声音,这是厨房才会出现的独奏曲,没有规律可言,却是家中最为动听的声音。

颜柯一直听着,在笔记本上写了一个字:梦。

盯着这个字发呆半晌,他开始在梦字周围画出一圈一圈的囚笼,将这个字包裹,最后干脆将这个字划得面目全非,看起来就好似一个毛线团,油笔的蓝色笔痕犹在。

熊伊凡的手艺越来越好,在家里做出的烘焙成品也是像模像样的,除了没在上面插两个小旗,其他的与店里卖的也没有什么两样了。颜柯一直对熊伊凡的手艺很认同,不然也不会赖在她家这么多天。

熊伊凡吃完早饭，又收拾了屋子，这才将颜柯硬拖着出了家门，带着他一块儿去跑步。

不喜欢运动，并不证明他运动神经不佳，而是不喜欢累得满身大汗的感觉。颜柯起初是能够跟上熊伊凡的，可惜跑了不出一千米，就有些气喘吁吁了，加上天气的原因，冻成了红鼻头，几次干脆叉着腰站在雪地里抗议："不跑了，我先回去等你。"

熊伊凡当然不会放过他，到他身后推着他继续跑，颜柯只好半推半就地继续前行。

昨晚刚下了一场雪，天地之间白茫茫一片，天与地交织，延绵出望不见的尽头。落在枝头的积雪如沙粒，如粉尘，并不粘连，被风一吹便簌簌下落，落在鼻尖，随后化为晶莹的透明珍珠，璀璨纯净。如今还没有到上班时间，许多积雪没有被踩实，两人跑步的同时，会踩出咯吱咯吱的声响。

气急败坏的颜柯偶尔会随手捡起些雪扬在身后的熊伊凡头上，风一吹，还会落在他浓黑如墨的发丝上。熊伊凡会跳起来，将自己冰冷的手伸进颜柯后脖颈处的衣服里，冻得颜柯脚步大乱，险些摔倒。

熊伊凡下意识地伸出手去扶他，张开的双臂，摆出拥抱的姿势，却发现他是向后仰，随后便是眼前一黑，她整个人被颜柯撞倒在地。地面上依旧有积雪，摔得并不痛，只是身上沾上了许多银白色的积雪，好似上了霜的大树。

让熊伊凡觉得有些身体僵硬的是，颜柯结结实实地坐在了她怀里，让她抱了个满怀，恢复清醒之后，她当即开始后悔，刚才为什么不抱紧一点儿。

颜柯动作利落地起身，回头见熊伊凡并没有什么事情，便毫不客气地原地拍打起身上的雪来，洋洋洒洒地飘落了熊伊凡一脸。她抬起手来挡了挡，伸手推他他也不肯走，她当即用嘴巴发出一声好似放屁

的声响:"噗——"

颜柯一听,当即跳出三步远,看到熊伊凡坐在雪里哈哈大笑,才恼羞成怒,在周围抓来一把雪,揉成一个圆润的雪团,丢向熊伊凡。熊伊凡用手臂挡住,随后猛地起身,直接将颜柯扑倒在一侧的花丛里,厚厚的积雪几乎将颜柯的身体掩埋,熊伊凡还不死心地跪坐在他身上,往他身上砸雪球。渐渐地,颜柯所在的位置被积雪掩埋,只能够看清一个人形的轮廓。

事实证明,想跟女汉子打雪仗,只有被变成雪人或者被雪活埋的份儿。

颜柯从雪地里爬出来的时候,只能四肢着地地爬行,狼狈地喘着粗气,好半天才抬起一只手,颤颤巍巍地指着熊伊凡:"绝……绝……绝交三天,不许跟我说话。"

熊伊凡一听就慌了,凑过去帮颜柯拍雪,整理衣服,还很臭屁地将自己的围巾围在了颜柯的脖子上:"咱俩好说好商量,你别生气。"

"哼!"

"要不……绝交三个小时吧?那……一天?一天行不行?两天呢?非得三天啊?"

颜柯冷哼了一声,颇为潇洒地甩头,却甩了一堆的积雪,随后迈着矫健的步伐离开了。熊伊凡屁颠屁颠地跟着,好说歹说的,最后在回家之后,又给颜柯做了一份桂圆核桃蛋糕,让他可以带回家吃,颜柯这才肯跟她说话。

后来熊伊凡与丁茗说起这件事,丁茗当时就笑个不停,整整过了五分钟才说话:"哈哈哈,只听说过追求男神的,没听说过活埋男神的。说真的,颜柯没跟你发火我都觉得很惊讶了,不得不说他跟你认识时间长了,脾气都变好了,要是我,我肯定会发疯的。你啊你啊,注定孤独一生。"

"我突然有种想要去死的冲动。"

"没有那么严重啦,不过,你们两个在一起,就像猫系男与犬系女。"

"什么意思?我比较像忠犬?"

"嗯,这样的组合,你注定是要被欺负的。"

"……"

为了这件事情,熊伊凡自我检讨了好几天,第二天还觉得心中愧疚,又做了好多甜点给颜柯。

结果,一星期后,熊伊凡将颜柯喂伤食了,就连开学之后都没有胃口吃饭,整个人都清瘦了一圈。

这让熊伊凡突然发现,原来自己的男神是一个吃货。

开学不出一个星期,就发生了一件颇令人震惊的事,至少,熊伊凡是久久不能平静的。

颜柯跳级了。

其实,在寒假的时候,她就发现颜柯总在看高二的书籍,熊伊凡当初还自我感觉良好地认为,颜柯是为了帮她补习,顺便为自己预习,才会那么认真地研究高二的教材,没想到,他那么认真是为了跳级。

于是,高一女生哭,高二女生笑,高三女生备高考的情况产生了。

熊伊凡无疑是最兴奋的一个,因为颜柯是高一(2)班的,跳级之后,便直接来到了高二(2)班,根本不需要再期待什么考试,她就能与男神坐在同一个教室里。

颜柯来到高二(2)班的时候,班级里面小小地骚动了一番。颜柯的座位被安排在了第二排,是老师重点照顾的位置。以熊伊凡所在的位置,只要侧头就能够清楚地看到他。

他上课时会戴上眼镜,是银色金属框的,戴上之后就好似严谨的秘书,搭配他的自信模样,显得十分精明。他喜欢用左手挂着下巴,

右手来划重点，记录笔记。他很少举手回答问题，但是老师点名字的时候，他都能回答出来。他总是很安静，下课的时候会趴在桌子上短暂地休息，自习课的时候会戴着MP3，手指在桌面上跳跃，也不知是听了什么充满节奏感的调子，让他的手指按捺不住寂寞，在平整而光秃的桌面跳起舞来。

有时他会成为班级里面的救星，在一个问题陷入令人窒息的绝境，老师濒临发怒的时候，颜柯会站出来，解开这道题。班级里的同学会暗暗松一口气，同时却在不服气，被一个高一的孩子比过去了，心中总会有些不舒服。

不过，很快，熊伊凡就发现班级里的气氛不对劲。仔细打听了才知道，班级里的男生在渐渐地孤立颜柯。

齐小松算是班级里男生的小头目，大家习惯性围着他转悠。自从颜柯拒绝齐子涵之后，齐小松就看颜柯不顺眼，外加熊伊凡喜欢的人又是颜柯，齐小松自然是恨不得揍颜柯一顿，这种孤立只是冷暴力而已。

青春期，正是敏感的年纪，讨厌寂寞，喜欢暧昧，浑浑噩噩的，分不清什么是善恶。这对一名后转来的插班生来说，无疑是一种酷刑。

"真过分……"熊伊凡坐在齐小松身边，嘟嘟囔囔的，引得齐小松无奈地叹气。

齐小松的个子太高，只能坐在最后一排，而他被安排在了角落，整日与拖布、垃圾桶为伴，以至于夏天的时候，他几乎成了卫生监督员，整日在教室里嚷嚷："果皮、盒饭什么的别往后面扔，请我吃的除外。"

冬天的时候他会宽宏大量一些，由每天催促值日生倒三次垃圾改为一天两次。

午休时间，齐小松趴在桌面上休息，熊伊凡搬着一张椅子坐在他身边，一开口就是这句话。

他依旧懒洋洋地趴在桌面上,书桌前堆放着一堆书,让他的发丝有些许搭在书本之中。他咧开嘴微笑,露出灿烂的表情,随后伸手去戳熊伊凡的脸:"一个寒假没见,皮肤好了挺多嘛,面色红润有光泽。"

熊伊凡一听眼睛就亮了起来,还凑到了齐小松身边,让他能够看得更真切一些,急急追问:"是不是毛孔也没有之前明显了?"

齐小松将手盖在她的头顶,揉了揉她软软的头发,又扯起一缕来:"有些长了,修修吧。"

"我想留长头发呢。"

"你?别弄得男不男女不女的行不行?"

熊伊凡听到这句话思考了将近三分钟,才回过味来,敢情齐小松是想让她继续纯爷们儿下去!

"我现在才是男不男女不女的好不好?"

齐小松听完之后大笑起来,险些笑出眼泪来:"你还知道呢?"

或许是因为两人的声音有些大,引得班级里其他同学侧目,更是有男生开始起哄:"笨蛋情侣秀恩爱去外面,滚滚滚,打车滚。"

熊伊凡当即晃悠自己的拳头,嚣张地示威:"再胡说,小心老娘将你赶出地球,替天行道!"

"小松,管管你家那口子,她威胁我。"

"别别别,别带上我,我惧内。"齐小松举双手投降。

举白旗的结果就是被熊伊凡收拾了一顿,被训得服服帖帖之后,两人开始言归正传,偷偷摸摸地说起关于颜柯的问题。

齐小松早就料到熊伊凡会来找他,也不显得如何惊讶。他开始趴在桌面上掰着手指与熊伊凡算:"他欺我妹、夺我妻、灭我高二雄风、践踏我七尺男儿响当当的自尊心,这笔账怎么算?"

"他和你抢老婆了?你……你什么时候有女朋友了?"

"你啊。"

"我是当事人为什么不知道？"

"这是民意啊。"

齐小松说得大言不惭，随后还耸了耸肩，好似一切都出于无奈。

熊伊凡双手环胸，一脚将齐小松的椅子踢翻在地，齐小松也歪歪扭扭，险些拥抱了身边的垃圾桶。

谈判的结果以失败告终，熊伊凡狼狈退场。

齐小松十分发愁，因为他暗示得越来越明显了，甚至是挑明了，朋友们也在配合，可是熊伊凡依旧只当成是玩笑。

"天然呆该怎么攻略啊……"最后他只能自己哀号了。

这世间有千万种花，红的、黄的、绿的、粉的，绽放出不一样的缤纷。

这世间有千万种爱情，真挚的、含蓄的、温馨的、感人的、心疼的，需要用不同的表情、心情去对待。

花开、花败、花飞满天。来年，还是一个轮回，这是一朵花的一生。

爱情从有点儿倾心，到喜欢，再到深爱，也是一种过程。关键要看，如何将感情牵引到对方那里。

爱上熊伊凡这样的女生，就要经历这样的磨难。

爱上一个人的时候，上帝就给这个人的人生设下了伏笔，不按照轨迹走下去，永远不知道最后的真相是什么。

这便是百般难描的爱。

颜柯并非木头人，当然注意到了熊伊凡这一边的动静。他一直知道熊伊凡与齐小松的关系特别好，从他注意到熊伊凡这个人开始，她身边就总围绕着这个男生。可是转念一想，熊伊凡与谁的关系不好呢？

在开学前一天，熊伊凡在厨房里忙碌了整整一天，他只得到了一小部分糕点，其中大部分，都被她装得好好的，送给同班同学。给齐小松、丁茗的，更是单独包了一个盒子，用漂亮的绸缎带子打上蝴蝶结，就像是几份礼物。

当时颜柯只是在屋子里面看着，心中略感失落，因为自己不能独占那些食物。

其实对被孤立，颜柯早就已经预料到了，从他知晓齐小松是齐子涵的哥哥时，就已经能够想到会是这样的结果。可是他并未在意，三年的高中生活真的很短暂，等到了高三，就没有时间去考虑这些事情。他只是要取得成绩，让自己变得更优秀而已，至于其他的，全部不在他的考虑范围内。

他很忙，没有时间去顾虑其他，交朋友如此，恋爱也是如此，他不准备在这方面消耗时间。

所以，他反而是最淡然的一个。

事情的转折发生在这学期过半的阶段，期中考试即将到来，班级里面的学生全部进入备战状态，所以寝室之中的气氛也有些压抑。

颜柯回到寝室的时候，看到班级里面的几个男生在书桌前围成一团，正在膜拜什么。他起初当成是像熊伊凡一样，考试之前换个壁纸写着逢考必过，走近了才看到，众人在膜拜的居然是一包杜蕾斯，不由得脚步一顿。

齐小松看到颜柯这副震惊的模样，不由得没好气地道："看什么看，没见过膜拜处男神的？"

"拜它……能通过考试？"

"我们只是在祈祷早日脱团。"

颜柯想了想便明白了，抬手用食指擦了擦鼻尖，随后露出一丝暧昧的笑容，竟然也十分正经地跟着拜了拜："那祝我二十岁脱团。"

见颜柯这模样，齐小松不免有些好奇："为什么这么晚？"

颜柯却很坦然，跟齐小松计算起来："高中要学习，到了大学我

才会有谈恋爱的想法，十八岁在一起，然后培养两年的感情，两年后脱团。"

这个回答居然得到了齐小松的好感，第二天就跟颜柯称兄道弟起来。颜柯在男生那边的人缘也日渐好起来，最大的福利就是他们的作业有可以抄的了。

听到这件事情的经过，丁茗与熊伊凡都觉得很神奇，熊伊凡愁颜柯的想法，丁茗则是感叹："男生们的友谊真的是让人难以理解。"

熊伊凡颓然地跟着感叹："男人心，海底针啊……"

她们并不知道，齐小松开心的原因是，颜柯准备谈恋爱的时间晚，那么就证明颜柯短时间内是不会接受熊伊凡的，那样他就有的是机会。

天气渐渐回暖，脱掉厚重的羽绒服，只觉得身体都轻盈了些。

熊伊凡心中有些暗喜，因为这个时间她终于可以穿与颜柯一样的针织衫了。每天早上，她都会刻意观察一番，用一双贼兮兮的眼睛，期待能够看到他穿那件衣服出来，可惜，最后还是她先穿了出来。

也不知是出于哪一种心思，她明明想穿出来，却还是想要低调内敛一些，便将针织衫穿在了校服里面，只露出大大的兔毛衣领。在教室里面坐一阵，吹吹空调，就觉得一阵闷热，流了一额头的汗，还是不肯将校服脱下来。

颜柯的反应很平淡，完全没有在意到的模样，等到熊伊凡被热得受不了，不穿了之后，颜柯才大摇大摆地穿了出来，直接当成外套，穿在了校服外面，在教室里面的时候，就将衣服搭在椅子上。

就算两人错开了穿着时间，还是被个别人注意到两人的衣服是一样的。

"小白，你是向小熊借了衣服穿，还是撞衫了？"唐糖就好似开玩笑，手中捧着练习册，靠着邻座的桌子问。

她身边还站着与她关系颇好的张萌婷,眼睛在颜柯俊俏的侧脸上打转,明明没与颜柯说话,却红了脸颊。她是颜柯跳级之后,颇为欢喜的几个女生之一,平日里曾经刻意与颜柯交好,颜柯却是爱答不理的。不过,这并不耽误张萌婷喜欢颜柯,只要颜柯还是这副皮相,还是这么聪明,而且没有女朋友,她就还有机会。

颜柯还在继续整理笔记,头也不愿意抬,只是随意地回答:"我们一块儿买的。"

这个答案让唐糖微怔,抬头看了熊伊凡一眼,见她此时正与丁茗凑到一块儿聊天,耳朵却好似雷达一般支了起来,显然是在偷听。

"你们约会时买的?"

"结伴而已。"

"哦——"唐糖拉长声回答,与张萌婷对视了一眼。

张萌婷咬了咬嘴唇,眼睛有些不友善地瞪了熊伊凡一眼。她与熊伊凡是完全不同类型的女生,她爱美,喜欢收集可爱的小物件,背着娃娃的书包,头发上缠着粉嫩的发带,就连在学校,都会偷偷戴美瞳隐形眼镜。

相比之下,熊伊凡要平凡许多,无论是长相还是其他,如果真的要严格来论,熊伊凡只有人缘好这一点能够赢过其他人。

漂亮的女孩子,女生缘总是不好,这是熊伊凡永远体会不到的烦恼。

齐小松跟着凑到了颜柯身边,从他的椅子上拿起那件外套,穿在身上,紧得就像超人的紧身衣。

"哪儿买的?"齐小松左看看、右看看,最后笑呵呵地问,态度很是友好。

"商业城。"

"周末陪我去,我也买一件。"齐小松说着,将外套脱了下来,重新挂回椅子上。

"好。"颜柯几乎没有犹豫就答应了,想起了什么似的,突然问,"中午吃什么?"

颜柯与齐小松讨论的时候,张萌婷拉着唐糖也跟着起哄,相约一块儿去买衣服,最后一传十十传百,周末相约的人越来越多,顺便还预订了 KTV 与自助餐。

熊伊凡一直气鼓鼓地瞪着齐小松,等齐小松回座位,她才凑过去,在齐小松的胳膊上掐了一把:"你这个人讨厌透了。"

齐小松当即不干了,霍地站起,熊伊凡立刻觉得头顶压下了一片乌云,将她挡得严严实实的。齐小松有着绝对的高度优势,容易对人造成压迫感,可惜说出来的话一点儿气场都没有:"不许讨厌我,听见没有!"

"讨厌你又怎么样?"

"那样我会生气的,我生气可是很吓人的,我自己都会觉得害怕。"

"哎哟,我好害怕哟。"

"要不这样吧,我周六补课结束,带你去我家店里吧。"齐小松说着,重新坐回熊伊凡身边。

齐小松家里是开健身俱乐部的,里面有很多运动器材,对熊伊凡来说,那里就好像天堂一样。去年过年的时候,齐小松去熊伊凡家里拜年,还送给熊伊凡、丁茗一张 VIP 年卡,两个小姐妹本是准备搭伴去的,结果丁茗喜欢瑜伽与拉丁舞,熊伊凡偏要跟着去学散打、跆拳道,后来还上了几节教咏春拳的课。

熊伊凡是一个很容易被转移注意的人,所以这一次照例被齐小松拐带着改了思路,顺着齐小松的话说了下去:"今年怎么没给我会员卡啊?"

"等过几天,我给你弄一张。过年那阵搞活动,我跟子涵都没弄到,你小子知不知道那会员卡的价值啊?"

颜柯整理好笔记，回头张望的时候，看到的就是熊伊凡与齐小松语笑嫣然的模样，场面和谐得不像话。

说来也是，他们两个是这个班级里面出了名的笨蛋情侣，就算没有确定关系，但是在其他人眼中，已经确定了这件事情的真实性。就好像历史之中，大家一直默认了纪晓岚是文人雅士，一名忠臣，谁又会深入地挖掘，知晓纪晓岚不过是一名面容丑陋、喜欢挖苦人的酸书生呢？

最后，熊伊凡与颜柯同款的针织衫，发展成为高二（2）班大部分同学都有一件的局面，就连丁茗也被齐小松怂恿着买了一件。偶尔有人问起，都会说："咦，这是你们班的班服吗，还挺好看的。"

熊伊凡很受伤，她与颜柯第一次穿"情侣装"，都没能单独并肩行走，就一下子变为多人行。

对此，颜柯没有什么表现，依旧是整日里板着一张脸的模样。

一件衣服而已，他毫不在意。

| 第七章 |

是谁宣誓了会永远爱谁,永垂不朽?

有人说,高三是一场为人生而战斗的战场,这一年,会是决定命运的一年。

熊伊凡觉得这种说法太过了,在她的概念里,高三只是升了一级、长大了一岁而已。可惜,她还是太天真了。一次次的模拟考,书桌上堆积的课本越来越多,班级的气氛越来越压抑,同学们渐渐少了打闹,就连晚自习,有时候都会延长至深夜。

回到寝室,一群年轻力壮的少年,也会露出疲乏的神色,简单地洗漱过后,不会再彻夜聊天,不会再偷偷玩手机游戏,而是贴上枕头,就能够进入梦乡。

高三来了,以一种高不可攀的姿态,抖擞着浑身的力气,折腾这些即将成年的少男少女。而学生们,连反抗的力气都没有。

"真羡慕你和颜柯啊,可以高枕无忧。"丁茗已经不知是多少次发出这样的感慨,与熊伊凡匆匆聊上几句,就又一次一头扎进书堆里面,机械似的学习。

熊伊凡其实也是有指标的,只是比丁茗他们来说,要少上许多分的差值就可以进入一本大学。

偶尔丁茗与熊伊凡也会展望未来，思考她会考到哪里。丁茗查遍了A市的大学，最后列出了几个名单，这样就可以在大学时继续与熊伊凡在一座城市。

齐小松则是没日没夜地学习，除了学校，回家还要参加补习班，就连周末的晚上，家里都给他请了家教。他曾经信誓旦旦地跟熊伊凡说过，他一定会考上熊伊凡那所大学，就算不能，也要考到隔壁去。问及理由，无非一句"继续跟你一块儿打篮球啊"。

在这段时间，许多人都淡忘了恋爱这样浪费时间的事情。就算是学校里隐匿的情侣们，都有即将分手的征兆。

动荡不安的时期，令人窒息的气氛，互相鼓励的话语说得近乎枯竭，肩膀上的负担让人变得焦躁，脾气也会变得古怪，偶尔冷落了伴侣，伴侣却无法理解，这就是矛盾的开端。

就算如此，熊伊凡依旧没有淡了对颜柯的喜欢。

她心里有一片森林，阴暗且潮湿的地方，布满沼泽。颜柯就被困在那里，在了无人烟的林中，他孑然一身。熊伊凡也说不清，她是不是有意将颜柯困在里面，不肯让他出来，生怕他走了，留下寂寞的林子，那里会变得凄凉，空洞一片。而她的林子里面，又只肯接纳颜柯一个人。

她喜欢颜柯。

从见到颜柯的那一瞬间起，这双眼睛就爱上了他俊朗的面容；从嗅到颜柯身上淡淡的清香的时候，她的鼻子也陷入爱的深渊。最后，她了解到颜柯这个人，就全身心地喜欢上了他，有些别扭，却是一个很可爱的少年。

无论是在怎样的环境，面临怎样的威胁，她心中，依旧爱着那个霸占了她全部梦境的少年。

11月11日，光棍节。

班级里流行起送棒棒糖，以此来庆祝单身，其实这其中有一定的嘲讽意味，偏偏熊伊凡一根都没收到。不仅仅是她，连齐小松也没收到。

　　这让熊伊凡愤愤不平，于是在班里嚷嚷起来："我说，不能我一个劲地送给你们棒棒糖，你们也送我一根啊！"

　　班里的同学选择了无视熊伊凡，熊伊凡干脆走到颜柯的桌边拍桌子："你那里那么多糖，分给我几根。"

　　颜柯正在思考一道难解的题，被熊伊凡吵得皱眉，当即就有些气不顺："别在我耳边大喊大叫。"

　　"你小子，不但是个吃货，还这么护食，这可不好啊！"熊伊凡一副教训人的口吻，叉着腰继续嚷嚷。

　　如今的她已经与颜柯混熟了，早就没有了之前的小心翼翼，将自己女汉子的形象展现得淋漓尽致。

　　颜柯脸皮薄，被熊伊凡当众说出了小怪癖，不免羞红了一张老脸，他握着笔的手一颤，随后站起身来，拎着熊伊凡的脖领子便拽着她出了教室，丢在了门外："你嗓门太大，影响同学学习。"

　　说完，只听得"咣"一声，教室的门被关得严严实实。

　　已经下了晚自习，走廊里面十分寂静，偶有几名高三的学生在走廊里面行走，也都是想要回寝室休息的学生。就算已经到了晚上九点多，高三的教室依旧是灯火通明，学习比较卖命的学生，依旧在用功读书。

　　熊伊凡努力进门无果，便走到教室的后门，寻求齐小松的帮助。她眼巴巴地扒着窗户框，盯着坐在里面的齐小松，却看到他正表情阴沉地默写课文。

　　咚咚两声，她轻敲玻璃，就好似做错了事情，等待主人原谅放她进门的小狗。

　　齐小松默写的动作顿了顿，无奈地叹了一口气，从书桌里面拿出了什么，才打开后门。不过，他没有让熊伊凡进去，而是握住了她的手腕，低声说道:"跟我出来一下。"

这是齐小松难得低沉的声音,与他那开朗的性格极为不符,这让熊伊凡几乎没有拒绝,只是默然地被他拉着,走出长长的走廊,随后顺着楼道下楼。

走廊里面只开了一盏灯,显得极为昏暗,反而是墙角绿色的逃生标志更加明亮一些。

他们去了后操场的一盏路灯下面。齐小松拎着一袋子东西,探头探脑地左右瞧了瞧,才递给熊伊凡:"喏,给你糖。"

熊伊凡一听就乐了:"瞧你兴师动众的,我还以为什么事呢。"

谁知,从袋子里面取出来的并非棒棒糖,而是包装精美的盒子。熊伊凡狐疑地抬头看齐小松,见他摆了摆手,示意她拆开,这才打开绸缎带子,拆了包装纸,看到里面包着的是一盒巧克力。

熊伊凡打开盒子吃了一块,又取出一块递到了齐小松嘴边:"给你一块。"

齐小松动作一僵,眼神不自觉地瞟向别处,生怕与熊伊凡对视似的,心虚莫名,却还是张开嘴,将巧克力吞在了嘴里,刹那间,一股子浓郁的甘甜占满了整个口腔。

"怎么突然送巧克力?"熊伊凡一边说,一边取出另外一块往嘴里面塞。

"因为我喜欢你。"齐小松终于说出了口,声音很稳,就好似在说一件十分平常的事情,与平日里没什么两样。不过,在说出口之后,他的肩膀明显一松,如释重负。

他的声音化为了广阔的天,熊伊凡瞬间变成了飞鸟,张开双翼直冲云霄,那种突兀的升华情绪,是她从未体验过的。

他说,他喜欢她。

熊伊凡扯起嘴角,笑得傻兮兮的:"别闹了,用不着光棍节开这个玩笑吧，又不是愚人节。"

"没有开玩笑，我真的喜欢你。"齐小松说着，抬起手有些不好意思地抓了抓头发，最后还是再次开口，"我一直喜欢你，从什么时候开始的……我记不清了，反正，就是喜欢。我本来不想和你说的，怕被你拒绝了，我反而没有斗志去奋斗高考了。可是，我真是受不了了，每天都能看到你对颜柯格外照顾，我心里都要难受死了，就好似上万根苦瓜在我心里开起了狂欢派对。就连要糖这种事情，你都是第一个去找颜柯……而不是我。"

他说着，突然蹲在了地上，眼角眉梢透露出的，都是悲伤的情绪。

熊伊凡只是木讷地看着他，脑中一片混乱。说夸张点儿，就像盘古开天地，大地、河流、花草树木以及浩瀚的海同一时间汇聚在她的脑子中，让她来不及适应。

思绪太多，她想抓住一条都不成，只能任由它们在自己的脑子里面放肆，发出一阵阵嗡鸣之声。心跳突然狂乱起来，脸上也灼烧起来，她开始手足无措，想了千百万个应对方法，最后表现出来的，反而只有呆傻地站立。

"我知道，你一直将我当成朋友，我甚至想过，如果我表白了，我们说不定连朋友都不是了，这些我都明白。可是，我真的喜欢你，非常非常喜欢，我控制不住。现在和你说，只是不想再压抑我的心情了，我想告诉你，让你心里有我，让你心里的我换到一个特殊的位置。你现在不必回答我可不可以、行不行、要不要在一起，你只需知道我喜欢你就成了。还有就是……如果我真的能跟你考上同一所大学，那个时候，你能给我一个机会吗？"

熊伊凡好半天找不到自己的声音，手中捧着的巧克力也忘记了吃。她突然有些手足无措，她竟然觉得如此勇敢的齐小松很帅气，如果齐小松是对其他女孩子表白，她一定会为他摇旗呐喊，那个女孩子如果拒绝,她还会觉得这女孩子错过了一个很棒的男孩儿。

可是,事情发生在她身上,她纠结不已。她一直当齐小松是自己的哥们儿,最好的哥们儿,没有谁,再没有任何人,能够让她放心大胆地开玩笑、打闹,她知道齐小松永远不会生她的气。就连丁茗,熊伊凡与她玩笑的时候,都会留有一些分寸。

只有,齐小松。

她突然很想哭,她觉得自己简直就是一个浑蛋,她不想答应齐小松,她想追求颜柯,就算知晓机会渺茫,还是不想放弃,这是她这一年多来的执着。她又不想错过齐小松,她怕自己说错了什么,会惹得齐小松再也不理她了。

沉默,就好似感情的杀手,它冷酷地蹂躏着两人的心脏,毫无怜悯之心。

该如何回答,她才能与齐小松在今天过后,还像之前一样可以东拉西扯天南海北地聊天,就算是胡闹、撒野,也自由自在?

"其实,去年选班长的时候,你该被选上的,是我让班里的男生都选唐糖的,好让你继续和我一块儿做体育委员。还有,班里的同学都叫我们笨蛋情侣,也是我默认的,我没少在寝室里说你是我媳妇。还有,他们不送棒棒糖给你,也是因为这个。"齐小松再一次开口,他也知道熊伊凡的为难,所以用不停地说话来化解尴尬。

如果拒绝了,齐小松应该会失去对高考的斗志吧?那样熊伊凡岂不是害了他?

"好,但是你一定要考上。"熊伊凡终于开口,声音有些发颤,也不知是出于心虚,还是因为底气不足。

齐小松却没有注意到,他只在意熊伊凡的回答,当即由不安转为惊喜,露出了大大的笑容,开朗得如同清晨开放的向日葵,充满了朝气。

岁月也许会将熊伊凡变为一名尖酸刻薄的老太太,将齐小松变为一名严谨的老爷子，或者是将曾经的帅哥美女变为肥婆、秃头，这都不能改变齐小松喜欢熊伊凡的心情，这是齐小松的初恋，第一份最为真挚的感情，纯粹，没有任何杂质。

"谢谢。"齐小松冥思苦想，最终只说了这样两个字。

谢谢你，不早不晚，出现在我的生命里。

谢谢你，如此美好，让我至死不渝地喜欢你。

谢谢你，给我机会，就好似一盏明亮的灯，将未来照得明亮，路途也不再崎岖不平。

如果你能爱我，那么，我会去掉这句话前的如果。

熊伊凡独自一人回了寝室，丁茗对此并没有表现出惊讶。不过，看到熊伊凡心事重重，丁茗还是拉着她去了走廊的尽头，并肩坐在窗台上聊天。

"怎么了，从回来以后就不正常，是不是……小松他跟你说了什么？"丁茗试探性地开口问。

妥善地处理好感情，就算是与闺蜜聊自己喜欢的人，也要表现出一副不在乎的样子，只是因为她珍惜闺蜜，也珍惜那个喜欢的人。

"其实也没什么。"

"他表白了吧？"

一些无关痛痒的事情，是不会让熊伊凡这样大大咧咧的个性在意的，除非，是她也会为难、在意的事情。

熊伊凡被吓了一跳，很快又反应过来，露出释然的表情："原来你们都知道啊。"

"恐怕全班也就只有你迟钝，不知道罢了。"

"难道颜柯也知道？"

"肯定的，那小子猴精猴精的。"

熊伊凡这才沉默下来，好半天没有说出一句话。

月光透过窗户，映射在她蓬松的头发上，泛着盈盈光亮。她的眉眼却隐藏在黑暗之中，只能看清她线条分明的轮廓。她的睫毛微微颤抖，好似不安分的蝴蝶翅膀，扇动着眼前的景物。她很少这样认真地思考一件事情，以至于她变得出奇安静。

丁茗也不着急，慢慢地等，手指玩弄着及腰的头发，一圈一圈地打着旋。

"你怎么回答的？"丁茗问。

"答应他，如果他将来与我考上同一所大学，就给他机会。"

"你是怎么想的？"

"如果是小松的话，我一定会认真考虑的。只是有些突然，我完全没有心理准备，我都不知道之后该怎么面对他。而且，我还是喜欢颜柯。"

如今的熊伊凡与齐小松，都在用全身的力气，努力做着同一件事情，名为"等"。

无止境地等待的同时，是用心的守护，希望自己喜欢的人玩累了、心痛了、悲伤了、寂寞了的时候，会偶然间发现，自己还在原处等待着。

"等"这一个字，又何止涵盖了千山万水？它又是何等无情？

丁茗伸手将熊伊凡抱在怀里，手一下一下地摸着她的短发，用一种安抚孩子的语气告诉熊伊凡："爱不是同情，如果你不是真的爱小松，那么与他在一起，也是对他的残忍。爱是要真心相对的，知道吗？"

熊伊凡在丁茗怀里点头，没有注意到，丁茗也突兀地红了眼睛。

该祝福，还是该回避，又或者是自私地诅咒？

这种东西，谁又能说清呢？

很快，熊伊凡就在暗自庆幸，能够在高三真好。

她原本十分苦恼，不知该如何面对齐小松，可是高三的紧张气氛，让她很快消除了这个忧虑。高中的书桌只能放几本书而已，而高三的课本显然是不会这么少的，以至于每个人的桌面上都堆积了一座小山，学生们将自己的脸埋在书本里面，只有老师讲课的时候才会抬头。以至于，就算是同班同学，很多人在一天之内，都很难打一个照面，除非是在去厕所的路上，碰巧撞见了。

齐小松又是在以他中等偏上的成绩考上重点大学为目标奋斗着，学习更为刻苦，有时去卫生间、食堂都要小跑着去，体育场上也很少再见到他活跃的身影。

经过了几天，两人的尴尬渐渐消除，恢复到以往的模样，依旧是嘻嘻哈哈地打闹，被班级里面的同学取笑为笨蛋情侣。

或许是齐小松的举动给了熊伊凡灵感，让她突然有些跃跃欲试，想要找颜柯表白。可是她不知道该如何与颜柯说，如果按照齐小松的套路来，她与颜柯本来就是被保送至同一所大学的啊！

于是她纠结了，此事也就搁浅了。

熊老爹一直在忙碌着糕点店的事情，无暇顾及家里，熊伊凡就承担了诸多家务活儿，其中便包括了买菜。她在超市挑选的时候，都会提前在家里的菜谱上翻出想吃的菜，接着将所需的材料记录在一张清单上，买菜的时候目的性也会强一些。并不是所有人都像熊伊凡这般擅长持家，比如不远处的一位美女，就是犹豫良久选不下来。

熊伊凡排在她身后，忍不住提醒："葱还是挑选细一些、直一些的比较好。"

美女回头看了熊伊凡一眼，随后露出了善意的微笑。熊伊凡一瞬间就愣在原处，这位看起来二十岁上下的美女，脸上有淡淡的妆，不过看得出，她素颜时也是极美的，她有着十分精美的五官，竟然比班级里面的唐糖还要出挑几分。

天生尤物啊！熊伊凡暗暗感叹。

熊伊凡在挑选的时候，那位美女突然又凑到了她身边，举着一块牛排与一袋子豆角问道："这些要搭配什么做菜？"

"豆角的话呢，搭配猪肉吧，或者是排骨，加上些土豆……"熊伊凡拉着购物车到一侧不碍事的地方站好，掰着手指与美女说了起来，被问了一堆稀奇古怪的问题也没有表现出任何不耐烦。

谁让熊伊凡是天生的热心肠呢。

离开超市的时候，熊伊凡突然看到了整个的菠萝，突然来了灵感，买了两个。回到家之后，折腾了一会儿，做了一道泰式菠萝炒饭。熊伊凡尝了一口，忍不住给自己点了一个赞。将炒饭放在菠萝里面，将其他的菜放在保温盒里面，全部分为了两份。她先去了糕点店，将饭送给了父亲，出来之后直接打电话给颜柯。

颜柯在这个时间一定是在复习，此时也焦头烂额的，接听电话的时候有些有气无力："喂，干吗？"

"我做好了饭，给你带一份啊。我正往你家小区那边走呢，你出来取一下。"

电话那端的颜柯突然笑了出来，也不知是不是想起了什么有趣的事情，最后回答："行，我先换身衣服，你找门卫帮你按门铃，我给你放行。"

熊伊凡第一次来颜柯所住的小区，这里是新建的，房价贵得让人咂舌，不过环境是真的很好。里面有宽阔的广场，还有音乐喷泉，就连一侧的小花园，都好似公园一般。她一边参观，一边来到颜柯家楼下，却被一楼的防盗门堵在了外面。在她迟疑着要不要再次按门铃的时候，颜柯从里面推门走了出来。

颜柯看见她，直接走了过来，伸手去接她手里的袋子。打开袋子

闻了闻,悄悄地扬了扬眉,张口就问:"为什么照着你家的菜谱做菜,总是做不出你这种味道呢?"

"天分问题吧。"就好像熊伊凡天生就是运动神经发达的女生,而颜柯的音乐细胞也是天生优于常人是一个道理。

颜柯理解地点头,直直盯着熊伊凡依旧握着袋子的手,随后稍微用了点儿力想要拽过去,结果熊伊凡依旧不松手,在较劲方面,颜柯显然不是她的对手。

"喂,你到底是给还是不给啊……"颜柯哭笑不得地问了出来,最后干脆松手,不再争抢了。

熊伊凡却突然按住了颜柯的手,让颜柯震惊了一下。

"我……我有话,想……想跟你说。"

似乎是意识到了什么,颜柯的表情变了变,突兀地严肃了几分,下意识地吞了一口唾沫。

见颜柯没有反对,熊伊凡这才开口:"其实我……一直……一直很喜欢你……那个,你不用着急回答我……"

"对不起,我拒绝。"颜柯面无表情地秒速回答。

"我去,我都说了不用这么快回答!"

颜柯掏了掏耳朵,有些无奈地叹了口气,摊手耸肩道:"备战高考,谁有心情谈恋爱啊……"

"我是说,等到了大学,你能不能给我一个机会?"

"其实……"颜柯斟酌了一番,才舔了舔嘴唇,开始说道,"其实我偶尔也想过,以后找女朋友的话,不用很漂亮,也不用很聪明,但是……最起码得是个女的吧。"

熊伊凡立刻举手:"报告,我是女的。"

"谁看得出来?和你在一起,我跟别人介绍的时候只能说:我的女朋友有十分漂亮的肱二头肌,以及六块腹肌。"

"……"

熊伊凡失落地低下头，显然，在处理表白这方面，颜柯要比熊伊凡有经验得多，至少能做到面不改色心不跳，一系列的拒绝也做得游刃有余。不会像她与齐小松那样，表白十分青涩，就连回答也十分不专业。

也不知颜柯究竟拒绝过多少个女生，又都是用的什么样的理由。

早就预料到会是这样的结果，只是没想到会被拒绝得如此干净利落。她曾经以为自己在颜柯心里，能有一些地位，可惜，颜柯根本就没把她当成女生来看。

巨大的失落，让她的心情跌入谷底，"对不起"三个字化为金色的沙粒，被狂风席卷着，掠过了高低起伏的沙漠，最终尘归尘土归土，与大片沙地融合，风过不留痕，就好似什么也没发生过，只是空寂与没落，又凭空增加了几分。

颜柯见熊伊凡虽然沉默，却没有要哭的样子，这才松了一口气。熊伊凡与其他女孩子不一样，她不会哭着继续祈求什么，或者是恼羞成怒，她只是沉默，眼中闪现点点晶莹，最后却好似飞走的萤火虫，再未出现过。

与上一次被齐子涵告白一样，颜柯最为担心的，是之后的事情。齐子涵离开自己身边，自己会缺少钢琴的搭档，这样事情会变得十分棘手。如果熊伊凡冷落了自己，他就会失去一个很会照顾人的朋友，以及能做出美食的好厨子。

他仔细地掂量着自己的心情，最后将唇瓣抿成一条直线，又开口安慰道："你也不必这样，我也没有仔细想过恋爱的事情，我只是不想耽误了学习。"

"如果……我变得像个女生，我会有机会吗？我……我真的很喜欢你，非常非常喜欢！"

这一回，换成颜柯沉默了，他犹豫了好一会儿，也没有开口说话，却突然身体一晃，对着熊伊凡喊了一句："妈！"

熊伊凡被吓住了，不会是自己变得像女生了，只会让颜柯产生对母亲的感觉吧？这也……太伤人了。

很快，她就明白过来，因为身后走过来一个人。

"我远远地看着你们两个，都不知道该不该过来。"

熊伊凡急忙回头，看到走过来的女人，震惊得无以复加。

在超市见到的那名美女！颜柯的母亲居然这么年轻？是……后妈吗？

颜妈妈却很热情，推着两人就往门里送："在楼下聊什么，走走走，上去说。"

熊伊凡被半推半就地推了进去，直到进入颜柯家里，都一直能够听到颜柯发出的"噗噗噗"的笑声。显然，深情的表白，却被对方的家长全程围观，是一件十分丢人的事情。

"感谢你，这件事情足够我笑几年了。"颜柯如是说。

"你的笑点真够低的。"

"一想到你的表情变化，我就忍不住……"颜柯说着，从熊伊凡的手中取过袋子，直接走了进去，对着屋里喊，"妈，把这些饭热一热，微波炉你会用吧，一定不要再用微波炉煮鸡蛋了啊。"

颜妈妈应了一句，拎着东西到厨房忙碌。

熊伊凡穿着拖鞋进了屋子，左右张望。颜柯家很大，且装修很是豪华，属于现代简约风格。走出玄关，是银色图腾花纹的壁纸，蓝色的沙发，几幅画作挂在上面，增添了许多意境，面对着硕大的超薄电视机。客厅与厨房的间隔是一排酒架，上面放着各式红酒、白酒。

颜柯自顾自地走进去，取出一个杯子来，走到饮水机前帮熊伊凡接了一杯温水,放在茶几上:"过来坐吧。"

熊伊凡走过去坐下,抻长了脖子凑到颜柯身边:"刚才的问题你还没回答我呢!"

"你知道吗,我从懂得恋爱是什么开始,就一直在被表白,被女生表白,被女人表白,今天呢……女生?"颜柯问了一句,上下打量了熊伊凡一番,确定了下来,"嗯,应该是女生。"

熊伊凡也注意到了几个名词的转换,从其中的转换突然明白了其中的内涵。

她、居、然、懂、了!

她有种被洞察一切的窘迫感,不由得拘谨起来。

"每个人,在不同的阶段有着不同的心境,如今我的状态是要一心一意地学习,就算是文艺生,也想有一个体面的分数。就算我自己,也说不准在大学的时候,我会是什么样的状态,有着什么样的处境,所以我现在回答你之后的事情,那是不稳妥的。说不定到大学的时候,你就不喜欢我了,这是可能的。"颜柯有条不紊地说着,同时还忍不住教训熊伊凡,"你呢,是体育特长生,的确要比其他人容易考上大学,可是,你有没有想过,如果你就这样松懈下来,说不定这个名额就没有了。"

"我只是……"

"我有时甚至不明白你们女生喜欢我什么,这张脸?"

"其他的也挺喜欢的。"

"重点还是这张脸咯?"

"也……也算是吧。而且,你看你,是男神,还是学霸……"

"你知不知道我一直人缘不好的原因是什么?"

熊伊凡有些说不出来,最后还是迟疑着问:"因为你这个人太臭屁了?"

"因为我一直是那些人深恶痛绝的'别人家的孩子'。例句就是,你看看人家颜柯!"

"那是他们没志气,要是我,我一定回答觉得人家好,我就把人家追到手,追不到就打一顿,最起码还能潇洒一刻,知道人家身手不如我。"

颜柯对熊伊凡的诚实有些无语,最后只能十分无奈地说:"等到了大学的时候再说吧,万一我以后长残了呢。你也是,别总想着乱七八糟的事情,学习为主。"

两人的谈话告一段落,陷入了长久的沉默。

这个时候,颜妈妈战战兢兢地走了出来,试探性地问:"那个,谁能过来帮我一下吗?"

"什么事?"颜柯问。

"我从超市买回来的东西,不知道该放在冷藏还是冷冻。"

"我来帮您吧。"熊伊凡自告奋勇地起身,跟着颜妈妈进了厨房,打开冰箱门,看到里面放着整整齐齐的面膜与化妆品,当即一怔。扭头看了一眼颜妈妈的模样,就知道是个爱美的,也不知道这算不算她的保养秘诀。

熊伊凡将颜妈妈买来的东西分类放了,还忍不住告诉颜妈妈,哪些东西是需要冷冻,哪些东西是需要冷藏,同时,哪些菜与哪些菜能够在一起做成一道菜。颜妈妈很认真地听了,还很认真地做了笔记。

颜柯双手环胸地在一边看着,等颜妈妈去热菜的时候才开口:"我妈就是一个生活白痴,她刚才将你说的那些记下来,明天那个本子就会被她弄丢。"

"不会吧?"

"就是这样,她除了外表之外,真就没有什么拿得出手的。我妈妈是开美容店的,虽然是老板,但是主要的工作就是当模特,而她固定的台词就是'是真的,我真的已经四十多岁了',还有就是将我叫过去说'是真的,我儿子都这么大了,长得像不像我'。"

颜柯说着,还像模像样地模仿起了母亲说话时的神态,简直就是惟妙惟肖,让熊伊凡忍俊不禁。

"感觉你们母子还挺有趣的。"

"和我妈妈在一起久了,你就会觉得这简直就是一场灾难。"

话音刚落,就听到了颜妈妈的惊呼声:"小白啊,微波炉里放不下保温瓶啊,怎么办?"

熊伊凡走进去一看,不由得倒吸一口凉气,随后知晓了这个灾难的可怕性。

"你又想弄爆炸一个微波炉吗!"颜柯叉着腰怒问,竟然与教训熊伊凡的时候是一个语气,看起来颜柯反而更像家长。

"阿姨将盖子拧开了,破坏性应该会小一点儿。"熊伊凡苦笑着帮着解围。

"哦,拧开盖子啊,我觉得拧开了能矮一点儿,结果还是放不进去。"颜妈妈毫不在意地解释,笑容极为美丽。

"……"

"……"

| 第八章 |

青春是真爱的饕餮盛宴，过了年纪，真爱就很少见了。

熊伊凡在表白遭拒之后，丝毫没有找到任何失恋的感觉。原因很简单，颜柯依旧是以前的模样，对上一次表白的态度，完全是觉得熊伊凡在高考前不务正业，还叮嘱她少跟齐小松拉拉扯扯的，别因为她的大大咧咧影响了几个人。

随后，她还与颜妈妈成了好朋友。

是的，好朋友。

颜妈妈经常打电话给熊伊凡，很是亲热地叫她小熊，然后就开始问生活方面的常识，随后问该如何做菜。熊伊凡试着讲解了几次，发现颜妈妈在这方面的领悟能力真的很差，在无可奈何的情况下跑到了颜家，亲自示范给颜妈妈看，然后不知不觉就做了一桌子美食。

往往，颜妈妈会自然而然地留下熊伊凡一块儿吃饭，让熊伊凡有幸见过几次颜柯的父亲。与母亲的粗枝大叶不同，他的父亲是一个十分严谨的人，吃饭的时候甚至不许饭桌上出现声音，不可以用筷子在菜里面翻找。

有熊伊凡在的情况下，还能稍微宽松一些，有几次熊伊凡都被颜爸爸吓得不敢吃饭，匆匆吃了几口便作罢了，这让熊伊凡突然明白颜柯为什么如此懂得规矩。

当然,还会有另外一种情况。

熊伊凡在家里复习功课的时候,突然被颜妈妈一个电话打断了。电话中颜妈妈的声音颤颤巍巍的,似乎是在畏惧什么:"小熊啊,你快点儿过来,小白他发了好大的脾气。"

熊伊凡不明所以,却还是快速到了颜家救场,一进门就看到脸色发黑的颜柯,他正气鼓鼓地坐在沙发上,看到熊伊凡就冷冷地开口问道:"你是我妈搬来的救兵吗?"

"呃……其实我也不知道发生了什么事。"

"你自己问她。"颜柯没好气地说着,自顾自地生气。

颜妈妈小心翼翼地将熊伊凡拉到一边,握着她的手,十分委屈地开口:"今天阿姨去逛街,看到了香奈儿限量版的包包,那绝对是精品之中的精品,于是阿姨就将包买下来了。"

"然后呢?"

"然后花光了小白学钢琴的学费,前几天美容院里面新进了一批货,所以手里没有闲置的钱了……"

"啊?拿小白的学费去买包包?不太好吧,还是退了吧。"

"那可是香奈儿的限量款!十分珍贵的!"

"那个香奈儿的包包很厉害?"熊伊凡十分疑惑地问,她甚至不知道这是什么品牌。

颜妈妈一听就愣住了,随后十分惊讶地问:"你居然不知道香奈儿?"

熊伊凡很是认真地点头。

"小白,你不要跟小熊谈恋爱,妈妈跟她谈不来!"颜妈妈突然去颜柯身边诉说起了委屈,这让熊伊凡大感无奈。

阿姨,您要不要这么落井下石啊?

颜柯有些尴尬地轻咳了一声，忍不住顶了母亲一句："在这方面，没必要跟你合得来。"

熊伊凡坐在一边有些手足无措，这才开口："多少钱啊，不如我跟我爸要点儿？"

颜柯当即拒绝了："不许借！不然我妈不会认识到自己的错误。"他说着，取出手机来，给自己的父亲打了一个电话，开诚布公地说，"颜总，您的老婆花光了我的学费，您看着办吧。"

电话那端的颜爸爸不知道说了什么，让颜柯有了笑容，这才挂断了电话。他将手机丢到一侧的沙发上，手机弹了弹，终于稳稳地落下。颜柯看向母亲，面带微笑地宣判："我爸会帮我交学费的，不过，今年家庭旅游不会带你去了。"

"啊！不行，我新买的包包不背出去怎么行？而且，我新买了泳衣。"

"不带你去！"

"小熊……"颜妈妈抗议无效之后，立即凑到了熊伊凡身边，之前与熊伊凡的谈不来此时已经烟消云散了。

熊伊凡无奈地笑了笑，小声嘀咕："阿姨，在小白面前，我毫无战斗力的……"

的确，每次在颜柯面前，熊伊凡只有俯首称臣的份。

"这样啊，好逊。"

"阿姨，我们好像是同一战线上的吧？"

"阿姨好像真的与你合不来。"

"……"

颜柯见熊伊凡表情越来越精彩，忍不住跟着笑，随后说道："一会儿留下来吃饭吧，别忘记复习，星期一有一场模拟考，不能作弊的。"

一提考试，熊伊凡就觉得眼前一黑，还好颜柯还算厚道，在吃完饭之后留熊伊凡在家里,帮她补习了一阵子功课,才亲自送她回家。

高三的考试总是多到令人麻木,有时各科老师还会搞突然袭击,临时抽堂考,让学生们痛苦不堪。

也不知是不是因为齐小松和颜柯给予了她双重炮弹,使得熊伊凡这一次的考试挂上了漂亮的红灯笼,分数低得惊动了学校的教导主任,由他亲自来找家长谈话,毕竟熊伊凡的保送名额来之不易。

颜柯在课间到了熊伊凡的座位边,翻开她的卷子,看到英语卷子只有7分,当即从口袋里取出手机,打开相机功能:"英语都能考到个位数,这绝对要拍下来,你已经脱离了人类范围。"

说着,取出熊伊凡的答题卡与卷子,左右瞧了瞧,终于开口:"你可真够厉害的,成功避开了所有正确答案,说真的,这也挺不容易的,一般人都做不到你这样。"

"完蛋了,这次老爸要发愁了。"

"我不是告诉过你好好复习吗?而且,我还给你补习过,你居然还考成这样,你就是这么喜欢我的?"

颜柯说完,熊伊凡当即左右去看,生怕被人听到了,还好,大家都没有注意到他们两个,这让她松了一口气。

"难道你也是这么消遣其他追求者的?"

"你觉得我这是在消遣你?"颜柯居然当即冷了一张脸,将卷子往桌面上一丢。

熊伊凡心中咯噔一下,猜想着自己是不是说错话了。

颜柯很少与追求者来往,跟齐子涵也很久没再联系了,最近也是在练习单人钢琴,这是熊伊凡知道的事情。熊伊凡算是颜柯难得保持联系,且关系还算不错的女生了,某人曾在心里也暗自庆幸,幸好自己的毛病只是因为不像女生。

颜柯坐在椅子上,轻轻地磕着鞋底,鞋尖上还留有潮湿的痕迹,应该是在早上沾了雪,就算融化了也透着冰冷的味道。

"别不识好人心。"他只是低沉地说了这样一句,便起身准备离开。

可惜,他的身体好似弹簧,刚刚站起就又一次坐下,手腕处还留有一股子痛楚,那是熊伊凡紧张的情况下,没有控制好力气造成的后果。在他坐下的同时还发出了一声轰鸣,颜柯从来不知道,自己坐下来时力道可以这么重。

熊伊凡收回手,重新看向自己的全部试卷:"你这个人真敏感,我这次是失误了,下一次,我一定能够考好的。"

"元旦那天,放一天假吧。"颜柯说着,也没有什么脾气,甩了甩手腕,重新起身,只留下一阵淡淡的体香。

元旦那一天,高三(2)班的学生准备出去放松一下,高强度的复习让他们有些扛不住了。

颜柯离开后,熊伊凡盯着卷子发了好久的呆。

她在听许多悲伤的歌曲时,都听到过男人们在唱女人的改变,她们贪恋物质,追求钻石戒指,抛弃了这些男人,投入没有感情的婚姻之中。歌词是这样表达的,可是仔细想一想,这又能怪谁呢?他们在指责女人变了,他们自己却没有改变,相恋时是什么样,如今还是什么样,不能变得事业有成,不能满足女人们的需求,却在控诉女人爱慕虚荣。

我们都长大了,你却没有;我们都变强了,你却没有;我们都离梦想更近了,你却没有。结果,还在指责我们的改变。

自己不争气,又能怨谁呢?

最后有多惨、被抛弃什么的,也都是活该。

现在的熊伊凡,就好像那些男人。她喜欢的人很优秀,拒绝她这样平凡的女孩子是理所应当,她没有资格去怨颜柯,她只有努力改变自己,让自己配得上他。

在暗恋的时间里面,熊伊凡也会去看一些关于单恋、女追男的小说。小说里面,女主角一直处于矫情的状态,整本书里面,女主角所做的事情,除了表白之外,就从未对男主付出过什么、表现过什么,看到男主与女二号在一起,就会露出楚楚可怜的模样,自怨自艾。矫情个什么劲呢,你都没努力过,人家凭什么与你在一起,只因为你是女主角?

看到最后,熊伊凡没有感同身受的心情,却在暗呼过瘾,这么矫情的女人,追不到想要的男人真够活该的。

事情到了自己身上,状况却没有好多少,她的情绪因为颜柯的情绪而改变,开心为他,难过为他,心烦意乱也是为他。他就好似熊伊凡人生之中的风向标,指引着她行走的方向。

争点儿气吧,努力,从提高成绩开始。

之后的一段日子,熊伊凡暂时放下心中杂七杂八的情绪,全身心地投入到学习的洪流之中,任由巨浪将她拍打得体无完肤,最后疲乏到碰到床单就能睡着。

熊老爹时常会打电话给熊伊凡,打探她的学习情况,时不时地,还会来学校给她送些好吃的东西。

在此期间,熊伊凡偶尔会接到轩邮来的快递,都是一些考生的营养品,还有一部复读机、一支录音笔。熊伊凡收到之后会沉默半天,不过,她通常会秉承着不浪费的原则,使用这些东西。

经过一段时间的努力,期末考试如期而至。

这一次,熊伊凡的成绩提高了许多,高出了及格分数线,在班级里面也排进了中上等。当然,她不敌颜柯这样的学年组前五名,也不及班级第三名的丁茗,或者是班级第十一名的齐小松。

元旦的时候,熊伊凡所在的高中已经开始放寒假了。

高三(2)班许多同学结伴出来庆祝新年,熊伊凡与颜柯也在一行人之中。

暂时放下高考的压力,一群人说说笑笑地吃饭、玩闹,最后结伴去照大头贴。七八个人,占据了店铺四台机器,同学们交换着地点,与不同的人合照,以此留作纪念。

齐小松进入熊伊凡所在的机器前面,将其他人推了出去,只留下两个人。

曾经表白过的暧昧气氛再次出现,让两人都有些沉默。

"咱俩单独拍几张吧。"齐小松说着,开始随机更换相框,见熊伊凡不在状态,出去了一圈,从丁茗的头上抢来了米老鼠耳朵的发箍戴在了熊伊凡的头顶,齐小松则是不知又掠夺了哪个女生毛茸茸的帽子,戴在头上,两人稀奇古怪的模样很有化解尴尬的作用。

两人嘻嘻哈哈地拍了四五张之后,颜柯掀开垂幔走了进来,看到两人当即笑了起来:"你们两个可真是今天晚上的笑星。"

"那你觉不觉得自己成了电灯泡?"齐小松没好气地说,同时用手肘推颜柯,示意他出去。

颜柯却绕到了熊伊凡身后:"别让我出去,刚才差点儿被偷亲了。"

熊伊凡一听,当即愤怒了,谁比她还土匪啊?她还没下定决心去偷亲呢,就被别人先得手了?

"谁啊?"

"张萌婷。"颜柯回答了一句,硬是蹭到了熊伊凡身边,"咱们三个来吧。"

"凑个铁三角?"齐小松龇牙咧嘴地问。虽然将颜柯视为情敌,却知道颜柯对熊伊凡没有什么非分之想,也没有真正厌恶。

齐小松在左,颜柯在右,熊伊凡站在中间。两名高大的男生微微俯下身子，与她持平，露出各式各样的表情，任由熊伊凡按下拍摄键，定格此时的美好瞬间。

齐小松与颜柯都很上相，两人都是眉眼俊朗的少年，皮肤白皙，就算随便一笑也很好看。熊伊凡则要平凡许多，如果不是她的笑容有亲和力，真的要沦落为陪衬品。

照完了一套，熊伊凡终于逮到机会与颜柯单独在一间影棚里面。齐小松就算不情不愿，还是被其他人拽走了。

颜柯将手压在熊伊凡的头顶，微微前倾身子，熊伊凡则是尽可能地靠近颜柯，确定表情不错，按下了拍摄键。

在照第三张的时候，熊伊凡也想试一试偷袭，这绝对是一瞬间的冲动，也不知是不是气氛太好，还是张萌婷的启发，让她突然生出了歹意。在拍摄的前一秒突然转过脸去，噘起嘴巴想要亲过去。可惜颜柯真的很灵敏，身体下意识地后退，让她扑了个空，却结结实实地摔进了颜柯怀里。她气急败坏地退了一步，却被颜柯夺了拍摄按钮。

她以为他生气了，抬头去看他，却看到他晶莹的双眸微微闪烁着不安分的光亮，竟然在瞬间羞红了一张脸。

她记得颜柯这种表情，且不止一次见过，他总是别别扭扭的性格，板着一张脸，就好似小大人一般，却是难得的青涩。在熊伊凡过分大胆之后，他也会露出羞涩的表情，一如现在。

两人对视着，有些呆傻，颜柯却歪打正着地按了拍摄按钮，将两人的模样定格。青涩的、腼腆的、傻傻的，却又是甜蜜的。

"熊伊凡！"颜柯突然怒喝出声，随后伸手捏住了熊伊凡的脸，捏来捏去，"你越来越胆大了啊。"

"美人花下死，做鬼也风流。"熊伊凡的脸被捏成了奇形怪状，却还是不忘记回答颜柯，弄得颜柯越发气急败坏，干脆双手去捏她的脸。

这一次偷袭，以失败告终，最后这一套相片也只有三张而已。不过，

熊伊凡还是将三张都放大了，打印出来几张。

班级里的众人离开的时候每人手里都拿着一沓大头贴，他们的打印方法就是大头贴上出现了几个人，就打印几张。穿插着的相片之中，熊伊凡、颜柯、齐小松与丁茗交叉着出现。

之后，他们约在KTV唱歌，中等包间之中，堆满了各种零食，大家轮流交换着话筒，每个人都要唱几首。颜柯被逼无奈，唱了几首十分舒缓的英文歌曲，全场也只有他一个人在唱歌的时候，其他人不敢与他合唱。他的声音一直是极为动听的，唱歌的时候更显温柔，让人不由得跟着沉醉。

熊伊凡依旧走剽悍路线，手持话筒，点了她的必唱曲目《好汉歌》。

齐小松凑到颜柯身边，用手肘撞了撞他，说道："看着，这是感情到位了。"

果然，熊伊凡唱歌的时候还会跟着调子晃悠身体，很有气势，唱得极为潇洒、铿锵有力。颜柯听得一阵头皮发麻，只觉得熊伊凡这破锣嗓子，绝对是在用生命唱歌，那卖力的样子就好似耕田的老牛。

接下来的一首歌，却是熊伊凡很少点的，让齐小松不由得一愣。

陈明的《等你爱我》。

等你爱我
哪怕只有一次也就足够
等你爱我
也许只有一次才能永久
你在听吗
也许早该说
你说什么
难道真的不能

……

不知为何,齐小松看着歌词,就忍不住看向颜柯。

颜柯靠着沙发,手中还捧着一盒爆米花,这是他喜欢的甜食。只是他此时没有继续吃,而是摆弄着手中的手机。闪亮的屏幕上显示着电话簿,只有几十个人的模样,他的手指拨动着,却没有打出电话。或许,他根本就不准备打电话,只是无聊的时候,摆弄手机能够得到解脱。

熊伊凡唱得声嘶力竭,颜柯一直沉默,也不知他究竟有没有注意到熊伊凡在唱的这首歌,懂不懂其中有什么特别的寓意。

齐小松到点歌机前,让这首歌再次播放一次。

这一次,他来唱。

众人开始起哄,嚷嚷着:"你们两个都这么着急,不如直接登记结婚去吧。"

齐小松龇着牙齿傻兮兮地笑,对着熊伊凡摆出了一个胜利的手势。熊伊凡被众人推到了齐小松身边,被齐小松稳稳地接在怀里,然后让她坐在自己旁边的位置。众人终于消停地离开,两人却没有移动位置。

熊伊凡靠在柔软的沙发上,懒洋洋地凑近齐小松问他:"老娘刚才唱得怎么样?"

"必须霸气。"齐小松说着,开始一个一个地帮熊伊凡剥开松子,将瓤放进她的手心里。熊伊凡有些被感动到了,不由得对齐小松亲切了许多,两人坐在包房的一角,聊得欢畅。

丁茗忍不住去看颜柯,发现他依旧在椅子上摆弄手机,手机画面却从未改变过。她想看清颜柯的表情,可惜,颜柯低着头,头帘挡住了他的双眸,只露出了高挺的鼻梁。这让人无法判断,此时颜柯心中到底有没有熊伊凡,会不会觉得熊伊凡即将被人抢走,而心中焦急。

回去的时候，颜柯、熊伊凡与丁茗一路，齐小松住在城市的另外一边，只能先行离开。

前半程，丁茗还陪在一边，到了后半段便只剩下熊伊凡与颜柯两人。

路面上还有些许积雪没有被清扫干净，两人走上几步，偶尔也会脚下打滑，每到这时，他们都会伸手扶一下对方。

颜柯在回来的路上有些沉默，这让熊伊凡有些不知道该不该说话。她蹦蹦跳跳地到了颜柯身前，探头去看他："感冒了？"

颜柯没好气地瞪了熊伊凡一眼："你是不是巴不得我生病？"

熊伊凡根本没在意，从自己的脖子上取下围巾替颜柯围上，还帮他扣上了大衣的帽子："你这个人身板太单薄，总觉得一阵风就能把你吹散了。"

颜柯突然想起齐小松精壮的身板，他还记得齐小松在寝室里秀腹肌与胸肌时，自己冷眼旁观的模样。相比较之下，他的确单薄得有些过分了，清瘦了些，白皙得也比女孩子还厉害。

很快，他就意识到不对劲，他为什么要跟齐小松做比较？

他……今天晚上都有些不对劲……

"我哪有这么娇气？"颜柯拒不承认。

"你在我的印象里，就是该被人宠的。"熊伊凡说着耸肩，随后回到与颜柯并肩的位置，紧了紧自己外衣的衣领。

颜柯一直低着头，风吹拂着他的头帘，在饱满的额头前胡乱摆动，好似河堤两岸边的芦苇丛，带着一股子清冷之意。而他的双眸就是澄澈的湖泊，不知谁渡的船能够进入他深邃的湖水之中，占有一席之地。

颜柯突然开口："寒假我应该会参加钢琴班，具体时间还没安排，不一定能给你补习了，你请个家教吧，或者干脆报一个班。"

"哦，我报了小松的补课班，他说教得挺好的，丁茗也会去。"

"这样啊……"

"还有六个月,要放手一搏了呢!"

"是五个月零六天。"颜柯强调了一句,随后再一次看手表,发现时间已经到了凌晨 0:01 分,这才走到熊伊凡身边,从自己的包里面拿出一个盒子来,递给熊伊凡,"生日快乐,去年生日错过了,今年我无意间看到电话簿里的生日了。"

熊伊凡惊喜地接了过来,发现盒子里面沉甸甸的,不由得一阵窃喜。

这个时候,熊伊凡的手机响了起来,是齐小松打来的,电话内容果不其然,是祝福她生日的。她笑容甜蜜地说着谢谢,并且叮嘱他在参加补习班的时候一定要请自己吃饭。

挂断电话,丁茗的电话便打了进来。

熊伊凡欢喜地与他们聊着,手中还紧紧地捧着颜柯送给她的礼物,身边的颜柯一直沉默地走着。到了与熊伊凡分开的路口,他停下来,拽下熊伊凡的帽子,揉了揉她已经披肩的头发,又帮她戴上了帽子。

转身走了几步,颜柯突然回身,看到熊伊凡依旧站在雪地里目送他离开,迟疑了一会儿又走回去,抬手扯了扯熊伊凡的围巾,让围巾可以挡住她的鼻子,随后突然俯下身,对着她的唇的位置吻了下去。可惜,这是一记有着阻隔的吻,熊伊凡只能透过围巾感觉到颜柯唇瓣的形状,以及他鼻翼喷出的暖暖气息。

这一吻稍纵即逝,让熊伊凡完全呆在了原地,直到看真切颜柯狡黠的微笑,才终于回过神来。在颜柯再次准备离开的时候,她突然死命地从颜柯身后抱住了他的身体,嘴里嘟囔着:"再来一次再来一次,你不许作弊的!"

颜柯没想到熊伊凡能够坦然到这种地步,这种事情已经够出格,她居然还不满足,当即推开熊伊凡凑过来的脸,躲开她噘得高高的嘴唇:"你给我死开,别得寸进尺。"

"不要,我要是松手了,我会后悔一辈子的。"

"你松手!我今天没带身份证出来!"颜柯艰难地推开熊伊凡,还忍不住强调,"那只是生日礼物,懂了没?"

说完便落荒而逃,甩掉身后的星河浩瀚,有些像可爱的兔子。

熊伊凡回到家,第一件事就是拆开颜柯送给她的礼物。竟然是一套精装版的练习题册子,这让熊伊凡震惊不已。原来,这种烦死人的练习题,还有装裱得如此豪华的?可是,再精致也是一堆练习题啊!

她翻遍了所有的书籍,想从里面找到夹着的书签、贺卡,上面或许会写着"生日快乐"四个字,结果什么也没有。

就算如此,熊伊凡依旧兴奋地盯着她与颜柯的大头贴傻兮兮地笑。

相片中,她与颜柯靠得很近,她的身体微微侧着,就好似靠在颜柯怀里,颜柯的脸上有着自然的微笑,那一只大手还盖在她的头顶,让熊伊凡下意识抬头摸了摸头顶,那里似乎还是暖暖的。

她看着桌面上静静躺着的围巾,将它抱在怀里。

"怎么办,不舍得洗了。"

这上面残留着颜柯的味道,以及他们的初吻。她确定,这一定是颜柯的初吻。

她看了张萌婷偷袭的相片,画面上颜柯将张萌婷推开了,几乎将她推出了镜头,显然是没能得逞。

颜柯干干净净,好似一张白纸,他的规划,让他如今还是青涩的少年,没交过女朋友,甚至没有与女孩子牵过手。今天,熊伊凡在颜柯这一张纸上印下了第一道痕迹。

有一次,和颜妈妈一起洗菜的时候,颜妈妈提起过:"如果小白找女朋友的话,小熊一定是第一人选。"

"真的假的?"

"我是他妈妈,能不了解他?他立志要找一个和我完全不同的老婆。"

"呃……真亏得您还能坦然地说出来。"

"嗯,小白很少这么依赖一个人,你还是第一个,他快习惯被你照顾了。只是他还有点儿蠢,没反应过来你的好而已,所以,小熊也要好好地坚持哦!看我这么努力地帮你,不如今天这顿饭就由你一个人做吧。"

"我突然怀疑起之前那些话的真实性。"

当时熊伊凡真的有所怀疑,此时又重新燃起希望来。颜柯对待她,的确与对待别人有所不同。

丁茗作为熊伊凡的第一闺蜜,理所应当地分享了她的心情。丁茗听了之后,也觉得很意外,难得颜柯主动露出了些许暗示,熊伊凡应该抓住机会才是。

"想要试探试探颜柯,就冷落他一段时间,不联系他,看他会不会忍不住反过来主动联系你,如果他联系了,那这件事情80%是稳妥了。"

"行得通吗?"

"嗯,如果他依旧没有联系你,你就安心学习,等待他大学答应你吧,毕竟颜柯最近是不准备恋爱的。"

熊伊凡将信将疑地照着丁茗说的做了。

寒假期间,熊伊凡与丁茗、齐小松一块儿去补习班,依旧是压抑的氛围,老师们要比学校里的老师还要斗志昂扬,整日用激情的演讲鼓励着所有的学生。熊伊凡一心一意地想要努力改变自己,自然也不敢松懈。

在冷落颜柯的第十天,熊伊凡终于有些崩溃了,每天捧着手机,

露出欲哭无泪的表情。

她故意不与颜柯联系，为的是让颜柯注意到她，可最后，受尽折磨、苦苦等待的人是她，这种煎熬让她整个人都瘦了一圈。她暗骂自己没出息，少给颜柯发几条短信，少被颜柯数落几句，她就浑身难受似的。

在1月13日晚上，熊伊凡终于忍不住给颜柯发了一条短信："突然好想见你。"

发过去之后，熊伊凡便直勾勾地盯着手机屏幕。过了一分钟左右，颜柯的短信回复了过来："跑步过来。"

看到这几个字，就好似一场赛跑的枪响，让熊伊凡热血沸腾，速度敏捷地穿好外套，提着鞋便迈出了家门。她是用冲刺的速度跑往颜柯家里，就好似赛场上那一只脱兔再一次复活，让她燃起了运动之魂。

风扬起她细碎的发，拐过转角时险些跌倒，幸好扶住了身边的墙壁。

月朗星稀，清风徐徐，萧瑟的天气，阻止不了她越来越快的步伐。到达颜柯家小区的时候，发现颜柯正从小区里面走出来。

之前焦急的心情突然消失不见，熊伊凡止住步子，缓了几口气，便只是站在原地盯着颜柯看。仅仅几日，却仿佛时隔几个春秋，让熊伊凡心中泛滥起了难言的思念。真正见到了，反而收敛了心神，不想让对方发现自己的在意。

颜柯也看到了她，摆手示意了一下，便带着熊伊凡进入小区，却没有进入颜家，而是在小区里面乱逛。

"补课怎么样？"颜柯问。

"老师们教得很好。你呢？"

"挺好的，还报了比赛，应该是明年参加。"

"真厉害！"

"嗯。"

沉默了片刻，颜柯才扭头看了熊伊凡一眼，伸手揪起她的外衣帽子替她盖上："冷吗？"

"有点儿。"熊伊凡傻兮兮地笑，其实，能与颜柯在一起就觉得心口暖暖的。

颜柯走到熊伊凡身边，突然将她拉到了怀里，轻轻地拥着她，感受到熊伊凡的身体微僵也没有松手，只是画蛇添足地解释："我也有点儿。"

熊伊凡觉得眼前蒸腾起一股子雾气，分不清是自己视线模糊，还是自己呼出的气。她试探性地抱住颜柯的后背，发觉到颜柯没有挣扎，这才坦然地将脸埋在他怀里。

她突然痛恨天气的寒冷，让他们都穿了这么多衣服，拥抱间隔也如此大。但是，她自己也清楚，如果天气暖和，他们便没有了拥抱的理由。

"好好补习，别被保送了，最后还丧失了资格，那样就丢人了。"颜柯终于开口，老气横秋地吩咐起来。

"我会努力的，那样我能与你在一起的时间更久一些。"

"你知不知道我会嫌你吵？"

"我不大声说话就是了。"

熊伊凡听到了颜柯很轻的笑声，在她耳边缭绕着，缠缠绵绵。

她突然爱起了这个季节，爱上了糟糕的雪天，就连空气都是甜甜的。

| 第九章 |

全世界最暖的地方，是有你的城市。

高考结束的那一天，熊伊凡只觉得自己的身体像被掏空了，飘在软绵绵的云上面，她每走一步，都觉得脚下的地面很不真实，再走一步，就觉得自己要跌倒了。

走着走着，人却哭了起来，莫名地哭，泣不成声，声嘶力竭。看不清天空之中飘散的白云朵朵，没注意到天气好得连风都静止了。

然后有人抱着她，跟她一块儿哭，那个人叫着她的名字，然后不停地说："不哭不哭，结束了。"结果自己却不停地掉眼泪。

她终于看清那个人是丁茗，两人头顶着头，抱在一起痛哭着。不远处的齐小松走过来，将手中的本子卷成圆筒，敲两个人的头，可惜两人都不理他，他索性将两人都抱在了自己怀里。

也不知是不是气氛可以感染人，致使在同一考场出来的同学们，自发地奔向了他们所在的位置，抱成一团，哭声响彻天地。

结束了，他们毕业了，他们解放了，也要分离了……

那一天，只有颜柯一个人没有被感染，站在一侧，从口袋里面取出手机，将所有人的窘态拍了下来。

六月的骄阳照耀着这群稚嫩的少男少女，周围的树叶都被太阳晒得卷曲起来，蝉依旧不知羞耻地哼着走调的曲子，舒适的温度，让爬虫们都出了巢，四处奔走。

四周的人看着他们，有的跟着落泪，有的只是匆匆一瞥，浑然不知已经进入了颜柯的镜头之中，充当了路人的角色。

谢师宴上，一直以开放著名的班主任大开酒戒，劝着班级里面已经成年的学生喝酒，将他们灌得小脸通红，好似一个个拜了把子的关公爷。

不知是谁开了头，突然在酒桌上大喊了起来："颜柯，我喜欢你，考虑一下我吧！"

随后，便有人接了下去："颜柯，我也喜欢你，我有没有机会？"

渐渐地，出现了另外一种声音："齐小松，我一直暗恋你！"

表白的人越来越多，最令人震惊的是唐糖的表白。她突然站起身，端着酒杯走到了齐小松身前，用一种款款的姿态说道："喜欢了你三年，被你无视了三年，我们应该不会在同一座城市上大学，这段感情也注定是单恋。不过，我希望这一杯酒，你一定要与我喝。"

唐糖说得平稳，但是说话的时候，还是红了眼睛，到最后一句话时，已经有了哽咽的声音。她本就是娇嫩的少女，因为之前喝了些许酒，此时脸上飞着粉嫩的霞，看起来更加诱人。

齐小松被吓了一跳，却还是站了起来，为自己倒了一杯酒，回答："你这一下子让我成了男人的公敌啊，不过，谢谢你喜欢我，我已经被其他人预订了，抱歉。"

说着，与唐糖的杯子碰了碰，他的杯子在她的杯子上面。齐小松比唐糖大三个月，这是齐小松知道的。

酒被一饮而尽，全班响起了洪亮的掌声，为唐糖的勇敢，为齐小松的痴情。能被唐糖这样的女神表白还面不改色，依旧保持着原本的

心态，这是一般男生经受不来的考验。

唐糖在回座位的时候，几乎是全班男生同时喊了起来："唐糖，我喜欢你！"

这一回，包房之中爆发了一轮哄笑声，原本要哭的唐糖也跟着破涕为笑，然后对全班男生款款作揖："对不起，我拒绝，你们都是好人。"

这一暖场，让不少女生围住了颜柯，争相与他喝酒。

颜柯比他们都小一岁，今天是滴酒未沾，见到这些热情的女生，终于忍不住开口："我已经对喜欢的女生表白了，我在等待她的回答。"

颜柯的这一句话，让包房里出现了成片的哀号声，熊伊凡只觉得心口咯噔一下，险些掉下眼泪来。她没有听到过颜柯的表白，就算是曾经间接地接吻，或者是曾经久久地相拥，颜柯都没有说过什么表白的话语。而且，每一次颜柯与她亲近，都会找借口，比如：生日礼物、寒冷。

被颜柯表白的人是谁？齐子涵吗？又或者是她不认识的其他人？

熊伊凡脑中一阵混乱，整个人都傻住了，就好像碰到一道极其难解的题，她这种笨笨的脑袋无论如何也解不开。

她不是聪明的女生，分不清颜柯暧昧的举动是出于安慰还是戏弄，或者是其他什么，她越来越弄不懂了。恋爱到底是什么？

胡乱地拿起身边的酒杯，也没有看清究竟是什么酒，喝了整整一杯甘醇的白酒，酒香在自己的口腔里面肆虐，视线模糊的时候，她看到齐小松向她走了过来，自己露出了憨傻的微笑，却只是眼前一黑的结果。

熊伊凡醒过来的时候，已经是第二天了，只觉得头痛欲裂，这才让她知道，醉酒要比复习还痛苦。

她挣扎着爬起来，为自己倒了一杯水，漱了漱口，吐出口中苦涩的味道，这才走到镜子前。看到自己狼狈的样子，忍不住哀叹了一声，本来就丑，现在更丑了。

醉酒之前的记忆渐渐恢复，让熊伊凡暗暗苦笑起来，不知道颜柯的表白成功了没，他那么优秀，怎么可能不成功呢？

磨蹭着回了床上，披着被子看着桌面，上面放着颜柯送的练习册，围巾也被她宝贝似的围在了台灯上面作为装饰，桌面上的几个相框之中，放着的也都是她与颜柯，或者是有着颜柯的大头贴。

原来，她的生活已经被颜柯占满了。

打通丁茗的电话的时候，已经是下午了，丁茗似乎是在坐火车。早早就听说她要去旅游，如今看来应该是已经出发了，自己却没能去相送。

"昨天你喝醉了，被小松送回家的。颜柯也趁机跟着你们走了，昨天我还稀里糊涂地被表白了，你猜是谁？"丁茗说着，哈哈大笑起来，听不出有什么不妥。

"啊咧？谁啊，难道是你同桌？"

"你怎么知道？"

"他老直勾勾地看你。"

"原来你早就发现了啊。"

"必须的，我可是你闺蜜啊！"

丁茗沉默了好一会儿，才开口问："那你知道我喜欢的人是谁吗？"

"谁啊？这个还真不知道。"

"你不知道我就放心了。"

熊伊凡当即大怒，握着手机就嚷嚷起来，可惜丁茗无论如何也不愿意开口，她对熊伊凡的大嗓门，早就有了免疫能力。

几番威胁都无果之后，熊伊凡终于放弃了询问，就像丁茗说的那样，大学之后也分开了，再喜欢又能怎么样？

"最后，颜柯说了自己喜欢的女生是谁吗？"熊伊凡最后还是问了这个问题，语调说不出的沉重，她还是在意颜柯的事情，很在意。

"没，不过，颜柯说，那个女生很爱笑，而且一笑就容易停不下来。"

熊伊凡沉默了好久，才苦笑了一声，这个描述也太笼统了，她怎么可能猜得出是谁？就好像在说我喜欢的人有一双很漂亮的眼睛一样是废话。

她又开始听几年前的一首歌《第一次爱的人》，一遍一遍地听。

熊伊凡起初并不喜欢这首歌，觉得这种甜甜的声音不是自己的菜，后来才发现，喜欢一首歌，并非因为旋律，而是因为歌词里面唱着与自己雷同的故事，是那样的似曾相识，然后不知不觉地爱上，重复听到腻。最后竟然分不清，究竟是更喜欢这首歌，还是更喜欢歌词，或者，是更喜欢自己的回忆。

突然有一天，她在回家的路上碰到了颜柯与一个女孩子牵着手，两人说笑着迎面向她走来。她躲无可躲，只能硬着头皮迎上去。

女孩子有着十分甜美的容貌，娇小的身材，长长的披肩发，灵动的双眼看着颜柯的时候脉脉含情。颜柯很是开心地跟她介绍这个女孩子，告诉她，这是他最爱的女孩子，想要得到熊伊凡的祝福。

熊伊凡当时竟然只是微笑，说道："我最担心的只是她不能照顾好你，不知道你的别扭，不知道你有时发脾气只是因为害羞，不知道你说话很毒，其实心肠很好。"

原来这种时候，熊伊凡依旧最关心颜柯。

然后她从梦中惊醒，冷冷地看着天花板，陪伴她的只有泪湿了的枕巾，与一室关不住的孤寂。

颜柯在出国旅游前，颜妈妈曾经打电话来诉苦，说这对父子不愿意带她去，让她很悲伤。

熊伊凡只是干笑，却毫无办法，最后也只是笼统地聊了几句而已。

后来，就连齐小松也去了泰国旅游，还打电话问她要不要一块儿去，她哪里好意思跟着齐家人一块儿去？理所当然地拒绝了。

到最后，只剩下她一个人留在本市，帮着熊老爹忙碌着店铺，偶尔跟着去上货，干一些体力活儿，还在休息的时间报考了驾照，每天流着满头的汗水，在驾校里面周旋着，争取在上大学前将驾照考下来。之所以学开车，还是因为能帮父亲送货。

后来，高考的成绩公布了，以及录取分数线。

熊伊凡按照保送的分数，上了原本的大学。颜柯则以超出那所大学录取分数线三十多分的成绩，以文艺生的身份进了与熊伊凡同一所的大学，这让熊伊凡敬佩不已。

然而，齐小松落榜了，没能考上熊伊凡所在的大学，留在了本市，虽然也是一本，却让齐小松笑不出来。

至于丁茗，则是按照她的计划，报考了与熊伊凡相邻的大学，被成功录取。

众人围着齐小松，一个劲地安慰。齐小松沉默了好久，才努力地挤出一丝微笑："没什么，我已经尽可能地努力了，这样就不会后悔了。只希望我们到了大学之后，依旧不会断了联系，这才是最好的。"

努力过，就没有什么可遗憾的了。

这就是人生，没有什么是注定的，不是所有的事情都会按照最好的剧本走，那是戏，那只是编剧们的幻想罢了。

送走即将去往大学的同学，齐小松的身子还是那样挺拔，鹤立鸡群一般站在人群之中看着离开的人。直到送到熊伊凡时，他才青涩地开口："我可以抱抱你吗？"

熊伊凡没有拒绝,丢下自己的行李箱,投入了齐小松的怀抱。

齐小松疼惜地抱着她,揉着她的头发,微微俯下身,凑到她耳边用轻缓的声音说:"无论过去多少年,都要记得我,记得有一个像电线杆一样的男生,一直一直喜欢你。被人甩了也好,或者是与谁分手了、难过了,都尽可以来找我,我永远在这里等你。我心甘情愿地做你的男闺蜜、备胎、出气筒、避风港。我只求你记得我,让我在你心里有一席之地,可以吗?"

熊伊凡拼命地摇头:"这对你不公平。"

"有什么不公平呢,谁让我喜欢你更早一些、更深一些,你却把喜欢给了别的人。"

"对不起……对不起。"

"没事的,从我表白那一天你的眼神,我就知道,你不喜欢我。可是我还是喜欢你,怎么办,那就继续喜欢吧。记得,需要我时,我是男人。寂寞的时候,我是神父。穷了的时候,我是提款机。受欺负的时候,我是最佳打手。没有什么公平不公平,爱一个人的时候,谁都是贱种。"齐小松说着,自己却红了眼睛,有些不甘,更多的却是深情。

当一个人真的爱上一个人之后,才会发现,爱原来可以这样无私。他笑得没有颜柯好看,成绩也没有颜柯优秀,熊伊凡会喜欢颜柯,也是简单的道理。他不会抱怨,他奋不顾身地争取了这么久,最后,却只能将熊伊凡重新交给时间,时间会为他们所有人善后。

"是啊,爱一个人的时候,我们都是贱种。"熊伊凡苦笑着,终于退后一步,仔细端详着齐小松,"等我寒假回来,我们打篮球、K歌、健身,就算不能在一起,你也是我最带劲的哥们儿。"说完,含着眼泪,快速转身跟着颜柯、丁茗一块儿进入了检票口。

从谢师宴之后,熊伊凡就一直没有勇气和颜柯说话,甚至不敢以开玩笑的语气问颜柯:表白成功了没?

她怕看到颜柯幸福的笑容,她怕知晓颜柯已经与其他的女孩子在一起了。在机场的时候,没有看到哪一个漂亮的女孩子来送颜柯,熊伊凡松了一口气。她觉得自己无比卑微,竟然连坦然接受的勇气都没有,只因为那一天,仅仅是一个梦,她都会那么那么痛。

丁茗手中摆弄着地图:"到了那边之后,你们先陪我去我的学校,我的学校比较近,然后我送你们过去。"

"我要租房子。"颜柯突然开口,引得另外两人看向他,"我要练琴,租房比较方便一些,我在这边预订了一架钢琴,两天以后去提货。"

"外地学生可以走读的?"熊伊凡忍不住问。

"嗯,办理一些手续就可以了。"

"那我和丁茗去寝室放完东西,再帮你去找房子吧。"

丁茗见熊伊凡与颜柯依旧是相敬如宾的模样,不由得心疼熊伊凡,那么努力地追求过,却什么也没得到,或许,从一开始这样的一个男神就不该属于她这样平凡的女生,就算在一起了,也不一定能看住。

三人找了一整天的房子,看房时走得腿脚发软,最后终于确定了下来。

颜柯的房子是在大学附近一处单独的小区里面,整栋楼都包裹在爬山虎的翠绿之中,远远看去,就好似密密麻麻地盖着一层叶片组成的被子。这里是老式的户外楼梯,走廊一侧是半人高的墙壁,上面有半壁高的铁栏杆,没有窗户。不过走廊墙壁上没有漏雨的痕迹,看得出,楼梯虽然旧了些,建筑还是很结实的。

屋子里面是简单的装修,不过很干净,家电也一应俱全。因为是一处单间,很少有学生愿意单独租用这样的房子,都喜欢与朋友一块

儿租几室合住,所以寻找到这里很快,也只有颜柯这样的小土豪,出手才会这么阔绰。

之后熊伊凡帮颜柯简单地收拾了屋子,丁茗却先告辞了,也不知是因为想给他们留独处的时间,还是因为不想平白帮颜柯收拾屋子。

颜柯将自己行李箱里面的东西一样一样地取出来,好似不经意似的提起:"我送你的练习册你做了吗?"

"写了一些,不过还是有一大半没来得及看。"

"如今还在你手里吧?不会像其他书那样被扔了吧?"

"没有,在我书架上放着呢,如今练习册都有精装版了,真逆天。"

颜柯抬头看了看熊伊凡的表情,见她依旧不肯直视自己的眼睛,这让他有些说不准自己的心情,最后也只是淡淡地回答了一句:"哦……"

"嗯。"

熊伊凡干活儿一直很利索,不出一会儿就帮颜柯将房子收拾了出来,颜柯则是将衣服挂好,又挂上了窗帘,铺了新床单。

就算如此,两人还有许多东西没有准备齐全,到楼下简单地吃了点儿东西,便结伴去了商场。熊伊凡依旧是很好的参谋,无论什么时候,都是出于实用的角度,挑的都是最为实惠的东西。

颜柯一般会听熊伊凡的,只是偶尔看到了十分喜欢的,还是会败家一次。

"我送你回寝室吧。"即将分开的时候,颜柯终于开口。

"不用,我这么有实力的,生活方面不用别人操心的。"

"我家里的钥匙给你一把,算是备用钥匙,我弄丢了钥匙还能去找你。"颜柯说着,将一把钥匙递给了熊伊凡。熊伊凡没有意识到这把钥匙有什么非凡的意义,只是无所谓地接在了手里,又揣进了口袋里面。颜柯观察了她半天,才又道,"你寝室里如果有什么放不下的东西，放在我那里也可以。"

熊伊凡听了，绽放出一抹苦涩的微笑，再次摇头："我已经将我最重要的东西放在你那里了。"

颜柯微怔，没有明白，熊伊凡已经拎着东西回了寝室。

她早就已经将自己的心放在颜柯那里了，只是他不肯收留罢了，她不需要再在颜柯的生活之中留下什么莫须有的东西，刷取卑微的存在感。

颜柯一直看着熊伊凡离开，才将所有的东西放在地面上，抬起手来，看到被勒红的手掌，长长地叹了一口气。

原来，她的头发已经长到腋下了，不再是当年的假小子了。

她对他的照顾，也没有之前周全了。

大学生活对熊伊凡来说并不如何难以适应，她一直是开朗的，且是一个热心肠的人，军训过后就再一次有了很好的人缘。

而颜柯，凭借着自己的优秀，在军训期间就成了学校的风云人物，不少学姐也特意来操场围观他，不少人都知道颜柯这个名字，这些全在熊伊凡的意料之中。其实高年级的学长也会来大一寻觅漂亮的学妹，不过熊伊凡这样的女生都会被他们定义在"炮灰""路人甲""太一般了"的人群里面，像齐小松那样对熊伊凡也能够一心一意的男生真的是太少了。

熊伊凡经常会打电话给丁茗，叮嘱她一定要利用自己的甜美寻觅一个男朋友，好好享受自己的大学时光。

丁茗都会一笑了之，也不知究竟有没有听进去。

"小熊，听说你与颜柯同校，他高中有没有女朋友啊？"最近与她同寝室的女生薛琳也迷上了颜柯。

薛琳是一个富商的女儿，偶尔喜欢炫富，不过平日里性格还不错，

大家便与她相处得很是融洽。她与熊伊凡有一共同特点，就是瘦且平胸，这让她们成了难姐难妹。

颜柯到大学并没有长残，反而越发俊朗了，尤其是眉梢眼角，总是透露出一股子独特的韵味，令人着迷。而他的傲娇，不会再被排挤，反而成了他的特色，让那群女生尖叫不已。熊伊凡作为与颜柯同校的同学，深受女生们的欢迎，一个劲地追问她关于颜柯的消息。

其实，熊伊凡知道的也不多，至少她不知道颜柯喜欢的那个女生究竟是谁。

"听说毕业的时候曾经跟一个女生表白了，不过不知道成功没成功。"

"天哪，被颜柯喜欢的女孩子是什么样子啊？漂亮吗？"

"我也没见过，只听说很爱笑。"

女生们不由得一阵失落，不过，看到颜柯一直是孤身一人，偶尔与他走在一起的除了新交的朋友之外，就只有熊伊凡了。这使得众人开始猜测，颜柯的表白是不是失败了？

熊伊凡曾经也这么怀疑过，颜柯没有煲电话粥，也没有在节日的时候约会，就与单身是一样的。

难道，颜柯的表白真的失败了？

熊伊凡开始梳辫子，单马尾，将全部的头帘都拢到辫子里面，看起来干净利落。这种发型在即将迟到，冲往教室的时候尤其便利。

可惜，意外往往发生在不经意之间。

在学校里面赶时间是一项技术活儿，狂奔的过程之中突然松了鞋带，这无疑是耽误时间的。熊伊凡在蹲下系鞋带的时候，一个男生从她身边快速跑过，斜挎的背包不偏不倚刮住了她的头发，用力一拽之下，熊伊凡一声惨叫，她的头发与男生的包更加难舍难分。

男生后退了几步，对熊伊凡连连说对不起，熊伊凡疼得龇牙咧嘴："我去，出师不利啊。赶紧拿开！"

"没事，迟到这事我有经验，老师一般不会太生气，顶多拿成绩威胁你。"男生还在安慰，试着解开她的头发与自己的包，最后竟然问，"要不我把我的包借给你吧，你下课之后还我，不然我们俩都得耽误在这里。"

"你一定要我顶着这个炸药包去上课？"熊伊凡当时就震惊了。这货也太异想天开了吧？这简直就是弄大别人肚子却不负责任的表现。与其顶着这玩意儿去上课，熊伊凡宁愿迟到。

男生一想也是，竟然将熊伊凡扶了起来，拉着她跟着他一块儿去上课了。进入教室的后门，男生坐在教室里面，手忙脚乱地想去分离自己的包与熊伊凡的头发。熊伊凡就好似受气包一样蹲在门口，任由男生摆弄。

男生一边尽可能不弄疼熊伊凡，一边忍不住"噗噗"地笑，引得熊伊凡一阵不爽，脸蛋也越来越红，脸皮再厚，也知道此时模样极为狼狈。

教室里面开始点名，喊道"白语泽"这个名字的时候，男生应了一声"到"。

包与熊伊凡的头发终于分开，她的头发也完全散开了。这时，老师依旧在点名："肖月！"喊了两声没有人应，熊伊凡当即坐进了教室里面，喊了一声"到"，同时开始整理头发。

老师站在讲台上看了熊伊凡一眼，又看了一眼与她眉来眼去的白语泽，当即沉了脸色："搞男女朋友也不要这么不务正业，点名的时候注意一点儿。"训斥了一句，便继续点名了。

被训斥之后，白语泽面不改色，凑到熊伊凡身边小声道："如今这么舍己为人的善良人士真已经不多见了。"

"我可不可以评选感动中国最佳倒霉蛋？"她说着，扭头看了白语泽一眼，随后又忍不住多看了几眼。

亚麻色的头发，修剪成了时下最流行的形状，他右耳还戴着两个闪亮的耳环，为他的时尚加了不少分。他有着极为漂亮的五官，竟然比女孩子还要秀气一些，巴掌大的瓜子脸，眉似新月，眸含秋水，高挺的鼻梁配着朱色的唇，竟然让熊伊凡想到了"软玉温香""艳若桃李"这些词。

视觉系美男，让女生都会自卑的男孩子。

被熊伊凡这般盯着，他依旧保持着得体的微笑，竟然没有一丝异样的情绪。如果被这样盯着的人是颜柯，他一定已经开始蹙眉，露出厌恶的眼神了。

"啊，你小子还真帅啊，算了，我不生气了。对待长相好的人，人们总是不理智地宽容，我也是普通人。"熊伊凡重新整理完头发，拿出黑屏的手机照了照，确定没问题了，趁老师不注意就往外溜。

白语泽一直看着她离开，还探头看了看她离开的方向，然后意外地在地面上看到了一串钥匙，捡到了手里。银色的钥匙环上，只静静地坠着几个钥匙而已，没有任何可爱的小饰品，看起来就好似男生的东西，而不是这个年纪的女生的。

教室里面突然风风火火地冲进来几个女生，老师问及名字的时候，其中一人回答："肖月。"

"咦，肖月不是已经来了吗？"

说着，老师看向白语泽坐着的地方，发现那里只有一个人而已，不由得一阵疑惑。

难道自己记错了？

钥匙丢了不是大事，关键是将颜柯的钥匙弄丢了！熊伊凡没头苍蝇一般找了几日无果,便开始魂不守舍起来。

在薛琳软磨硬泡之下,熊伊凡只好约颜柯出来一块儿吃饭。

颜柯并没有拒绝,只是他没有想到,到了约会的地点会看到四五个女生正齐刷刷地盯着他如狼似虎地看,不由得一阵沉默,扭头看向熊伊凡,等待她的解释。

"她们是我的室友。她是薛……"熊伊凡弱弱地开口介绍。

"哦,知道了,我们走吧。"颜柯没有兴趣去听熊伊凡的介绍,甚至不肯正眼去瞧她的几名室友,而是走到了熊伊凡身边与她并肩而行,"今天下午陪我去一趟营业厅,我要办宽带。"

话题被转得很快,熊伊凡自然而然地跟着颜柯的思路走。另外几个女生在一旁跟着,注意到了颜柯非礼勿视的模样,显然是不准备与她们成为朋友。几人走到了饭店,薛琳终于忍不住开口:"颜大帅哥,愿不愿意请我们几个美女吃饭啊?"

这不在熊伊凡的意料之中,她可没准备让颜柯破财,抬手就要帮颜柯拒绝,谁知颜柯居然答应了:"好啊,只要你们吃饭的时候不坐在我旁边就行。"

气氛一瞬间冷了下来,薛琳的脸色变得极为难看,熊伊凡干笑着推开了颜柯:"你去占座吧,我去点餐,这顿我请了。"

颜柯对待陌生人一直是极为冷漠的,这是熊伊凡一直知晓的事情,此时看来,他当年对待自己还是手下留情了的。

和薛琳去点餐的时候,熊伊凡拍了拍她的肩膀安慰:"他一直这样,没看追他的女生越来越少了嘛!"

"感觉好难相处啊,一瞬间就不会爱了。"

"熟起来以后,会发现他这个人蛮好的,他现在对我就还是不错的。"

薛琳狐疑地回头看了颜柯一眼,见他坐在靠窗的座位上,一个侧

脸就已经完美得不像话，不由得又纠结起来，随即感叹了一句："可远观不可亵玩焉。"

同寝室的其他女生都有着同样的感觉，颜柯这样的帅哥是只能远远地看，而不能轻易亲近的。熊伊凡这样有着金钟罩铁布衫的人物，当然是个另类。

熊伊凡一趟一趟地将东西送到座位上，最后坐在了颜柯身边，这样其他女生才敢坐在熊伊凡身边。这让熊伊凡唏嘘不已，颜柯的刺猬模式启动了。

在熊伊凡喝饮料的时候，突然听到颜柯开口："这个果汁不好喝。"

"咦？"熊伊凡一愣，她记得颜柯喜欢这个口味的果汁啊，"要不我替你换成别的？"

颜柯将果汁往熊伊凡面前一推，探头到熊伊凡面前，吸了一口她的饮料，才道："咱俩换吧。"

熊伊凡无所谓地"哦"了一声，随后取过颜柯的果汁吸了一口："我觉得还行啊。"

她和颜柯经常在一个餐桌上吃饭，偶尔还会用同一个杯子喝水，完全没有间接接吻这个概念，全是一副理所应当的姿态，却将在座这些女生都镇住了。紧接着，就看到熊伊凡凑到颜柯的盘子前帮他挑出葱花，颜柯则是在熊伊凡没有开口的情况下，将醋和辣椒粉放在了熊伊凡面前，同时帮她摆好了纸巾。

这一系列动作做下来，真没有谁还觉得他们两个只是老同学的关系了。

薛琳一直瞧着两人不经意间的小举动，舔了舔嘴唇，突然开口问："颜大帅哥，听小熊说你毕业的时候曾经对一个女生表白了，不知道成功了没？"

熊伊凡夹菜的筷子一抖，险些掉落在桌面上。她不安地看向颜柯，生怕他觉得自己八婆，这件事情毕竟算是颜柯的隐私。

"我的表白好像没传达到。"颜柯说着，扯了扯嘴角，想要笑，却连苦笑都没能够绽放出来，表情说不出的沉重。

这是熊伊凡第一次听颜柯说起这件事情，不由得也有几分好奇："咦，不是亲口表白的吗？难道是让人传话？"

颜柯扭头盯着熊伊凡好半天，见她认真的表情没有半分作假，才有些气恼地开口："吃你的饭，有什么好问的？"

谁知，熊伊凡竟然长长地松了一口气，脸上突兀地挂上了笑容，伸手拍了拍颜柯的肩膀，十分郑重地安慰："没事的，凡事都有第一次，我不是也表白过嘛，虽然失败了，却坚持下来，你也可以的，你永远是我的男神。"说完还向颜柯亮出了一个大拇指。

颜柯看到之后，整张脸都石化了，最后干脆懒得理她了，那幸灾乐祸都快写满整张脸了，还在这里大言不惭地安慰他！这蠢货，真不知道是怎么被养大的。

两人吃完饭，便结伴去办宽带，留下几个女生去逛街。

等两人走远了，她们几个才议论起来：

"你们发现没，颜柯是在看到我们之后，才开始死气沉沉的。而且，颜柯也在尽可能地叫着小熊跟他单独行动。"

"意外的是，颜大帅哥是一个独占欲很强，还很喜欢缠人的男生。"

显然，被颜柯缠着的人，只有熊伊凡一个人而已。

可惜熊伊凡完全没有被爱着的自觉。

自从知道颜柯没有表白成功之后，熊伊凡对待颜柯的态度明显改变了，还真有些难兄难弟、大家都是同僚的味道。颜柯瞧着熊伊凡走路时哼着歌、蹦蹦跳跳的模样，没有揭穿，只是任由她心情愉悦。

两人的关系，自动恢复到了之前的模样，熊伊凡积极地照顾着颜柯的生活，屁颠屁颠地帮他办理好宽带的事情，还特意去超市买了电蚊香与花露水，硬是拽着颜柯检查了一遍，看看蚊子有没有侵占她男神的身体。发现有红肿的地方，就帮他涂上花露水。

"你在这里住着还习惯吗？"熊伊凡一边问，一边在屋中四处查看起来，一会儿敲敲管道，一会儿试试下水道堵没堵，一顺手，又帮着颜柯将房间收拾了。

"住着还行，挺清净的。"颜柯坐在椅子上，单手拄着钢琴，看着熊伊凡忙碌，还不忘记指挥她帮他倒杯水。

熊伊凡将水递到他面前，顺手拿起桌面上的影碟，不由得撇嘴："一个人在家里看恐怖片，你也不觉得害怕。"

"熊哥居然害怕看恐怖片？"

"只能说是不喜欢罢了，我比较喜欢看喜剧与动作片，恐怖片嘛……总觉得看完之后会觉得很别扭，好像密闭的空间里面，总会出现很多鬼在偷窥自己，这样隐私都没有了。"

"其实，你可以这样想，现在地球装着这么多的人类，已经很拥挤了，而死去的人是活着的人口的几十倍之多。尤其中国古代可是没有计划生育的，一个男人能收十几个妾室，生下来的孩子就算成活率低，也有几十个。如果真像电影里面演的那样，那么中国人每个人身后都会跟着几十个鬼，这些鬼就算是在宽阔的马路上，也会是鬼挤鬼的场面。它们真的存在，也是忙着争夺地盘，没时间偷窥你。"

"听你这么说，我还觉得挺凄凉的，这么一来，愿意注意我的连个鬼都没有？"

"也不一定。那些鬼里面说不定还会有李白、杜甫、武则天、和珅等，说不定被他们偷窥不是坏事。"颜柯说着，喝了一口水，"你的那群朋友与你在一起的时候，应该是有所图谋的，你别被她们骗了，大学里面的同学可不像高中那么善待你。"

"她们对我能有什么图谋？"

"就像今天这样。"

"呃……"熊伊凡当即认错态度良好地低头道歉，"下回我不会帮她们约你了，我没想到她们会那么热情的。"

"嗯，还有，不要轻易接近那些主动跟你搭话的男生，他们不是真的看上你了，而是觉得你这么一般，一定很好追，所以才对你下手的，说不定骗财骗色之后就直接将你踹了。"

"哦……"

"还有齐小松，他高中的时候的确很喜欢你，但是现在已经到大学了，你们分隔两地，就算恋爱了也不现实，你还不如务实一点儿，直接让他放弃你，这样他还能去找个更好的女孩子。"

"哦……"

"还有，你现在在外地，没人管着你，你别变野了，天天跟别人出去鬼混、喝酒、唱歌。晚上必须回寝室，没事别老逃课，别让别的学生瞧不起了，觉得你是体育特长生就轻看了你。"

"我爸都没你啰唆。"

"你不服？"

熊伊凡连连摇头，哪敢啊，这位小爷可是比亲爹脾气都大。

颜柯教训够了，这才满足，和熊伊凡去了一趟菜市场，买完了菜，再到家里做好一桌菜。

颜柯吃得很满足，作为奖励，在熊伊凡走的时候还亲自去送她，在路上，还告诉了她自己新换的电话号码："我在这边的手机号你记一下，绝对不要告诉别人，你把名字也改了吧，别让别人发现是我。"

"那就叫男神好了。"

"啧，还是很容易看出来好吗？"颜柯都快习惯熊伊凡对他的这个称呼了。

"那……小白？不不不，这是你的外号，那就叫……大宝贝。"说着，便开始编辑，弄得颜柯涨红了整张脸，照着熊伊凡的脑袋就打了一个栗暴。不过，并没有要求熊伊凡修改。

其实到了此时，熊伊凡才深刻地体会到，颜柯极度害羞的时候，会用发怒来掩饰自己的窘迫。往往这个时候，也是颜柯最像个孩子的时候。

| 第十章 |

他在我心里,猫一样地酣睡着。

再次遇到白语泽的时候,熊伊凡才意识到这种漂亮得近乎伪娘的男生也是极为抢手的。

走到食堂门口的时候,远远地就看到一群人围在门口,一群女生叽叽喳喳地说着什么。熊伊凡探头看了看,才注意到是这群女生围着一个男生,要求跟他合影。男生显然是个老好人,谁也不拒绝,结果围拢过去的人越来越多。

这个时候薛琳凑到熊伊凡身边开始八卦:"看到那个男生没,听说是新任校草的候选人。真是奇了怪了,现在女生都喜欢这种男生吗?有了这种男生,女生怎么活?"

熊伊凡也跟着点头:"可不就是,比我都白,胳膊也比我都细。"

说着,她突然想起颜柯的那一双美腿,不由得又觉得,自己的男神好像也是这一类的,不过,颜柯要比白语泽爷们儿许多,至少不是男生女相。

"前一任校草是个富二代来着,女朋友还是校花,不过听说他女朋友最后跟一个比女孩子还漂亮的男生在一起了,还闹得特别厉害,全校轰动!以至于老校草出国,老校花毕业了,新一批的海选就要开

始了，女生们就盯准了这种漂亮的男生了。"薛琳说着，还努力地回忆了起来，"听说老校花的男朋友还在本校读研，叫陶册，哪天我们去围观一下？"

熊伊凡不感兴趣，只是拉着薛琳走进了食堂，她都有男神了，也觉得只有颜柯才是最帅的。

"那个！等一下，那个……感动中国的倒霉蛋你等我一下！"突然，白语泽扒开人群，向着熊伊凡跑了过来，想了半天称呼，笼统的美女没好意思用，生怕回头的人太多，就叫了这个称呼。

熊伊凡回过头去，就看到白语泽笑着到了她身边，伸手握住了她的手腕："哎呀妈呀，终于逮到你了，可累死我了。"

"呃……有事吗？"熊伊凡疑惑地看着白语泽，试着抽回自己的手腕，结果白语泽看似柔软，力气却颇大，拽着她就往食堂走："我们进去说。"

熊伊凡与薛琳木讷地跟着，熊伊凡则是执着于抽回自己的手腕："不用这么客气的。"

白语泽终于松开了手，然后一边吐着舌头，一边用手帮自己扇风，好似一只热得不行的小狗："太热了，这都快十月了还这么闷热，真不该考到南方来。"

"你找我做什么？"熊伊凡才不觉得白语泽这样的男生会对自己一见钟情。

"你的钥匙丢了不知道吗？"

"是啊，找了好几天了，不会是那天掉在你那里了吧？"

"嗯，在我手里呢，不过我没想到今天能遇到你，没带出来，钥匙在我家里呢。你下午有课没？没课就跟我去取吧，或者咱俩再约时间，我给你送学校来。"白语泽说着，眼睛却盯着今日的菜牌。真的与白语泽聊天了，才会发现他的性格并不是那种娘娘腔，而是极为豪气的，不拘小节，这让熊伊凡对他的好感大增。

"太感谢你了，那钥匙对我来说很重要，我一会儿跟你去取吧。这样，作为感谢我请你吃饭。"

白语泽一听眼睛就亮了，笑容越来越明朗："我要吃肉！"

"成！"

白语泽是一个特别自来熟的人，没一会儿就跟薛琳也混熟了，这让薛琳变为了桃心眼，对白语泽印象特别好，之前还有所诋毁他呢，瞬间就转为路人粉了。

正是因为颜柯与白语泽给人的感觉完全不同，对薛琳的态度更是一个天上一个地上，以至于薛琳当即改了心目中的男神人选，转而喜欢上了白语泽。如果不是薛琳下午还有课，她一定会跟着他们二人一块儿去取钥匙。

熊伊凡与白语泽并肩离开食堂的时候，已经颇为谈得来了。白语泽性格很开朗，很是爱笑，有着东北人那种"敞亮"，熊伊凡又是标准的"汉子"，这也是他们的友谊的基础。

白语泽和颜柯一样，也是在校外租房子住，与颜柯不同的是，他住的地方要稍微远一些，兜兜转转走过几个胡同，才到了一处建筑颇新的单身公寓。

意识到熊伊凡是女生，白语泽没有要求熊伊凡进门，只是让她在门口等着，自己则是进屋里取出了钥匙，给了熊伊凡。

这串钥匙上面挂着颜柯家里的钥匙，对熊伊凡来说，这寄托着颜柯的信任，如果自己将他的钥匙弄丢了，颜柯一定不会像如今这般信任她了。以至于她钥匙丢了几天了，都没敢告诉颜柯。

"谢谢你。"熊伊凡很激动，宝贝似的捧着钥匙，失而复得的惊喜可见一斑。

白语泽笑呵呵地出门，将门锁好，摆了摆手说道："走吧，我送你出去,前面那些小巷子太复杂,容易把你绕晕了。"

"不用的,我问路也是可以的。"

"问路有用,我刚搬来的时候就不会那么狼狈了!"白语泽好似想起了什么旧痛,当即握紧了拳头。

"你为什么不住寝室,我看这单身公寓的租金应该不便宜。"

"哦,我在摄影工作室兼职,经常会忙碌到深夜,回寝室不方便,就办了走读。而且,我偶尔会接 Cosplay 的摄影工作,要外出,请假的话很麻烦。"

白语泽说着,突然一阵风地拐进了一处超市,进去之后到了冰箱前,险些整个人进入冰箱里面,吓得熊伊凡上前将他拽出来。

"这里凉快……"白语泽可怜巴巴地指着冰箱说。

熊伊凡终于知道他究竟有多怕热了,买了几个冷饮,两人一边吃一边出了巷子。走到靠近学校的地段,熊伊凡就已经能够找到路了,白语泽则是去了附近的音像店,说是准备买几张专辑。

"交换一下手机号码吧,下回找你打篮球。"白语泽提议。

"好啊。"

两个同时拿出手机,互通了电话号码之后,将对方的名字记了下来。

"我外号叫小白。"他说。

"啊咧,你的外号也叫这个?"

"嗯,我姓白嘛!就像你叫小熊一样。"

熊伊凡没再说什么,点了点头,便和白语泽告别了。

待她走远了之后,白语泽才退了几步,走到一家店里,在窗边的一处座位坐下,看着坐在他对面的一个男生,仔细打量了一番:"我们是一所大学的吧。"

坐在对面的男生没有想到他居然会主动过来打招呼,当即身体一僵,随后扭头看向窗外:"我不认识你。"

"可你从刚才起就在瞪我哎,好吓人的!"

"你看错了吧。"

白语泽点了点头,突然从口袋里面取出手机来,对着男生照了一张相片,随后感叹:"真够帅的,要不要做我的模特?"

"模特?"男生皱眉,面色阴沉地再次看向白语泽,似乎是想到了什么不好的事情,他的脸色越来越差。

"嗯,我的梦想是做摄影师,嘿嘿。"

男生扯着嘴角,轻蔑地笑了起来,拿起桌面上的纸巾擦了擦手,才回答道:"我拒绝,而且,那张相片你最好不要乱用,不然我会告你侵犯我的肖像权。"说完,便站起身来,走得毫不犹豫。

白语泽坐在原处,透过窗户看着他离开的方向,终于确定是去往学校的。

"他就是颜柯啊,的确挺帅的。"白语泽再次看向手机屏幕上的相片,暗暗感叹起来。

当天夜里,熊伊凡难得接到了颜柯的电话。为了不被室友打扰,她披上外套,蹲在寝室楼门口接听电话。

电话那端的颜柯明明没有什么话要说,却总是不肯挂断电话,最后干脆将手机放在钢琴上面,弹琴给熊伊凡听。熊伊凡保持着蹲厕所的姿势,像模像样地欣赏,甚至能够听清钢琴震动的声音,不过,听到最后,她都没听出这是什么曲子。

颜柯有些无奈,开始用钢琴弹奏《小星星》,后来又取出笔记本电脑,临时照着乐谱弹奏《哆啦A梦》的主题曲,这一回,熊伊凡终于听懂了,连连夸赞:"好听,好听!"

"你的水平也只能听这些了。"颜柯无奈地长长叹一口气,吹得话筒哗啦啦直响。

"你还不是一直不敢跟我掰腕子？"

"谁要跟你比，我的手还要弹钢琴呢。"颜柯急急地强调，又怕熊伊凡不信，再次申明，"我不是怕你，我是怕扭伤了，知道没？"

"我知道了，少爷。"

"你今天干吗去了，都没看到你。"

熊伊凡当然不会告诉颜柯自己是去取丢失的钥匙，只能跟他胡扯，打哈哈："啊……在寝室来着，一直没出去过。"

颜柯突然嘿嘿笑了起来，声音听起来有几分不自然："熊伊凡，你难得撒谎啊。"

熊伊凡一直觉得，颜柯如果叫她全名的时候，一般不是生气，就是没好事，果然，颜柯说完之后，就直接将电话挂断了。

这无疑是让熊伊凡震惊的事情，急忙再次打电话给颜柯，颜柯居然关机了。来不及多想，熊伊凡起身便往颜柯家里跑，如果真保持这种状态睡觉，她绝对能就此失眠！

夜，有些凉了，璀璨的星布满天际，闪耀着令人沉醉的星芒。月色如银色的汪洋，激起林间一层层浪，飞奔的少女却无暇欣赏。

她一直是一名运动健将，经常跑着去见颜柯，有时只为了好似不经意经过颜柯所在的小区，然后跟他一块儿去车站。夜以继日地这般跑着，就好似平日里晨练的时候，会有意无意地路过颜柯家，抬头去看他家的窗户，期待他会站在窗口，就算没看到他的人，跑过去之后也会很满足。

噔噔噔地上了楼，敲了敲颜柯家的房门，却一直无人应声。

屋中溢出音乐的声音，应该是电脑播放着的交响乐，影响了颜柯听到敲门声，外加他家里并没有门铃，熊伊凡只好掏出钥匙打开门，随后走了进去。

"小白！"她进去之后，先喊了一声，结果没人应，推门走进里间，就看到颜柯正穿着四角裤，光着膀子喝水。看到熊伊凡进来吓了一跳，并没有将水喷出来，却呛得够呛，咳得眼泪都要出来了。

熊伊凡当即凑过去帮他顺气，顺着顺着就有点儿不安分起来。

皮肤好滑、好嫩哦——

颜柯咳得厉害，没一会儿脸上就飞起了红云，他瞥了熊伊凡一眼，见她穿着睡衣，只是披了一件外套而已，脚上穿着的还是拖鞋，应该是他挂断电话之后就直接跑过来了。这让他心中的不舒服淡了许多，这才颇为傲娇地挺胸："你来干吗？"

"今天的确出去过……不过，下午就回寝室了。"熊伊凡弱弱地解释，还很是谄媚地帮颜柯送过去他正在找的上衣，同时自觉地帮颜柯收拾屋子。

颜柯套上外衣，又穿上一条短裤，才跟在熊伊凡身后强调："你出来不出来都不关我什么事，我只是不喜欢听别人对我撒谎而已。"

"嗯，我知道的，我只是不想你生气，这样我会不安的。"

颜柯的表情瞬间转为明媚，好似被治愈了的太阳、三月百花齐放的天，骄阳下的少年俊朗耀目，就好似天之骄子，人之龙凤。他没有再计较，而是从熊伊凡的口袋里面掏出她的手机，给薛琳打了一个电话："喂，我是颜柯，嗯，她在我这里，一会儿你们查寝的时候，你帮着说一下……嗯，她今天应该回不去了吧，校门都锁了。"

说完，颜柯直接挂断了电话，将手机丢在茶几上，随后走到沙发前，将一堆衣服搬开，又从柜子里面取出一套被子说："你现在回去也进不去校门了，就直接在这里住吧，你睡沙发。"

"一般不是主人主动要求睡沙发吗？"

"不要，在沙发上我伸不开腿，好难受，而且，我睡在外面的话，你有可能会以上厕所为由来偷窥我。"

"呃……其实你不必说得这么露骨……"

颜柯根本没有再理她,走到屋子里面将交响曲关了,又将笔记本搬了出来,放在茶几上。随后自顾自地坐在沙发上,单手在自己身边的沙发上连拍:"过来坐,我们一块儿看电影吧。"

"你今天心情很好吗?"

"没有啊,怎么了?"

"感觉你今天突然对我很好。"熊伊凡说着,乖乖地坐在了颜柯身边,却被颜柯突然变脸一脚又踢了起来:"去洗脚!"

熊伊凡这才注意到自己因为是跑步过来的,脚上很脏,这让她乖乖地去了洗手间洗脚。洗干净了,才重新坐回颜柯身边,看到他正在找电影,全部是恐怖片,她也凑过去跟着选。

为了更有气氛,两人还将客厅的灯关上,让黑暗将两人包围。

电影里时不时会有惊悚的音乐传出,情景转换使得屋中忽明忽暗。这样的气氛之中,熊伊凡只能够看清颜柯的轮廓,她却一直独自紧张着。她第一次这么晚了还没有回寝室,而是留在男生家里,而且,这个男生还是自己喜欢的男生。两人共处一室,昏暗的环境,却相敬如宾,可仅仅如此,也够熊伊凡激动万分了。

"果然是去电影院看才更有感觉吗?你怎么都不害怕?"颜柯突然问道。

熊伊凡能够分辨出他在扭头看她,她突然不经大脑地回答:"不好意思,我有点儿溜号,还没入戏。"

颜柯"哦"了一声,随后挪了挪身子,将头靠在熊伊凡的肩膀上,懒洋洋地打了一个哈欠:"还以为这种片吓不到你呢。"

熊伊凡当即僵直了身体,用十分端正的姿势,做了颜柯的依靠,甚至不敢轻易地活动身体,生怕会让颜柯觉得不舒服。电影进行到一半的时候,熊伊凡就觉得腰酸背痛了,心中却泛着一股子幸福感觉。

这个时候熊伊凡的手机突然在沙发上跳起舞来,闪烁着的屏幕代表着有人在问候。

颜柯顺手拿起来看了一眼,是薛琳发来的短信:"小熊,记得提醒颜柯要戴TT,这方面,还是女孩子比较吃亏。不过,能和他在一起的话,也死而无憾了。"

颜柯几乎没有任何犹豫,直接将短信删除。

熊伊凡后知后觉地问道:"是谁发来短信了吗?"

"一条垃圾短信而已,我顺手给删了。"

"哦,谢谢。"

颜柯抬手将手机丢到了一侧,扭头看向熊伊凡,见她坐得一丝不苟,一副正襟危坐的模样,简直就连唐代恪守礼节的贵妇们都不如她坐得规整,当即忍不住笑了起来。

许多人,都很享受被人在意、被人疼爱的感觉,颜柯也是如此。他从小就不缺少疼爱他、主动追求他的人,可是父亲的严格教导,母亲的疏忽大意,还是让他成长为如今的模样,能够真正接纳、谈得上是朋友的人,当初也只有齐子涵一个。后来,在齐子涵表白后,他又开始躲避齐子涵,甚至为他们的关系变质而感觉到恐惧。

后来,他遇到了熊伊凡,那个在乎朋友、不惜自己闯祸的女孩子,一个照顾人好似天职一样的家伙,以一种奋不顾身的姿态出现在他身边,就算被如何打击也一样缠着他,然后照顾他。他居然不觉得讨厌,反而习惯被她照顾,说到底,还是因为在母亲那里没有尝试到被照顾的感觉,对熊伊凡会产生一些对母爱的向往吧。

"在一个男生家里过夜,你居然都没有拒绝,还真是轻浮呢……"颜柯突然想要逗一逗熊伊凡。

谁知熊伊凡居然握紧了拳头,表现出一副视死如归的模样,用一种铿锵有力的声音回答:"无憾了。"

颜柯错愕片刻,随后尴尬地轻咳了一声,努力调整了半天,还是觉得窘迫万分,每次想要调戏熊伊凡,最后最不好意思的人反而是自己。女汉子的豪放程度,不能以一般女生的标准来衡量。

"我困了,先去睡觉了。"颜柯起身,打着哈欠进了里屋。关门的时候熊伊凡竖起耳朵听,颜柯并没有将门反锁上,这让熊伊凡松了一口气,躺在沙发上便开始思考要不要趁深夜进去偷袭颜柯,错过这个村,可就没有这个店了。

正是因为这种想法占领了她的大脑,让她兴奋异常,以至于眼睛一直保持亮晶晶的状态,最后干脆爬起身来上网。

在她备战高考的时候,微博开始时兴,在她上大学之后,才后知后觉地跟着室友一块儿注册了微博,还被带着尝试了许多网络游戏,最后被称为猪一样的队友。

其实这也不能怪她,高中是省重点高中,因为是靠体育才混进去的,想跟上进度十分吃力,根本就没有时间接触这些东西,会聊个QQ,能够不看键盘打字已经是十分不容易的事情了。

打开网页里面的微博,居然是自动登录的,这让熊伊凡有了一种可以偷窥颜柯的秘密的感觉。她仔细地查看颜柯的微博,阅读他的每一条文字与转发,又偷偷地观察他关注的每一个好友,做完这些,就已经是凌晨了。

其实,不得不说,颜柯的微博真的很无聊,没有什么有趣的东西,转发的微博也大多与音乐有关,偶尔发的微博,也都是古板的文字,难得有一条让熊伊凡觉得,颜柯是在提及自己的微博,还是:那蠢货居然不接我的电话,想死了是吧?

心灰意懒至极,熊伊凡将颜柯的微博关注了自己的账号,还设置为特别关注这个小组。

看着这个小组里面只有自己一个人的时候,熊伊凡异常满足。

凌晨三点,熊伊凡的眼皮开始打架,这时才拖着疲惫的身躯,蹑手蹑脚地来到里屋的门口,小心翼翼地推开门,探头向里面看。屋中一片黑暗,只能够看清颜柯的轮廓,通过他平稳的呼吸,初步断定他此时是睡着了的。

重重地吞了一口唾沫,随后鬼祟地向屋子里面移动,心口的狂跳直逼双耳,让她自己都厌恶了自己的心跳声,吵得厉害,害得她越来越紧张。她俯下身,仔细打量颜柯沉睡的模样。酣睡的颜柯如同贪睡的婴儿,嘴唇微微嘟起,浓密的睫毛挡住了他的眼帘。

将双手扶在床边,微微凑近了颜柯,近到鼻尖几乎贴在他的脸上,却又停止了动作。她忐忑极了,就好似做坏事的小偷,偏偏是个新手,有贼心没贼胆,有冲动没计划,让她再也进行不下去。

时间悄悄地流逝,犹如被阳光烘干的积水,渐渐不见了踪影。

终于,颜柯扑哧一声,很是随意地翻了一个身:"如果不是你一直不动,我还以为你在这里做俯卧撑呢。"

熊伊凡身体一僵,几乎是脱口而出:"我……没偷袭。"

"只能说是没偷袭成功,犯罪未遂。"

"虽然说是这样,但是……"

"但是还有点儿不甘心。"

"呃……"

"过来。"颜柯说着,突然伸手抓住了熊伊凡的衣领,将她拽到自己身边,确定了一番她的位置,才按住她的头,主动吻了上去。

这是他们第一次纯正的吻。

浓重的夜,飘散着旖旎不散的暧昧,它们好似夜间的小精灵,带着蛊惑的气息,让寂寞的人更容易丧失理智。这或许是颜柯居然会主动的理由,熊伊凡这样认为。

蜻蜓点水般的一个吻,带着相敬如宾的味道,像是一个不经意的

摩擦，又好似故意的触碰，那么短暂那么凉，让熊伊凡一阵恍惚。

他说："你得逞了，好好睡吧，已经很晚了。"

"哦……"熊伊凡愣愣地应了，机械地起身，然后飞也似的出了房间，过了半晌，又回来将颜柯的门关上。

屋子之中恢复安静，颜柯舔了舔嘴唇，轻叹："这样我也能好好睡觉了……"

这注定是一个不平凡的夜晚，熊伊凡登录了自己的微博，想发一条微博，最后却只发了一排壮观的："啊啊啊啊啊——"

再无其他。

为了避免尴尬，熊伊凡在颜柯起床之前就逃走了，颜柯起床之后只看到一桌早就已经凉了的早饭，并没有熊伊凡的身影。

他走到桌前，将所有的东西用微波炉热了一遍，独自吃了饭，品味着这种熟悉的味道。吃着吃着，突然忍不住笑起来，笑容璀璨得赛过了清晨的太阳，而这种好心情，却连他自己都没有意识到。

简单地收拾了一番，他打开电脑，查看网页浏览记录，不由得捂脸，真亏得熊伊凡能将他关注列表里面的所有女生都看一遍，他自己都没有这样的耐心。不过，看到他关注列表与粉丝列表第一个人的时候，还是忍不住点了进去。

轻松熊的头像，第一条微博发自今日凌晨，是一排壮观的"啊啊啊啊啊"，让颜柯轻易地判断出这个微博主人的身份。随后，他开始浏览熊伊凡的微博。

他喜欢的女生究竟是谁啊？漂亮不漂亮？温柔不温柔？一定是标准的女生吧？——14天前。

清楚地记得那个梦，他带着他的女朋友，出现在我面前，笑着跟我介绍"这是我最喜欢的人"，那时，我竟然只在担心，怕她照顾不好他。

醒来之后，就发现枕巾被雨淋湿了。——12 天前。

他好像也被拒绝了，好开心是怎么回事？——8 天前。

被他知道了我就完蛋了！——5 天前。

完全找不到！——3 天前。

哈哈，失而复得，而且，大恩人居然也叫小白！——昨天。

颜柯盯着屏幕上的微博看，不由得感叹她真的很喜欢用感叹号。还有就是，什么东西丢了？另外一个小白是怎么一回事？

他第一次产生了，熊伊凡不在他掌控之内的挫败感。

熊伊凡回到寝室后，立刻遭受到全部室友的围攻。在众人期待的眼神下，熊伊凡终于坦白："我成功地偷袭了我的男神，我觉得此生无憾了。"

熊伊凡回答得笼统，室友们却想到了更深的一步，细节丰富得超乎熊伊凡的想象。

薛琳觉得有些奇怪："你没跟颜柯交往啊？"

"没有啊，我还在追他。"

"没交往，他就留你在他家里过夜？"问到这里，薛琳的眼神就有些古怪了，表情也显得有些不自然。

"他没对我做什么的，呃，也不是，不过，是在我主动的情况下……"熊伊凡有些语无伦次，随后又补充，"我经常去他家里的，帮他收拾卫生什么的，所以这没有什么的。"

室友们交换了一轮眼神，同时叹息出声："无论如何，都觉得你只是个备胎，颜柯如果找到合适的女生，就会毫不犹豫地一脚将你给踹了。"

"他……应该不会的。"

"你有没有发现你底气很不足？"

熊伊凡嘟着嘴，在心中为颜柯抱不平，却无力反驳。

这使得熊伊凡的室友越发不喜欢颜柯，而薛琳在神不知鬼不觉的情况下，从白语泽的路人粉转为了脑残粉，且越发不可收拾。作为"外貌协会"的骨干成员，薛琳一向只追求外表，以至于她反而是室友之中，难得能对颜柯维护几句的人，不过，在白语泽出现之后，这种维护也日益减少了。

后来熊伊凡还是在薛琳那里听说，白语泽是美术系的，如今大二，目前单身，看似轻浮，实则入学两年都没有交过女朋友，追求者虽多，却没有接受过谁。至于暧昧的对象嘛，这个……就有点儿说不清了，按照他一视同仁、广结善缘的性格，食堂大妈都能与他有些暧昧。

薛琳总会拽着熊伊凡满学校寻找白语泽的身影，全寝室，也只有熊伊凡有体力陪她折腾，熊伊凡则是趁机看一看能不能碰巧遇到颜柯。

颜柯不会做饭，学校附近也没有什么好吃的饭馆，所以中午会经常光顾食堂。白语泽出现在食堂的概率也是最大的，毕竟他不像颜柯，喜欢去图书馆消磨时间，除了去上课，就是去食堂了。

果不其然，到达食堂门口的时候，就看到白语泽正在向里面走，且周围没有其他女生。薛琳当即迎了过去，顺手拽过了正要往一侧走的熊伊凡。

熊伊凡与薛琳的注意不在一个频道上，她有着全球范围寻找颜柯的特异功能，远远地就看到颜柯从附近教学楼的门口走出来，还没等她打招呼，就被热情的薛琳拽到了白语泽身前。

"白学长，要不要一块儿吃午饭？"薛琳问道。

熊伊凡则是眼巴巴地看向颜柯走来的方向，渐渐发觉到颜柯的表情有些不对，随后看到他取出手机，不一会儿，自己的手机就响了起来，接通电话，颜柯只说了一句话而已："过来。"之后便挂断了。

熊伊凡当即丢下薛琳，屁颠屁颠跑到颜柯身边："你中午想吃什么?"

"一块儿去买菜,去我家做吧,我想吃你做的。"

熊伊凡将头点得像小鸡吃米,随后很是见色忘友地将薛琳甩了,跟着颜柯离开了。

白语泽惊讶地看着这两个根本不合拍的人离开,随后问薛琳:"他们两个认识?"

"岂止是认识,两人是高中同学,经常摆出一副老夫老妻的模样来,这个颜柯还总将小熊当奴隶一样使唤。无论怎么想,都觉得小熊好可怜,只是一个不起眼的备胎罢了,颜柯连个名分都不肯给。"薛琳说着,还忍不住愤愤不平。

白语泽摸着下巴,看着两人的身影没入午后充裕的阳光之后,意味深长地一笑。

这还真是让人意外的发现呢!

十一期间,熊伊凡没有回家,而是留在了学校,用电话与家里的熊老爹沟通。对她来说,开学才一个月就消耗路费回家一趟,简直就是奢侈。

颜柯这样的土豪与熊伊凡有着本质上的不同,所以在颜柯回家期间,只有室友们陪她。

在薛琳的怂恿之下,熊伊凡被带去了学校附近的发廊,这里招牌的理发师从来只在意长相,不在意手艺,以至于熊伊凡被捣鼓了一番,才发觉薛琳真正的目的不过是来理发店与帅哥聊天,却将自己的头交出去,任人宰割。

似乎是理发的帅哥与薛琳聊得极为欢畅,也出于好心,将熊伊凡的头发弄得并不是十分糟糕,这让熊伊凡松了一口气。

"怎么看怎么觉得像一个男人戴着假发。"熊伊凡照着镜子的时候,只有这样一条观后感。

薛琳叉着腰瞧着她,赞同地表示:"果然,发型也是要看长相的,不过,你现在的发型要比之前的强多了。之前我看到你,就只有一个感觉,想让你说一句台词。"

"啊,什么台词?难道是像某个明星?"

薛琳突然摆出痛心疾首的模样来,揪着熊伊凡的衣领喊道:"教练,我想打篮球!"

"三井啊?"

"嗯,仔细一看,你好像长得也像他一样刚毅。"

"喂,别闹,我是女的!"

"不脱衣服,谁能看得出来?"想了想,薛琳又补充,"不脱裤子,谁看得出来?"

熊伊凡欲哭无泪。

回到寝室,薛琳开始教熊伊凡化妆,经过好一番折腾,才让熊伊凡看起来面容柔和了许多。对自己的成果,薛琳很是满意,还帮熊伊凡照了一张相,怂恿她发到微博上面去。

照片是标准的45度角,经过一番修改,还真有些柔媚女孩子的味道。熊伊凡发上去之后,还配了一段文字:有没有像女生些?

在熊伊凡准备卸妆的时候,突然接到了快递的电话,她狐疑地下楼,有些不知道是谁给她邮的东西,因为她最近没有网购过。快递上面没有写具体地址,只写了大学名称,弄得她特意跑到校门口去取了快递,这才发现是颇大的盒子,搬上去后才发现,里面有一台苹果笔记本电脑、一个最新款的 iPhone 与 iPad,外加一台 PSP,以及一款银白色的汉米尔顿自动机械手表。

她木讷地看着这些东西,并没有如何开心,反而心情沉重地取出自己的旧手机,打开电话簿,给轩发了一条短信:"你的东西我收到了,很喜欢，谢谢。对了，我在工商管理系人力资源管理专业，我的寝室是 D 座 309。"

薛琳大惊小怪地赞叹起来："小熊，真没看出来，你还是一个土豪啊！"

"一个亲戚送的，应该是为了恭喜我上大学吧。"熊伊凡说话的时候声音很沉，眼皮也有些下耷，这些东西都没有仔细看，就一头扎进了被子里面，竟然就这样睡觉去了，就连脸上的妆也不管了。

薛琳看得出熊伊凡表情不对劲，不敢贸然去问，便帮熊伊凡将东西收拾收拾，也乖乖洗漱去了。

| 第十一章 |

曾痛彻心扉哭过的眼睛,才能够更为清楚地看清世界。

10月4号,熊伊凡突然收到了白语泽的短信:"突然重感冒,出不了家门,我想遍了所有人,好像只有你能找到我家,求救命,帮我送些感冒药来呗。"

这种事情对熊伊凡来说,不过是举手之劳而已。熊伊凡刚巧当天没什么事做,室友们虽然没回家,却也都去打工了,只有熊伊凡在寝室里面独自玩着PSP。简单地收拾了一下东西,直接赶去白语泽家里,顺便还买了些许材料,准备帮白语泽做些饭菜。

熊伊凡的方向感很强,足以超过许多女生,披荆斩棘地来到白语泽的家门口,看到狼狈的他打开门,便扶着墙走了回去,不由得咂舌。

只见白语泽头发乱糟糟的成了鸡窝头,脸色煞白,嘴唇发青,不像感冒,反而像中毒。他本就瘦弱,此时无力的模样,看起来更显单薄,犹如经不起风吹的纸飞机。

"你还好吧……"熊伊凡突然怕自己买来的感冒药不对症。

"还好,病着外加饿了两天……本来慢慢可以好的,结果浑身酸疼,根本起不了床,险些死掉了。"白语泽说着,步伐踉跄着进屋,熊伊凡自觉地跟进去。

"你先躺下,我去帮你做饭,你吃过饭以后再吃药。"

"你简直就是我的救命恩人,此等大恩大德,白某人来世再报。"

熊伊凡手脚利落,只要工具齐全就万事大吉了,就算是在不熟悉的环境,也能很快融入。只听得厨房之中传出叮叮当当的声音,不出片刻,就传来了一阵香味,让原本有些虚脱的白语泽闻着香味就走进了厨房,靠着门框,对着熊伊凡竖起了大拇指:"给你点365个赞。"

熊伊凡做菜游刃有余,这是从初中起就磨炼出来的实战经验,一个人控制两个锅的同时还能与他闲扯:"追你的女生那么多,你怎么不找她们?"

"花瓶是用来看的,不是用来防贼的,关键时刻,还是得板砖上。"

"为什么不是菜刀?"

"板砖虽然硬了点儿,但是包装一下,还能当枕头。用菜刀的话,会不小心伤了自己,得不偿失。"

"突然悟出一个人生哲理来的感觉。"

"哲理为你是颜柯家里垫桌脚随时备用的板砖,偶尔被我借来一次用用,结果我用着还挺顺手的。"白语泽说着,开始观察熊伊凡的表情,本以为会看到熊伊凡沮丧,或者是恼羞成怒,没想到,熊伊凡竟然十分自然地笑了笑,继续在锅前忙碌:"我已经被颜柯打击成铜墙铁壁了,这种冷嘲热讽打击不到我。"

白语泽错愕不已,微微张开嘴,酝酿了半晌情绪,却什么也没说出来。

"你就那么……喜欢他?"

"是啊,最开始只是心动,后来就喜欢上了,朋友都说我是受虐体质。可是……又能怎么办呢,我那么喜欢他,发现的时候,就已经无法自拔了。"

白语泽露出难以理解的表情，不再说什么，只是盯着熊伊凡做饭的模样。

爱这东西，谁又说得清楚呢？有时爱着，就好似淋了雨湿透的衣裳，贴在身上让人觉得难受，可偏偏条件不允许，只好继续穿着。待回到家里，看到一衣柜的衣裳，对这件曾共患难的衣裳，反而不舍得丢了。

因为白语泽需要快一点儿吃饭，所以，熊伊凡只为他做了一份打卤面，外加一份清淡的汤。让白语泽去吃饭之后，熊伊凡继续在厨房里面忙碌，等白语泽吃饱了，过来送碗的时候，熊伊凡正在搅拌着什么，微波炉也正在工作着，一阵阵香甜的味道飘散出来，让人食欲大增。

"这是在做什么？"白语泽好奇地问。

"做些糕点，给你留着吃，这样你就不用饿肚子了。自己做的话，要比外面买的便宜许多。"

白语泽当即就震惊了，围着熊伊凡团团转，随后感叹："你居然还会做蛋糕，简直就是贤妻啊！怪不得颜柯愿意留你在身边，我终于懂了。"

蛋糕出炉的时候，白语泽已经吃了药，躺在被子里面，熊伊凡将几块糕点放在他面前，叉着腰左右看了看，有些忍耐不了，难道男生的房间都是这么乱套吗？

正所谓好人做到底，熊伊凡长叹一口气，开始帮白语泽收拾房间，同时嘱咐："我煮了开水，全部在保温杯里，凉一些的时候再喝。饮水机里面的热水都没有烧到沸腾，没有白开水好。你房间里面都要潮了，记得多开窗，空气流通一些也是好的，并不是生病了就要将房间封闭起来。"

熊伊凡喋喋不休之际，白语泽一直受教地听着，见她叠衣服的时候，衣服都是规规矩矩，如同新买时装在包装袋里面那样工整，又见自己邋遢的房间转眼间就变得整洁，眼睛亮晶晶的。他并不爱吃甜食，可是熊伊凡做的糕点入口即化，没有甜得腻人，软绵绵的，很是好吃，就连普普通通的打卤面都做得比饭店里面还好吃。

"小熊，别喜欢颜柯了好不好，喜欢我吧！"白语泽突然语出惊人，说话的时候，双手握拳，说不出的认真。

熊伊凡正在忙碌，根本没有注意到白语泽说话时的模样，只当他是在开玩笑，当即笑道："我拒绝。"

"居然拒绝得这么直截了当，好帅气！"

"你这个人可真逗。"

"小熊，小熊，嫁给我吧！我娶你，咱俩下午就登记去！"

"板砖是借来的，还要还的。"

"如果我说我是认真的呢？"

"颜柯曾经跟我说，不要轻易相信那些男生，他们只是觉得我这么一般，一定很好追才来找我的。"

"呃……他居然说得这么直接。"

"忠言逆耳嘛！"熊伊凡说着，抱着一堆脏衣服去了洗手间，在里面摆弄起了洗衣机。

白语泽见熊伊凡完全没将自己的表白当一回事，不免有些失望，狠狠地咬了一口蛋糕，却磕了牙齿。他可是很少对女生表白的，在花丛之中寻觅了许多年，也交往过女朋友，却没有哪个是他喜欢的，总是有种"这个人注定不属于我"的感觉。

他甚至不知道，自己究竟想要找什么样的女生做女朋友，漂亮的，还是野蛮的，或者是可爱的？

然后他注意到了熊伊凡。

他自信于自己的相貌，他习惯于女生们缠着他，围着他团团转，他甚至对男生们的嫌恶也乐在其中。可是见到熊伊凡那天起，他就注意到，熊伊凡眼里没有他，就算是直接感叹他帅气，却一点儿也不感兴趣。

他早早就听说过颜柯，也远远地见过，无非因为总有人拿颜柯与他作比较，他出于好奇，还去见过颜柯几次。就连上一次遇到颜柯，也是觉得颜柯瞪他，对他态度不好，是因为他们俩都是争抢校草的人选。

后来，他知道了，颜柯在意的居然是那个毫不起眼的女孩子。而那个女孩子，一心一意地喜欢着颜柯。如果颜柯是云，那么熊伊凡就会去挡住全部的风；如果颜柯是雨，那么熊伊凡会在雨中张开双臂拥抱，然后遮住阳光，不让他在阳光下蒸发；如果颜柯是一朵花，那么熊伊凡就会守护在他身边，等待颜柯开放、败落，静默地看着他的一生，不去打扰。最后，也只是捡起颜柯所有凋零的花瓣，捧在手心里，珍宝一般收藏起来。

多么深爱啊，令人嫉妒却神往的爱恋。

薛琳听说能够去白语泽家里照顾他，当即自告奋勇，第二天便跟着熊伊凡一块儿去了。

其实，熊伊凡第二天是不想去的，结果还是被薛琳拽了过去。由于薛琳的积极，使得今天买的东西要多一些，熊伊凡拎着颇重的一些跟在后面，薛琳蹦蹦跳跳地走在前面。

到了白语泽家里，发现他的气色已经好了许多，见熊伊凡与薛琳过来，很是热情地招待。

熊伊凡不想抢了风头，进来之后随意地找了一个椅子便坐下了，取出手机与颜柯发短信。

颜柯依旧像之前一样，回复的短信一般让熊伊凡有些无言以对，经过两年多的磨炼，熊伊凡也能做到无视颜柯的态度，漫天胡扯了。

薛琳进到厨房做菜，忙碌了整整两个小时，才将菜端出来。菜品颇为丰盛，有红烧排骨、水煮鱼、可乐鸡翅等菜品，应是下了苦功夫的。

熊伊凡见了之后不免咂舌，给病人吃这些反而不好吧。虽然感冒不是什么大病，但也折磨人，会让人的肠胃功能变差，所以吃的东西清淡一些比较好。薛琳为了展示厨艺，却忽略了这些。

熊伊凡只好去厨房，随便拌了道凉菜端了出来，放在桌子的一角。

此时，薛琳正与白语泽聊得热络："学长，你摄影一定很好吧，能不能帮我照几张相片啊？"

"嗯，行啊，工作室正缺练手的模特呢。"白语泽不动声色地吃了一口熊伊凡拌的凉菜，清凉爽口，很有开胃的作用，也很化解油腻，竟然是这一桌菜里面他最喜欢的。

"我用不用预约啊？"

"不用的，其实这种练手的模特也挺辛苦的，一般是工作室里面出了新主题，或者是来了新摄影师才练手的，都是等到所有的顾客走了才开始，一般是晚上九、十点钟开始，到凌晨才能结束。你如果有兴趣，把电话号码给我，用人的时候我给你发短信。"白语泽说着，取出手机，将薛琳的电话号码存了起来。

熊伊凡则是摸着自己的手机，时刻关注着颜柯有没有回短信。

没想到，颜柯居然将电话打了过来，劈头盖脸地问："难道你现在还在照顾那个人？看来你这个假期过得很滋润啊！"

熊伊凡当即起身，去阳台接听电话："不是的，今天是陪薛琳过来，再说，他是我朋友……"

白语泽看着熊伊凡的模样，就好似被老公严格看管的小女人，偏偏还是个不能公开身份的情妇，不由得撇嘴，用筷子指着熊伊凡问："她平时也是这么小媳妇的？"

"差不多吧，有时候真不像对喜欢的人，反而是债主，何苦来呢。"

"你说，如果我追小熊有没有可能成功？"

薛琳一怔，好半天没有调整好表情，最后只是干笑着说道："学

长别开玩笑了。"

"没有啊,我挺看中小熊的,和她在一起的时候,会有一种家的感觉。"

很会照顾人,会全心全意地爱一个人,会为了别人省钱,会过日子,还有很好的脾气。他喜欢这样的熊伊凡。

"小熊她……她经常在颜柯那里过夜的,应该是……那种关系吧。"薛琳说着,夹了一块肉塞进嘴里,却有些食不知味。

白语泽盯着薛琳看了片刻,突然笑了起来:"这样啊。"

回去的路上,薛琳突然沉闷了许多,熊伊凡百思不得其解,却没有多问,而是自顾自地开口:"明天你自己过来吧,我不来了,我去临校找老同学逛街。"

"小熊啊……"薛琳突然开口,露出了亲切的笑容,"那个送给你许多东西的人是谁啊?"

"呃……"

"男的?"

"嗯。"

薛琳用一种颇有内涵的眼神看着熊伊凡,熊伊凡当即干笑着绕开话题:"你有没有什么东西需要我帮你带?"

"不用了,我还是喜欢用自己挑的东西。"

熊伊凡没有再说什么,在她查看手机的时候,薛琳则是盯着她的侧脸,无论从哪个角度来看,她都很平凡,长相不出奇,身材也不好。为什么她能够成功地缠着颜柯,还引起了白语泽的注意,更有不知名的男人邮奢侈品给她?真不知道她是有着怎样的手段。

真是不能小看啊……

在颜柯回来的时候，校园论坛里有一个帖子突然火了起来。

其实，这种校园论坛多数服务器不靠谱，以至于打开速度缓慢，不少校友是不愿意打开来看的，如果不是有大新闻，真的很难让一个帖子的访问量过万，回复过千。这边浏览量高了，就会被人挂到微博上面，俗称：挂极品。

颜柯之所以会注意到，是因为同学在微博里提到了自己，而且不止一条，进去之后，他不由得瞳孔一颤。

帖子的名字为：挂大一新生最丑外围女。

帖子里面，贴着熊伊凡微博上的相片，同时还有几行文字：

大家也看到了，就是这个女生，长相真的……真的是不敢恭维，可是人家有能耐啊，和大一的颜柯整日相伴在一起，甚至听到有人爆料说，她经常在颜柯家里留宿，却不是颜柯的女朋友！

我们不会介意倒贴的女人，这样的女人太常见了，最让人费解的是，她最近竟然经常出入于白语泽家里！这是何等能耐，才能在两大校草候选人家里来来回回地出入？

我只能说：姑娘，好手段！

这还没完，我们的这位姑娘，还经常收到一些奢侈品，大家需要卖肾才能买来的手机，她轻轻松松就能够得到，随便送她一款手表，市场价就有5万多好吗？

总结：姑娘，管好你的裤腰带，那不是赚钱或刷取存在感的手段！

在后面，还搭配了几张颜柯与白语泽的相片，都是偷拍，相片模糊，看不真切眉眼，却不耽误大家辨识。相片之中，熊伊凡围绕在颜柯身边，就好似茅坑里面的苍蝇。

熊伊凡与白语泽的合影要少一些，只有一张是白语泽与熊伊凡在食堂并肩的相片，都是远距离拍摄。

在学校里面，喜欢白语泽和颜柯的女生不在少数，这些人见到熊伊凡这样平凡的女生，居然霸占了两名校草候选人，最可恨的是还吃里爬外，轻易地得到了一堆奢侈品，出于妒忌，或者是出于厌恶，她们攻击的声音越来越强烈，甚至是人身攻击，将熊伊凡骂了个透心凉。

其余看热闹的人，则是质疑这两个男生的眼光，大大地咂舌。

熊伊凡作为当事人，一直没有说话，甚至，她都没有和颜柯提起过这件事情，也不知道她知不知情。

他下意识地取出手机，准备打电话给熊伊凡，却看到帖子有了转机。

白语泽作为当事人，在微博上发了声明，上面配了手机截图，是手机短信的画面，上面有两人的对话，完全是白语泽生病，请熊伊凡救命的。至于搭配的文字，就更让人震惊了：没想到我的求助，反而会让小熊被黑，说真的，我心里怪不舒服的，我甚至猜到了究竟是谁在黑小熊，也为小熊觉得心疼。我在这里声明，小熊没有主动勾引我，而是我在追求她，不要质疑我的眼光，我只是喜欢这样务实、专一、贤惠的女生。

白语泽的声明发出来之后，就被人截图，贴在了帖子的回复里面。

颜柯的手指一颤，注意到下面的一条回复：哇……小白出来发声明了，不知道那个特长生是什么态度。

原来，这个白语泽就是另外一个小白。

颜柯没有发什么声明，而是直接离开家，去了学校。

熊伊凡当然知道了帖子的事情，还有不少人在微博里面提到她，甚至有其他女生跑到寝室里面来围观她，当着她的面，对她冷言冷语。

她也看到了白语泽发出来的声明，当时只有一个感叹：啊，好麻烦的感觉。

寝室的窗户开着，窗口挂着的晴天娃娃被风吹得发出叮叮当当的声音，挂在娃娃上的纸片被吹得如同冲浪板，扬起各种弧度。笔记本电脑旁边，还堆着一些书籍，书上面放着一瓶假花，栩栩如生，还挂着胶体的露珠，此时也被风吹得乱晃。

安静的寝室里只有熊伊凡一个人，她坐在椅子上，看向窗外，突然有些想念丁茗。原来真的像颜柯说的那样，朋友只有高中的时候才是最真挚的。她的好人缘，也因为这几名所谓的男神变得不复存在了。

觉得有些饿了，她终于起身，顶着一头未曾梳理的头发，穿着简单的衣服，趿着懒散的木屐，大摇大摆地走出寝室楼，坦然地接受众人审视的目光，巧妙地躲过了几个女生，让她们没能开口，她就已经走远了。

到了食堂，她看着菜牌，又左右看了一圈，终于看到了坐在其中的薛琳。

熊伊凡走过去，站在薛琳面前，上下打量她，就好似第一次见到她。

薛琳是一个细长脸的女生，听说家境不错，使得她身上一直是一些名牌衣裳。她喜欢追求帅哥，也是觉得在聚会的时候，带着帅气的男朋友出去会很有面子。

众人渐渐朝她们这里看过来，议论纷纷，毕竟熊伊凡也算是一个小小的名人了。

薛琳的唇瓣微微颤抖，似乎是源于底气不足，不过很快，她还是露出微笑来："小熊，你也来吃饭啊。"

熊伊凡什么话也不说，扬手对着薛琳就是一巴掌，"啪"一声，声音洪亮。熊伊凡的力气一直不小，这一下更是没有收敛，一巴掌下去，就将薛琳打得身体剧烈晃动，撞到了身边的室友。

"你……你怎么打人啊！"室友理所当然地护着薛琳。

薛琳再怎么说也是个大小姐，被人打了当然会发怒，当即大吼："熊伊凡，你敢打我！"

"我们这么熟,打你一下又怎么样?"

"谁跟你很熟了!别不要脸!"

"跟我不熟,你就到处抹黑我?不熟你就敢跟我开那么大一个玩笑?"熊伊凡说着,下一巴掌就要打过去,却被人握住了手腕,接着整个人被人护在了怀里,以免她因为冲动,做出更加过分的事情。

熊伊凡下手颇重,一般人可是经受不住的。

她气得浑身发抖,不过熟悉的味道,让她渐渐冷静下来。她靠着颜柯,不在意那些闪烁着的摄像机镜头,只是怒视薛琳。

熊伊凡的脾气的确很好,但是不证明她没有脾气。在有人冒犯她的尊严时,她会毫不留情地反击。往往,这种人生气的时候,也是最为恐怖的。

"你有什么证据证明是我抹黑你?"薛琳居然还在叫嚣,声音极为尖锐,就像指甲刮过黑板那让人不舒服的声音。

熊伊凡没有开口,颜柯却替她回答了:"注册校园网需要邮箱,而你的这个邮箱,在你申请社团的时候填写过。这个是教导处开的公开批评信,罪责是你恶意诽谤同学,被停课一星期,看检讨态度处置。明天,学校就会在主楼LED屏幕上公开批评,你最好能够道歉,不然我会申请延长停课时间。还有你发的那个帖子,已经被删除了。"

"你……你凭什么?"薛琳看着那张纸,难以置信地问。

她当初不过是出于嫉妒,完全没有想到事情会被闹大,之后却发现校园网内居然不能修改帖子,更不能删帖子,她就只能任由帖子发展了。如今,已经到了难以控制的地步。

"你不知道我加入了学生会吗?"颜柯说着,突然扶着桌沿,微笑着看着薛琳,压低了声音再次开口,"你知道吗,高中时曾经有低年级女生为了我,一群人堵截小熊一个,你知道她们后来怎么样了吗?停课的话,你也安全一点儿。"

颜柯说完，拉着熊伊凡出了食堂。见熊伊凡的表情好了许多，至少没有之前那么愤怒了，他才开始抱怨："我不过离开了几天，你就闹出这么大的阵仗来。我都说了，你离那个白语泽远一点儿，看吧，出事了吧？这是在大学，出事没几个人真帮你，你当你还在高中一呼百应呢？"

"前一秒闺蜜，下一秒杀手啊……"熊伊凡长叹了一声，随后屁颠屁颠地揽住了颜柯的手臂，用脸在他的手臂上蹭来蹭去，"小白，我越来越喜欢你了，怎么办？"

"咦？哪个小白啊？我听说你认识的小白不止一个啊。"这话问得酸溜溜的。

"我的男神只有一个啊！"熊伊凡当即解释，随即对着颜柯绽放出最为灿烂的微笑。

全世界都覆灭了也无所谓，千夫所指又如何，只要能够一直留在他身边，遇到怎样的事情都无所谓。

颜柯拿她没辙，知晓她肯定是气还没消，便也不问她这件事情，而是与她说起了别的事情："我帮你申请更换寝室了，这些室友真是够差劲的。对了，熊叔叔托我带来了不少东西，那些做糕点的材料不是超市有卖的嘛，为什么非得要我带？"

"我爸有进货渠道，进价便宜！"

"你知道有多重吗？坐飞机的时候险些超重你知道吗？"

"给我打电话啊，我去接你，我能抬动！"

"用你孝顺？我就是抱怨一句。"

薛琳在众人疑惑的目光之中去了一趟教导处，那里的老师根本就不听她的解释，将她劈头盖脸地痛骂了一顿，连带着数落起她们这代人来，恨不得将她的亲属都问候一遍，还当着薛琳的面给她的家长打

了电话。

教导员一个劲地重复:"你这是犯罪你知不知道?犯罪!是要负责任的。"

薛琳被骂得委屈,离开之后,心中更加愤恨起来,这个熊伊凡凭什么被这么多人护着?

在离开学校,准备去吃点儿什么的时候,突然有人拦住了她。是几个男人,穿着便装,样貌也很普通。她起初以为是过来搭讪的路人,没有什么好态度,结果他们却不依不饶:"跟我们走一趟吧,我们老板要见你,就是你帖子里面,给你室友送奢侈品的那一位。"

"我不想见他!"她已经够烦的了,这些人还来添乱,绝对是找骂的。

"这恐怕就不能如你的愿了。"

"他是什么领导人不成?不见还不行?"

"还真不是什么领导人,只是你不见,会更后悔的人。"男人说着,突然露出了鄙夷的微笑,"家里不过是个小公司,随随便便就能倒闭的你知道吗?而且,你父亲也在那里,你要不要打电话问一问?"

薛琳不信,当着他们的面打电话给父亲,父亲却用十分低沉的声音吩咐她立刻过去。此时,薛琳才知道,与熊伊凡有联系的那个人,是一个更加厉害的人,她突然明白,教导处的老师为什么那么紧张了。

当熊伊凡知道自己的新寝室是供不应求的二人寝,还有人帮她垫付了三年的寝室费后,便猜到是轩来过了,或者是他派人来过了。

颜柯象征性地帮她搬了些东西,因为是男生,只能在下面看着东西,真正搬的时候,也只是拎着一些衣服而已,巨大的被子还是需要熊伊凡自己抬。她像是强大的蚂蚁,能托起比自身还重的东西,依旧可以健步如飞。

难得她的旧室友态度还是不错的，帮她收拾了一番，陪着她搬到了 F 座。

新室友不在寝室，不过另外一张床铺已经空了出来，在这样的二人寝室，有单独的书桌、柜子、床铺，以及独立的卫生间，洗漱十分方便。熊伊凡还注意到，对面床的下面，还有一个小冰箱。

她凑到了新室友的床边，看了看贴在上面的名字：工商管理系——明西玥。

熊伊凡接上了寝室的网线，到论坛上看了一眼，发现薛琳已经站出来道歉了，解释说这只是她个人的嫉妒行为，全部是诽谤，特此道歉。如果熊伊凡不原谅她，她永远不会原谅自己。

熊伊凡拄着下巴，不由得暗暗叹气，薛琳真当她是观世音菩萨了？

这个时候，有人推开了寝室的门，进来之后看到熊伊凡不由得一怔，随后对熊伊凡点了点头，直接走了进来。

熊伊凡傻傻地看着她，半天合不上下巴。不得不说，她从未见过这么帅的女生！第一眼看到明西玥，会下意识地觉得，她是一个男生，修长的身材，俊朗的眉眼，短短的头发，一身帅气的衣裳。仔细看会发现，她是一个女生，没有喉结，面部曲线要比男生柔和许多，外加她出现在了女生寝室里面。

对明西玥的疏离态度，熊伊凡并未在意，只是继续拄着下巴看电脑，刷微博。

后来，她才知道，明西玥是大二的学生，在入学那年与白语泽并称双绝，一个是身为女生却比男生还帅气，一个是身为男生却比女生还漂亮。

颜柯在帮熊伊凡申述的时候，迫于无奈答应了学校，在校庆的时候表演钢琴。其实在这方面他不需要如何练习，多年的舞台经验使得

他完全不会怯场,不过要去学校的钢琴那里试音。作为颜柯随传随到的跟班,熊伊凡十分自然地跟着颜柯去了音乐教室。

学校里音乐、舞蹈是热门选修课,以至于这里有不少学生。外加学校里面还有其他的艺术特长生,此时正聚集在大厅里面排练舞蹈,熊伊凡与颜柯进去的时候,一群女生正在休息。

在颜柯和老师交谈的时候,熊伊凡等候在门口,很快就听到了女生们的议论声:

"就是她啊,整天跟在颜柯的屁股后面,跟个寄生虫似的,烦不烦人啊!"

"我看了她的微博,叫颜柯男神呢,哈哈,太逗了,不过是个备胎。听说对颜柯言听计从,随传随到,真是一点儿脾气都没有!"

熊伊凡所在的位置,能够清楚地听到她们的议论。她不想给颜柯添乱,便没有去与她们争吵,她知道,争吵根本解决不了问题。

舆论,往往是杀死人的凶手,人们不负责的议论,就好似面目丑陋的魔鬼,纠缠着被议论者的心灵与肉体,直至将人逼疯。他们一句微不足道的谈资,有可能会造成一个人一辈子的创伤。

而这些人,永远不知道收敛。

谁知这个时候,人群之中突然传出一道冷然的声音:"你们有尊严,是因为你们的男神根本不搭理你们,或者是你们连备胎都混不上。当然,不理你们的才是男神,理你们就是男友了。"

这句话让场面一静,引得熊伊凡也朝那边看过去,当即看到明西玥手中捧着小提琴,站在人群后面,见有女生对她不服,也不搭理,甚至不去看熊伊凡对她善意的微笑,直接扬长而去。

这让熊伊凡有一种大起大落的感动。有些人,嘴上涂抹着蜂蜜,却在背地里中伤于人;有些人,面上镀着一层霜,却是雪中送炭温暖人心的人。

人与人之间的差距有的时候真的很小，小到只是一种态度的不同。有时，人与人之间的差距又真的很大，大到正义与邪恶、拯救与毁灭两个相对的境界。

人，才是世间最难懂的谜。

与明西玥第一次正式交谈，是在她们一起住的一个月后。那天晚上明西玥一个劲地叹气，熊伊凡停住刷微博，扭头问她："你怎么了？总是唉声叹气的。"

"昨天，我的一个朋友与男朋友分手了，她很伤心。"

"这是人之常情啊！"

"可是，他们分手的原因居然是在 KTV 时，男生切掉了女生想唱的歌，我当时就感觉，感情真的是太脆弱了。"

熊伊凡没忍住，当即笑出声来，且一发不可收拾。从那天起，她才发现，这个有些懒散且内敛的女生，是一个很有趣的人。

明西玥是标准的慢热型女生，熟识之后，会发现她的性格与外表一样帅。

第十二章

爱，好似一棵畸形的树，如果
不是哪一天拔起，绝不会发现
已经扎根那么深。

　　熊伊凡在寒假回老家的时候，事情几乎被人淡忘了，不过，熊伊凡却低调地火了，原因很简单，她与颜柯关系特别，与高中时一样，成了不少女生的假想敌。还有白语泽的微博，有人说不过是一种维护的说法，有人说白语泽的确对熊伊凡有意思，一时间大家也分辨不清楚了。

　　随之而来的，就是她与明西玥成了朋友，那可是学校里面出了名的富二代。

　　回到老家后，熊伊凡先休息了两天，便被颜妈妈叫去了美容院。

　　美容院里面新进了一批样品，需要人来试用，熊伊凡与颜柯都被颜妈妈逮了过来，换上浴袍，安排在相邻的躺椅上面，取出样品在两人的脸上试验。她脸上被涂抹上了一层厚厚的墨绿色软膏，只留下嘴巴与眼睛，软膏贴合在皮肤上清冷且柔和。

　　美容师们出去后，熊伊凡扭头去看躺在不远处的颜柯，发现他与自己涂的是同样的面膜，此时正闭着眼睛打瞌睡，交叉浴袍微微敞开，露出他光滑的胸膛来。

　　熊伊凡紧了紧衣服，突然开口问他："你经常被叫来试这些东西吗?"

"舍不得孩子套不着狼,这点我妈做得尤为优秀。我和她肤质差不多,她之前经常用我来试敏。"

"呃……阿姨可真放心。"她说着,突然试探性地问,"那,以前她也会叫子涵一块儿来吗?"

"不会,我妈都是过年的时候送给她家美容卡,以及化妆品套装。"

"总有种她是儿媳妇待遇,我是保姆待遇的感觉。"熊伊凡说着,抬手捂着脸,呜呜地哼哼。

颜柯睁开眼睛看了一眼熊伊凡,当即坐起身来,走到熊伊凡身边训斥:"别用你的手碰你的脸,别看我妈那样天然呆你就小瞧了她,她可是处女座,被她看到她会崩溃的,说不定美容师还会被你连累得扣工资。"

说着,从一边的纸抽里面取出纸巾,拽住了熊伊凡的手,将她手上沾到的墨绿色软膏擦干净,随后从一侧的架子上取来面膜的盒子,用涂抹棒帮熊伊凡再次涂抹了一层。

熊伊凡突然开始庆幸自己弄花了脸,不然不会有颜柯这样温柔的对待。他俯下身,认真地看着熊伊凡的脸,鼻翼喷吐出的温热气息冲撞到熊伊凡的脸上,痒痒的。他的动作很轻、很缓,竟然比美容师还要仔细。两人的脸靠得很近,近到只要一抬头,就能吻到对方。

她一直盯着他的眼睛,看得目不转睛,弄得颜柯都有些不自然地轻咳了一声,将涂抹棒往桌面上一丢,便不再管她了。

两人涂着厚厚的面膜,在房间里面消磨时间,无聊之下,竟然开始用房间里面没有联网的电脑玩扫雷。等到试验样品完毕,颜妈妈还送给熊伊凡不少小样,却没送她什么套装,待遇显然是不如当年的齐子涵。

临走时,颜妈妈神秘兮兮地将熊伊凡拽到角落里面,邀请她明天

来颜家，说是有客人要过来，她不太会做菜，求熊伊凡帮忙，一副楚楚可怜的模样，让熊伊凡很难拒绝。

后来她才觉得，如果当时拒绝了，自己还能好受一点儿。

熊伊凡一大早，便根据定好的单子去买菜，到达颜家的时候，客人已经到了，满屋子的欢声笑语。熊伊凡走进去的时候，迎面碰到齐小松，不由得脚步一顿。

齐小松也没想到会在颜家碰到熊伊凡，表情要比熊伊凡更加惊讶，好在颜妈妈过来救场，将熊伊凡推进了厨房，交代了几句后再次出去招待客人。

齐小松跟着熊伊凡进了厨房，见她动作有些缓慢地择菜，思绪早就不知道飘到哪里去了，当即将她的魂抓了回来。

"你怎么在这里？成保姆了？"他问。

"是阿姨求我过来帮忙做菜的，她厨艺并不好。"说着，她探头看了一眼外面，此时颜妈妈正与齐子涵，以及齐子涵的妈妈热络地聊天，不由得感叹起来，"原来客人是你们家的人啊，我还以为……"

"还以为颜柯与我妹妹没有再联系过？"

熊伊凡没回答，却也没有反驳，显然是默认了。

齐小松走到她身边，挺拔的身高，挡住了些许光亮。他从熊伊凡手中接过菜，帮她择了起来，动作娴熟，并非生手："国庆节的时候，颜柯和我妹妹就和好了，你一定不知道吧。也是，颜柯怎么可能与你说这些。"

"他们……又要搭档了？"

"嗯，过阵子，他们两个会有一场比赛，下学期子涵就是你的学妹了。"他将一棵棵择好的菜放在盆里，洗干净，放在菜板上切了起来，刀工极为利落，"你和颜家人混得挺熟啊，招待客人都找你来，是不是以后招待儿媳妇，也会请你来帮他们做饭？这颜家人真有意思。"

熊伊凡木讷地盯着齐小松看，扯了扯嘴角，想当作是听笑话一般一笑而过，偏偏，她的表情僵得，连这种骗人的表情都做不出来。

颜妈妈在这种场合叫她过来，有没有替她考虑过？她以什么样的立场来见这些人，颜妈妈又要如何与齐家人介绍自己？难道颜妈妈的意思是想让熊伊凡自己体会到她的立场，随后自己知难而退吗？为什么她与齐子涵的待遇相差会如此悬殊？

齐小松注意到了熊伊凡的神情，想要安慰，又怕之前的刺激白费，干脆动作利落地继续切菜，好似没有注意到熊伊凡此时的落寞一样。

熊伊凡走到冰箱前，打开柜门，却不知道该拿什么出来，直到冰箱响起了提示音，她才快速从里面拿出一颗鸡蛋，握在手中，又不知道拿一颗鸡蛋出来该做什么。

这时有人走进厨房，看到两人不由得一怔，随后笑了起来："你们两个搭配的模样，就跟小夫妻似的。"

熊伊凡扭头看向齐子涵，她已经蹦到了自己面前，抱着她的手臂，热络地问："小熊，大学好玩吗？"

其实熊伊凡在大学还真就没有多少好记忆，虽然与颜柯走得更近了，却是糟心事经历得更多一些。等齐子涵去了熊伊凡所在的大学，说不定也会听说这些事情，到时候，会丢脸丢到老情敌那里。

至少，熊伊凡觉得齐子涵是自己的情敌。

"还好吧，颜柯在学校里面依旧受欢迎，还是新任校草的候选人呢！"

"好厉害！"齐子涵当即赞叹起来，随后又唉声叹气，"我哥他也蛮帅的，和他在一起，身高差超级萌的，可惜他死脑筋，不肯找女朋友。"

熊伊凡干笑了几声，不知道该如何回答，重新打开冰箱，取出肉来，放在锅里面用清水煮，进行去血。

三人在厨房里面忙碌着，大多是熊伊凡和齐小松在做菜，齐子涵跟在两人身边感叹，一个劲地夸奖熊伊凡厉害，可惜熊伊凡就是开心不起来。

这时，她的手机突然响了起来。熊伊凡手上有水，便到一边将水擦干净，取出手机的时候，就看到颜柯拿着手机走到了厨房门口，看到站在里面的几个人，当即皱起眉头来，直接挂断电话走进来，问熊伊凡："你怎么来了？"

"阿姨叫我过来帮着做饭……"

颜柯没好气地"啧"了一声，随后将熊伊凡身上的围裙拽了下来，吩咐道："跟我出去，到楼下饭店点餐，一会儿让他们送上来。"

"可是，菜都买好了……"

"少废话。"颜柯说着，拉着熊伊凡便走了出去，留下齐小松和齐子涵，竟然连招呼都没打。

齐子涵见两人走了，不由得失落起来："小白明明在家，却躲在房间里不肯出来见我，见到我也不肯打招呼。阿姨也没将小熊当外人，招待我的时候，才是对客人才有的态度，他们完全将小熊当成自家人了。哥，咱俩算不算患难兄妹呢？"

齐小松走到水池前面洗手，神色有些淡然。他没有说话，齐子涵却能够猜到他此时的心情，一定比自己还失落吧。她走到齐小松身后，伸手抱住他的后背，小声安慰："哥，就算全世界都不要你了，我也陪着你。"

"少恶心人了，我用你陪？"齐小松的脸色好了些许。他知道，熊伊凡就算放假回来也不肯去找他，就是想要回避他喜欢她这件事情，这种态度已经表明了，他没可能。

熊伊凡和颜柯出了家门，一同去楼下订了饭菜，确定了菜单之后，颜柯将她送到门口:"你先回家吧,我要上去应付一下,我明天去你家,有事给我打电话。"

熊伊凡乖顺地点头,这样一来,她还能避免些尴尬,很是感激颜柯将她解救出来。

回到家里,突然收到白语泽的短信:"小熊,我来你家这边探亲了,想顺便拍一套外景,完全不认路啊,你来帮我做向导吧!方便的话给我一声答复,有酬谢哦!"

熊伊凡除了跟颜柯发短信有耐心之外,对其他人都没有什么耐心在键盘上按字,所以一个电话打了过去。白语泽接通的时候,刚巧打了一个喷嚏,吓了熊伊凡一跳,一句话脱口而出:"你感冒还没好啊?"

白语泽沉默了一会儿才无奈地表示:"如果真感冒这么长时间的话,我身体都得耗坏了。"

"你什么时候回去?"

"没确定呢,应该是会留下来四五天吧。你什么时候有空?"

"其实我今天就有空。"

"好,我开车去接你。"

"大哥,你都有车,还说路盲?"

"是我亲属的车,而且,这玩意儿光能导航,却不能告诉我哪里景色好啊。"

熊伊凡无奈地长叹一口气,看了一眼时间,想着正好去散散心,便直接答应了。

白语泽开车过来的时候,熊伊凡正站在冰天雪地里啃着冰糖葫芦,龇牙咧嘴的模样好似要吃人,白语泽看到后,连连感叹:"这豪放的吃相,我有些年头没见过了,等会儿我请你吃烤串。"说着,招呼熊伊凡上车。

熊伊凡坐在副驾驶座,回头看了一眼车里那些零散设备,不由得好奇:"这些东西你是怎么带过来的?"

"这只是一少部分，贵重的都在箱子里面。你知道吗，有一种神奇的东西叫保价托运。"白语泽说着，指着方向盘，"会开车吗？"

"嗯，高考结束之后考下来了，不过实战经验不足。"

"换位置，你开车我找景，系好安全带。"

两人动作利索地换位置，白语泽坐在副驾驶座上，从口袋里面取出手机，翻了一会儿地图。熊伊凡也知道白语泽没什么目的地，也没问，干脆开着车就往几处景色不错的地方去了，每到一个地方，就问问白语泽行不行。

在熊伊凡的记忆里，每年这个时候，她所在的城市都会被雪覆盖，到了深冬，更像一座冰城，商贩们会将雪糕摆在户外卖，根本不用担心会融化。坐公交车时，碰到车里的扶手都会觉得手部一阵刺痛。风天出门，空气之中都飞着刀片似的，吹得人皮肤痛。

不过，这里的雪景是极美的，对雪近乎麻木的人们很少去破坏各处的积雪，厚重的积雪就好似一块块豆腐，树木的枝条上面挂着厚厚的霜，远远瞧着，就好似一条条银色的树干，在素色的世界中舒展开了拳脚。

冬日河畔的柳条无风自摇，湖面结了厚厚的冰，又被铺上了一层雪，有孩子在湖面上滑冰，兴奋地嬉闹。

车子鸣了一声响，惊起了林中的飞鸟，牵动着树枝上的积雪簌簌落下。白语泽打开车门，站在原地看了看，又从车子后座上取出自己的相机，调整了一番镜头，随意地拍了几张。熊伊凡走到他旁边，想要看一看门道，却什么也没看懂。

"这些雪夏天就会融化，变得一点儿痕迹都没有，换成绿叶红花，蜂蝶环绕。就好像曾经的喜欢，也会随着时间的流逝而被淡忘，逐渐被新的事物所替代，直到后来想起，也只是莞尔一笑。原本特别特别喜欢的少年，也有可能化为尘埃，轻轻一吹，就不见了痕迹。"白语泽说着，扭头看向熊伊凡，意有所指，"如果我不能一举替代颜柯，那么我会一点儿一点儿地融入你的生活，让你习惯于我的存在，然后走到我身边来，你愿意吗？"

"不知道的，还以为你不是摄影，而是来吟诗的呢！"熊伊凡咯咯直笑，根本没将之前的台词放在心上。

白语泽举起相机，咔嚓一声，将她方才自然的微笑收入他的相机里面。

熊伊凡的笑容一僵，凑过去看白语泽拍的相片，见到相片之中的自己扎着简单的马尾，看着银白的世界，露出最为自然的微笑，画面颇有意境。她指了指这张相片："回去之后将这张相片传给我，还挺好看的呢！"

"其实我更想将你吃糖葫芦时那鬼脸照下来，可惜我当时都看呆了，完全没反应过来！"

白语泽照相的时候，并不按熊伊凡的套路来，并且十分鄙视熊伊凡的剪刀手，他一会儿照一张树杈，一会儿照熊伊凡的侧脸，一会儿又照她的衣摆、脚尖、伸出手时的样子，或者是将熊伊凡赶出老远，让她躺在雪里，粘了一脸的雪，他还不许熊伊凡弄掉，将镜头凑近熊伊凡，去照她沾着雪的睫毛。

熊伊凡苦不堪言，真是不知不觉间就被白语泽当道具使了。

没一会儿，他又从车里取出一条白色的丝绸，熊伊凡凑过去，拿起绸子看了看问："这白绳用来上吊的话有点儿短啊。"

白语泽笑了好半天没停，雪的映衬让少年的笑更加耀眼，带着一丝魅惑的美。他拧了拧熊伊凡的鼻子，才将白色的绸子缠在了熊伊凡的脸上，挡住了她的眼睛："伸出手，想象自己是一个盲人，你看不到周围的事物，却想要离开而着急的模样。类似……盲人摸象。"

她听从，抬起手，想要摸索白语泽在哪里，却未能找到。很快，

相机咔嚓咔嚓的声音又响了起来，她都没来得及露出自己憨傻的微笑。过了一会儿，她的手摸索到了对方的羽绒服，感觉到白语泽伸出手摸她的下巴，随后，他的呼吸直扑她的面门，她当即抬手扯下脸上的遮挡，耳边传来接连不断的咔嚓声，白语泽也在同时离开，到架子前看自己的相机。

"嗯嗯，反应很棒，表情很自然。"

熊伊凡当即抬脚照着他的屁股踢了一脚："我还以为你要亲我呢，吓死我了。"

"怎么会？你还不是我的女朋友，我怎么可能做这么过分的举动，接吻可是要负责的，不然真是太差劲了。"白语泽说着，开始拍摄景物，一块石头、一处有着积雪的椅子，或者是雪上的脚印他都能拍半天。

熊伊凡则是回味着白语泽之前的那句话，久久品味不出味道来。

接吻，是需要负责的吗？

那么颜柯算不算一个差劲的人？

第二天一早，熊伊凡早早起床去跑步，久违的晨练让她倍感亲切。

天际缓缓呈现出一抹紫红色的朝晖，宛若初绽的艳丽玫瑰，将地面上的积雪都染上一层胭脂红。放射而出的光芒，好似金色的荆棘，驱赶着飞云流雾，清澈了整个苍穹。

巷口的老大爷热情地与她打招呼，在公园里面吊嗓子的老人们看到熊伊凡过来，故意提高音量唱上一段，熊伊凡远远地就开始叫好。卖油条的大婶看到熊伊凡就开始问："小熊啊，处对象没？该找一个了，带回来给婶子瞧瞧，家庭不好的可别要，太富有的也不行，门当户对就好。"

"婶，您别着急，过几天我就将新小区那个长得油光水滑的小伙搞定！"

"他啊,长得不错,脾气好像不太好,不爱搭理人。"

"没事,我脾气好啊!"

熊伊凡跑远的时候,大婶还在嚷嚷:"别让小白脸给骗咯,现在坏小子可多了!"

这让熊伊凡脚底抹油,溜得更快。回到小区门口,颜柯正拎着包往她家的小区走,她当即迎了过去,接过他手里的包:"给我带的好吃的?"

"给熊叔叔带的书,都是讲历史的,你看吗?"

"你们哥俩的关系什么时候这么好了?"

"乖侄女,这就不用你关心了。"

颜柯笑眯眯地往熊伊凡家走,进门的时候熊老爹正在做早饭,看到两人进来,当即招呼两人坐下,随后又从冰箱里面取出了三个鸡蛋,算是带上了颜柯的份。

吃饭期间,熊老爹几次欲言又止,最后还是开了口,问颜柯:"小白啊,叔叔问你点儿事。"

"您说吧,我知道就告诉您。"

"我看网上不少人说平胸要人命,你说我们家小熊还有救吗?"

熊伊凡险些被呛死,调整了半天才一拍桌子问熊老爹:"爸,你从哪儿看来的啊?"

"上次国庆节的时候,小白来教我用微博,我在微博上面看到的。"

"爸,以后你别上那个了,微博这玩意儿太坑爹了!"

颜柯的表情要精彩多了,他看着熊伊凡与熊老爹,一副想笑却强忍着的模样,酒窝都憋出来了。熊伊凡瞥了他一眼,心中哀号不止。

谁知,熊老爹居然又哀叹起来:"小熊一个女孩子,跟着我一块儿长大,我挺多事都不了解,来例假的时候都不知道该怎么跟她解释。有时候想想,让小熊跟着她妈妈说不定会好点儿,至少生活条件要比

现在好。"

　　熊伊凡原本还是羞愤难当的模样，听到熊老爹的这句话当即变脸，阴沉的脸色堪比浓墨。仅仅是瞬间，她的眼圈就有些泛红，用近乎哽咽的声音说道："狗还不嫌家贫呢，我是你女儿啊……"说完，将筷子一摔，直接转身进了房间。

　　颜柯始料未及，他从未见过熊伊凡变脸，还是这样对自己的父亲发火。他甚至不明白熊伊凡生气的缘由，难道是熊老爹提起她母亲的关系？好像……熊伊凡母亲的生活条件要好过父亲。

　　不过，熊伊凡对母亲这个词十分敏感，只要一提起，她就直接炸毛了，让熊老爹都有些手足无措。

　　"熊叔叔，您别着急，我去说说她。"颜柯出于对长辈的尊重，片面地觉得是熊伊凡不该闹情绪。

　　熊老爹则是极为忧愁："小熊这孩子平时很懂事的，一提起她妈与阿轩就这样，单亲家庭的孩子都有些敏感，你也别往心里去。"劝了颜柯，熊老爹这才去熊伊凡的房间门口，敲了敲门，"小熊啊，是爸不对，你别生气，爸也只是说说，爸要去店里了，你与颜柯在家里好好吃饭。"

　　熊老爹说完，便直接走了，他了解熊伊凡的脾气，不宜此时撞枪口。

　　颜柯迟疑着进入熊伊凡的房间，看到她坐在窗边，看着窗外发呆，并没有要哭的模样，这才松了一口气。

　　原来，脾气那么好的熊伊凡也有雷区。

　　"元旦那天同学聚会，我们一块儿去吧。"颜柯说着，在熊伊凡身边坐下，这是他们习惯的位置，当年颜柯为熊伊凡补习时，他们就是这样并肩坐在桌前，就好似学校里面的同桌一样。

　　熊伊凡点了点头，随手打开电脑，随后走出房间，嘴里嘟囔着："其实我没吃饱。"

颜柯没跟出去，坐在她的电脑前，打开网页，本想登录微博，看看是谁发的微博忽悠了熊老爹，却看到熊伊凡的微博是自动登录的。此时，屏幕的右上角挂着提示，点开提到她的微博，颜柯的手指一顿。

微博的主人是白语泽，微博的内容是一组相片，上面熊伊凡穿着黑色的羽绒服，扎着简单的马尾，站在雪地里。她的额前搭着几缕碎发，微笑的时候眼睛看着远处，看起来极为自然。随后的几张，则是属于意境拍摄，画面上只有熊伊凡的眉梢眼角、背影以及足印。

最后一张，是一套组合相片。相片中熊伊凡的眼睛上围着白色的丝绸，白语泽单手捧着熊伊凡的脸颊，用一种极为深情的眼神看着她；中间一张，是两人的脸靠得极近，近到只需再靠近一分一毫，就能吻到对方的唇瓣；最下面的一张，则是熊伊凡扯下丝绸，惊恐地盯着白语泽的模样，画面中，熊伊凡的双眼睁得老大，浓密的睫毛上还挂着雪花，嘴唇微张，呼出了一团哈气，与白语泽呼出的混合在了一起。

颜柯微微眯了眯眼睛，一抹怒火从心底燃起，他竟然一瞬间想到了"拈花惹草""不守妇道"这些词。可是，他又该以怎样的身份生气呢？因为熊伊凡追求他的时候与其他男人暧昧？这也显得太极品了。

他的眼睛扫过书架上自己送给熊伊凡的参考书，一阵懊恼。突然站起身来，拿着手机，想要出去跟熊伊凡拍一张合影，发到微博上去。走到门口又觉得自己太幼稚了，又折返回去，坐在了电脑前。

他再次点开熊伊凡的微博，发现她的微博内容依旧是每一条都与他有关，心中不免有些小小的得意。

打开百度图片，找到与自己的头像相同系列的图片，将她的微博头像换成了一只小黄鸡。觉得还不够似的，再次进入熊伊凡的微博，仔细寻找了一遍，终于看中了一条还算入得了眼的微博：

你在我触目可及的位置出现便是幸福，执迷不悟，痴心不改。——9小时前。

颜柯登录自己的微博，转发了这一条，并输入了一段文字：荆棘背后是苦尽甘来。

转发完毕，他盯着自己微博中突兀出现的熊伊凡，扬起嘴角笑得很甜。一场无人迎战的战争，在硝烟未起之时，颜柯就觉得自己胜了。

结果，没一会儿，白语泽的微博里面就出现了一条新的微博，与颜柯转发的是同一条，附上的话却是：或许，你的真心与执着在其他人看来不过是一坨屎，恶臭恶臭、焦黄焦黄的。

颜柯险些将鼠标丢出去!

走出房间，熊伊凡正在厨房刷碗，之前糟糕的情绪一扫而光，愉悦地哼哼着小曲。

颜柯走过去，突然从她身后抱住了她的肩膀，用自己的额头顶着她的后脑勺。她的头发毛糙地贴在他的脸上，让他轻易地闻到她的发香，这是属于她的味道。熊伊凡的身体僵直在原处，手中还拿着未洗干净油渍的盘子，不知该放下还是继续洗下去。

"你只许喜欢一个小白。"颜柯突然开口，声音闷闷的，就好似别扭的猫儿在撒娇。

"我一直只喜欢一个小白啊!"这一句是实话，她从未有过什么二心。

颜柯紧绷的身体这才放松许多，极轻的笑声从他胸中溢出："这还差不多。"紧接着便松开了熊伊凡，重新走回熊伊凡的房间。

熊伊凡终于将手中的盘子放下，长长地松了一口气："还以为会心跳加速致死呢，幸好，我还活着。"

元旦的同学聚会约在晚上，熊伊凡和颜柯一同在车站等车。萧瑟的风入侵着他们的身体，让他们有些站不稳，清风扬起路边的积雪，纷纷扬扬，好似又下起了雪，飘洒出莹白的雪幕。

颜柯凑到熊伊凡身边，让她面向自己，伸手抱住了熊伊凡的脑袋，同时还忍不住嘀咕："怎么这么矮，以前没发现呢。"

"是你长高了好吗？真是奇了怪了，你高一的时候没这么高来着。"熊伊凡说着，又往颜柯怀里靠了靠，本想倚着颜柯的胸膛，却总是碰到寒冷的拉链，最后只能作罢。颜柯的手臂为她挡住了些许风，耳边也只有他的呼吸声。

两人互相依靠着，就好似一对恋人，并未显得如何尴尬，直到有人认出了颜柯，熊伊凡才挺直了脊背。

"小白，你也去聚会的吧？真是太巧了，能在车站看到你，这么久没看到你，你越来越帅了。这是……你女朋友？"女生兴奋地问着，声音有些耳熟。

熊伊凡从颜柯的怀里探出头来，看到唐糖与张萌婷，不由得快速退了几步，憨笑着回答："不是，就是觉得冷。"

颜柯看着熊伊凡，表情要淡然许多："一块儿过去吧，正好我们俩有些找不到地方。"

这一下子张萌婷与唐糖的表情可谓精彩至极，弄得熊伊凡有种当街抢劫了一般做贼心虚的感觉。

到达地点后，身在本地的齐小松居然缺席了。熊伊凡试图联系齐小松，却没能联系上，最后只能放弃。

经历了半年的大学生活，同学们各有改变，有的带来了新女、男朋友，有的染了头发，有的则是胖了、瘦了，可是感情没变。大家聚拢在一处说说笑笑，闹得不亦乐乎。

经过半年的沉淀，曾经喜欢颜柯的女生已经不再那么执着了，她们热情洋溢地介绍着自己的新男神，说得天花乱坠，好似对方并非凡人。

熊伊凡和颜柯一直坐在一起，她听了不由得感叹："原来大家都进步了，只有我在原地踏步。"

颜柯将手中的饮料重重地往桌上一放："你什么意思？"

"没事，没事，少爷您永垂不朽。"

"别把我说得像烈士一样。"

"……"

其间，熊伊凡被女生们拽去单独说话，张萌婷夸张地说起了在车站时的事情，众人疑惑不解："小熊，你跟小白是同一所大学，关系又不错，看起来还挺暧昧，怎么不试试再表白一次呢？真准备只做男闺蜜、蓝颜知己？"

熊伊凡笑得有些尴尬，她又何尝没有感觉到颜柯对待她是特别的？虽然态度总是很差，却愿意收留她在身边，关键时刻也会护着她，他们甚至拥抱过，接吻过，这些都超越了友谊的界限。

被许多人说她是备胎的时候，她心中也会难受，她甚至在心中反驳，颜柯如果想要找备胎，也不用找她这样一般的女生。可是，她自己也知道，她在颜柯身边有时就像保姆一样，偶尔一次亲密，她却连亲密的理由也没有勇气问。

熊伊凡自问天不怕地不怕，就怕被颜柯嫌弃，她怕再一次和颜柯表白的时候，他依然会拒绝，说一直将她当朋友，那样一来，她恐怕连继续喜欢下去的勇气都没有了。那时，她一定会心灰意懒，然后放弃颜柯。与其这样，不如就与颜柯一直暧昧着，这样颜柯还能在她身边，她就觉得满足了。

他们是朋友，就不会分手。

他们是朋友，就可以相伴。

他们是朋友，就不怕风险。

他们，只是朋友。

"如果被拒绝了，就连朋友都不是了……"熊伊凡这样回答，看到颜柯被班级里面的男生们拽着喝酒，当即起身，去帮颜柯挡酒。

熊伊凡一向酒量不错,堪称豪饮,许多男生都自叹不如。颜柯面前的酒被熊伊凡一杯接一杯地喝下去,他渐渐开始拦着熊伊凡,熊伊凡却并不在意,一直仰着头,保持着最为灿烂的微笑。

　　不过,在离开的时候,她还是有些迷糊,分不清方向,只知道有人背着她,几步一停地走在回家的路上。

　　天气寒冷,风似乎是有着智商的,直往衣服里面钻。她忍不住打了一个哆嗦,又抱紧了那人一些。

　　"颜柯我喜欢……喜欢你……"

　　"嗯,我知道。"那人回答,却有些气息不匀,显然背人不是他擅长做的事情。

　　"喜欢到想睡了你……"

　　"……"

| 第十三章 |

感谢你,赠予我的这些年,身边有你,一直有你,就是最大的欢喜。

熊伊凡不是颜柯的女朋友,却是与他关系最好的女生。

在学校里见到熊伊凡,就有一定概率见到颜柯。而首先见到颜柯,那么没多久一定会见到熊伊凡,这已经成了某种定律。

两人的关系,在众人眼中,一直扑朔迷离,其实他们两个也是理不清楚的吧。

原本上一次颜柯和白语泽在微博上的架势,就好似在宣战,结果熊伊凡作为当事人,竟然好像不知这回事似的,继续发微博,记录着微不足道的小事,说着单方面的喜欢,或是转发微博,发出一排:"哈哈哈哈——"

这也使得许多有所期待的人都失去了兴趣,白语泽的微博也被他新的摄影作品所覆盖,偶尔也会发出他与模特儿的合影,不过却没有与熊伊凡的那一次距离得那么近。甚至于,就好似一对情侣。

和之前一样,熊伊凡总会出现在颜柯家里,不过为了避免上次那样,一进去就撞到颜柯穿四角内裤的模样,学乖了许多,知道会敲几下门。其实,她完全不在意多看几眼,就怕颜柯不好意思。

颜柯喜欢吃甜食,家里会准备很多糖果,熊伊凡每次吃糖的时候都会发出咔嚓咔嚓咬碎的声响,吃个糖也安静不下来。后来,颜柯有一次发现,他因为要去接电话,将自己含了片刻的棒棒糖塞进了熊伊凡嘴里,她居然没有咬碎,而是继续含着,最后连棒棒糖的小棒子都舍不得丢。

那乖乖的模样倒很耐看,不过,大多数时候某人还是会作死。比如她总是想在颜柯家翻出几本小黄书,以此来判断颜柯的喜好,就以填补耗子洞为名到处查看。颜柯看她可怜,买了几本型男杂志,都是一些肌肉男的图片,让熊伊凡老实了好几天。后来,颜柯就发现她好像比以前更强壮了。

说起来,熊伊凡最大的危机出现在颜柯生日那一天。

颜柯的生日是7月28日,刚巧是每年的暑假。而颜柯暑假几乎都是出国旅游来度过的,这使得熊伊凡每年的这一天都只能给颜柯发一条祝福短信,之后补送礼物。

而熊伊凡的生日是1月2日,颜柯都会帮她过,比如高三那年送了她一套精装版练习册,今年则是送了一套全自动可调节的智能……哑铃。

今年,颜柯要留在学校练钢琴,参加比赛,8月才能回家。熊伊凡自告奋勇,陪他留了下来,这也是熊伊凡第一次有机会给颜柯过生日。她精心筹划了好几天,还在明西玥的建议下购买了红酒,准备带到颜柯家去喝。

7月28日凌晨,熊伊凡发短信祝他生日快乐,却没见回复。她也只当他睡着了,便没在意。第二天一大早,就拎着许多食材和红酒,以及精心准备的生日礼物,去了颜柯家里。

就算仅仅是清晨,天气依旧热得厉害,蝉声阵阵,扰了整个盛夏。骄阳就好似顽劣的孩子,不受约束地释放着炎热。

熊伊凡美滋滋地走在小区的便道上,闻着院子里浓郁的草木清香,心情大好。

到达颜柯家门口,她象征性地敲了敲门。

颜柯外表干净利落,又是能够自主独立的个性,却有些赖床,假期总会睡到日上三竿。过了片刻,没人开门,熊伊凡便将东西都放在地上,从口袋里面掏钥匙。

这个时候,门却突然打开了。

熊伊凡当即高兴地仰起头来:"Happy Birthday……"很快,她的表情就变为了惊悚,盯着站在门口,穿着睡衣的美女看。

打开门的人不是颜柯,而是一名女孩子,二十岁左右的年纪,染着板栗色的头发,长发及腰。她此时是素颜,却依旧是标准的美女,身上的吊带睡衣,遮挡不住她傲人的身材。

她上下打量了熊伊凡一番,随后笑着问道:"你是谁?"

"颜柯他……在吗?"熊伊凡觉得自己的嗓子发干,说话的时候声音都有些发紧。心口的痛楚让她的身体渐渐变得矮小,驼了脊梁,还好眼角干涩,让她没有掉出眼泪。

这个女孩子是谁?为什么会大清早出现在颜柯家里?还穿着这么简单的睡衣,难道说……昨天晚上就睡在这里?原来,不止她一个人可以在颜柯家里过夜。

那么,她是不是真的,只是一个很好用的备胎?

"他……还没起床,要不你等会儿再来吧。"女孩子说着,毫不留情地将门关上,将熊伊凡丢在门外。

熊伊凡立在门前,身体久久不能移动,当她意识到身体僵硬得几乎发疼的时候,已经不知在这里站了多久。她终于回神,手脚麻利地重新拎起所有东西,原路返回。

这一路,她都很安静。

没有哭,没有愤怒,而是神色木讷地让自己接受现实。手中的重物勒得她双手生疼,但是她没有停,一口气回到寝室,然后将容易融化的东西,尽可能地塞进明西玥的小冰箱里。

她坐在床上,取出自己的手机,打电话给颜妈妈,似乎这是她的最后一条救命绳索。

"阿姨,您家的亲属里有没有一个很漂亮、身材很好、眼角有颗泪痣的女孩子,二十岁左右,与小白关系不错,会留宿在他家里的?"熊伊凡如此问颜妈妈。

"小白与亲属的关系都一般吧,而且,亲属里面没有这么大的女孩子,大多是男孩子啊!"

"也就是说,没有咯……"

"怎么了?"

"哦,没事。"

熊伊凡飞快地挂断电话,将手机丢在床上,伸手拽出袋子里的零食,一袋接一袋地吃。时间在熊伊凡的暴饮暴食中流逝,直到她撑得吃不下了,还是没有觉得自己恢复元气,便闹着明西玥分给她一片安眠药,她想睡一觉,或许醒过来就会好一点儿。

明西玥直接给了熊伊凡三片:"我保证你直到明天都会一睡不醒。"

熊伊凡毫不犹豫地吃下,便躺在床上酝酿着准备睡觉。

"没想到你还挺坚强的,我还以为,如果你的男神有女朋友了,你会要死要活的呢。"明西玥盘腿坐在床铺上,拄着下巴看熊伊凡,表情极为认真。

"你喜欢的人一直有女朋友,你还不是一样好好的?"

"这不一样,我喜欢他的时候,他们就是青梅竹马,已经朝夕相处了,我早早有了心理准备。而你,你这样的打击更大一些。就好像,如果薛阳和瑶瑶分手了,又找了另外一个女朋友,其实我也会崩溃的。"

明西玥从记事起就喜欢这个男生,而薛阳和他的竹马瑶瑶是从小

就在一起且互相喜欢的,她根本插不进去。如今,两人能成为哥们儿,已经是十分不易的事情了。

熊伊凡在被子里面拱了拱,微微眯了眯眼睛,这才懒洋洋地说:"你知道吗,我从追小白那一天起,就做好了会眼睁睁看着他与其他女生在一起的心理准备。有时我自己都会想,如果他真的有女朋友了,我会怎么样。嫉妒得发狂,还是像圣母一样祝福。今天,真的体验了,才发现,我当时居然是在感叹,啊,原来他喜欢的是这样的女孩子,没想到他这样小清新的男生,喜欢的居然是波霸款。"

明西玥听着,跟着熊伊凡笑,没一会儿,熊伊凡就进入了梦乡。

后来熊伊凡才知道,安眠药这种东西,对极度伤心的人是无效的。她醒过来的时候,依旧是7月28日,时间跳到了晚上九点钟。

她爬到桌边,独自起开红酒,自斟自饮。其实红酒的酒劲不大,后劲却大。熊伊凡能掌握的也只有啤酒罢了,上一次在谢师宴上喝了一杯白酒,几乎是晕厥着醉倒的。

这一次熊伊凡小看了红酒,所以喝得有些急,晕晕乎乎取出手机的时候,看到上面有一通来自颜柯的未接电话,还有一条未读短信。短信也是颜柯发来的,只有一句话:"你什么时候过来?"

熊伊凡辛苦建立起来的心理防线瞬间崩塌,她就好似弹簧一般蹦了起来,从桌面上一把抓起礼物,直接冲出了寝室。风从她耳边吹过,扬起她因为睡觉而散乱的碎发,露出她饱满的额头。

已经记不清,究竟为了颜柯这样奔跑过多少次,她已经能够记清路线,何时该绕过坑洼,何时该越过减速带,就算是在漆黑的夜里,她依旧能不受阻碍地前行,丝毫不会影响到速度。

到达颜柯家的时候,她丝毫没有犹豫地敲了门,很快,就有人出来开门,这一次开门的人是颜柯,他看到熊伊凡松了一口气,刚要开口,熊伊凡却抢先开口了:"我要放弃你了!"

颜柯一怔,完全没有想到熊伊凡一开口,就会说出这样的话来,他良久没有说话,就在熊伊凡以为颜柯会关门直接进去的时候,他终于出声:"哦……"

仅仅是这一个字而已。

熊伊凡眼圈一红,深吸一口气,却还是没忍住,一咧嘴哇一声开始号啕大哭。仅仅片刻,小区里面就有多户亮起灯来,还有婴儿的啼哭声与熊伊凡的声音交相辉映。颜柯当即伸手捂住熊伊凡的嘴,将人拖进了屋里。

颜柯家里很安静,没有任何人,茶几上的笔记本电脑屏幕早就暗了下来,只有提示灯间歇性地闪烁。

熊伊凡的哽咽声渐渐小了,盯着颜柯看。

颜柯打开屋中的灯,走到茶几前拿起纸抽,并未递给熊伊凡,而是抽出了几张亲自帮熊伊凡擦眼泪,又重新拽出几张放在熊伊凡鼻翼下面,吩咐:"用力。"

她听话地用力,将鼻子擦干净之后,终于安静下来。

"前几天突然约我去广场,打扮得跟妖怪一样,要死要活地喊着放弃,最后请你吃顿饭就好了,这一次是怎么一回事?你又发什么疯?"

熊伊凡噘着嘴,不高兴地哼哼。

前几天她才学会化妆,又在网上买了一件白色的连衣裙,以及高跟鞋。女人打扮得漂亮,最想给喜欢的人看,这是女人的天性。

她本想约颜柯出来约会,结果颜柯迟迟不出现,这让她十分恼怒,对着手机便开始宣布自己要放弃颜柯,结果颜柯却神奇地出现了,说她化妆之后,脸就像肿了一样。穿着高跟鞋,脚都磨出血了。然后神经病似的嘲笑了她一整天,让她都没脸再穿裙子了。

"今天早上我来的时候,是一个美女开的门,还穿着睡衣,告诉我过会儿再来找你……"

颜柯听到之后，忍不住叹了一口气："我就知道。"说着，拉着熊伊凡坐在沙发上，接过熊伊凡手中的盒子，一边拆开一边说，"前一阵我觉得这里的洗手间闹鬼，半夜总能听到女人的哭声，后来我才知道，这里的厕所墙壁特别薄，是隔壁的女人总坐在厕所里哭。有几次与她偶然见到了，好心地安慰了她几句，为的不过是让她晚上别再吓人，却被纠缠了。今天早上，她说有男人纠缠她，就躲在了我家里，却一个劲地往我身上贴，我受不了，丢掉她去了超市买东西，回来之后她已经离开了。其实被这样的女人纠缠，我也很困扰。"

熊伊凡听了之后，整个人都呆住了，很快就发出了磨牙的声音，就连她站立的地板都在轻微地颤动。

她从牙缝里挤出一句话来："我会……解决这件事情的！"

熊伊凡已经说不清楚，自己帮着颜柯解决了多少追求者，只是这一次的女人，让熊伊凡有些火大。

颜柯点了点头，同意了。他等了一天，结果熊伊凡却没来，打电话没接、发短信没回，这是他从未经受过的冷落。他还以为熊伊凡出了什么事情，准备明天去她寝室看一看，不过现在他也松了一口气。只是每次熊伊凡闹着说要放弃的时候，他心中都会有些不舒服。

礼物被拆开，是 DIY 房子，精致的二层小别墅，里面有沙发、床铺、柜子，甚至是桌子上的花瓶、地毯上的拖鞋、墙壁上的挂画。颜柯摸了摸角落的胶水痕迹，又试了一下感应灯，开口问："拼了多久？"

"三个月左右。"

"跑来的吧，里面的东西有些歪了。"颜柯说着，开始整理里面的东西。

熊伊凡磨蹭着到了颜柯身边坐下，支支吾吾了半天，才问："因为感动而忘情的吻呢？"

"我们两个还用在意这些虚礼吗?"

她也没计较,只是开始在屋子里翻糖来吃,随口说道:"吃完安眠药嘴里面好苦,不过睡得真香。"

颜柯听了皱眉,起身走到她身边,捏着她的下巴,居高临下一字一顿地问:"安眠药是怎么一回事?"

"我不是自杀,我就是想睡一会儿,吃了三片。"说着,她就噘起嘴唇,凑过去要亲颜柯,却被推开老远。她也不介意,继续到处翻找东西,却发现什么食物都没有了。

颜柯蹲在熊伊凡身边看着她找,见她没找到,才开口:"什么都没有是吧?"

"你知道没有,为什么不告诉我?害得我白找半天。"

"我饿了一天,就全给吃掉了。"说着,他指着自己的肚子,"可惜,还是有些饿。"

熊伊凡这才慌了神,起身去厨房,打开冰箱,当即哀号了一声:"食材在明西玥的冰箱里,零食都让我吃掉了,我还喝了红酒……天哪,全被破坏了,我的完美计划啊!"她再次狼嚎,声音极为洪亮,不知情的还以为颜柯家来了狼呢。

在颜柯这个学霸的概念里面:"安静"这个词的反义词是"熊伊凡",熊伊凡哭泣≤飞机起飞,熊伊凡大笑≤爆破现场。

现在,颜柯只能尽可能地捂住熊伊凡的嘴,小声安慰:"算了算了,明天再去买吧。"

"老娘明天拆了她的家去!厕所墙壁薄是不是?我蹬墙去……"熊伊凡说着,就直接去了厕所,没一会儿就红着一张脸出来了,竟然没有爆发。颜柯觉得奇怪,也想进去,却被熊伊凡推着进了房间,小声说,"我听到了奇怪的声音,你以后一定要少跟这个女人来往,或者搬家吧。"

颜柯似乎猜到了熊伊凡听到了什么，当即了然一笑："她叫的声音很大对吧？还总开着洗衣机，这种震法很前卫啊……"

如果这种话对软妹子说，一定会让对方羞红一张俏脸，手足无措，却双目含情。关键这话在熊伊凡听来，就变了味："我去，原来你听过，不早告诉我！走走走，咱俩一块儿去，这玩意儿跟唱大戏似的。"

颜柯突然觉得，自己在熊伊凡面前，就好像一个被男人保护的软妹子，当即低吼了一声："熊伊凡，你给我坐下！"

熊伊凡几乎是瞬间就找个地方坐下了，乖乖地看着他。他叉着腰，想发怒，却开不了口，最后恨恨地吩咐："你睡沙发我睡床。"

"我睡了一夜一天了，根本不困。"

"那你就去院子里面扫树叶！"

熊伊凡想了想，最后还是决定："我……去客厅看电影吧。"

第二天一大早，熊伊凡注意到邻屋的男人走了，便直截了当地去隔壁敲门。美女开门后见是熊伊凡，不由得一怔，熊伊凡已经将门拉住，随后对美女比了个挑衅的手势："你最好离颜柯远一点儿，不然我绝对不会饶了你！"

"可惜我们是邻居，远不了呢。"美女知道熊伊凡的来意，并不以为意。颜柯那样白白嫩嫩的小弟弟，她一看就觉得心里痒痒，怎么肯轻易放过。

"你放心好了，如果你不主动勾引他，他是不会主动来招惹你的。"

"这可不一定，对待不同的女人，男人们都会有不同的态度。或许，你的遭遇并不会降临在我头上。"美女对自己的样貌很有信心，只当熊伊凡是颜柯的追求者，并未将她放在眼里。

熊伊凡对待这种轻浮的女人，并没有什么好脾气可言，尤其是想到她有可能往颜柯身上乱贴，当即就怒火中烧，握着拳头，骨骼发出咯咯的声响,脸上露出极为恐怖的表情,就好像一个人在瞬间黑化:"敢碰我的男人,小心我废了你!"

似乎是她的气场实在太强,又或者美女对颜柯只是一时感兴趣而已,这使得美女畏惧了几分,这时突然看到颜柯走出来,当即抢先到他身边撒娇道:"小柯柯,这个丑八怪好凶哦!"

颜柯侧头看了一眼美女,突然一笑:"不好意思,你在我心里,就好像南京曾经的痛一样。"

"什么痛?"

"万人坑。"

"……"

颜柯没有再理她,而是伸手招呼熊伊凡:"跟我去超市,我要饿得虚脱了。"

熊伊凡屁颠屁颠地跟过去,回头的时候,又是一记刀子眼,吓得美女瑟缩了一下,受了惊的小兔子一般快速回了自己家里。

八月,熊伊凡跟着去观看了颜柯的钢琴比赛,是几所大学之间的较量。舞台是笼统的暗红色缎带,用金色的带子固定成漂亮的大花。舞台上面一直放着一架黑色钢琴,选手们轮流上台演奏。座位席第一排,是裁判员,他们能够听到钢琴的声音,而不需要通过扩音器。如果不是颜柯给了熊伊凡一张位置不错的票,她恐怕也看不清今天的颜柯是多么帅气。

一身黑色紧身的燕尾服,领口系着黑色的蝴蝶结。他将头发全部拢到了头顶,露出光洁且饱满的额头。因为自信,嘴角摆出的弧度,成了世间最美丽的弧线。颜柯很是深情地弹奏起来,观众席渐渐响起了笑声,熊伊凡更是睁大了一双眼睛,在如此高雅的环境下,用钢琴演奏出的《好汉歌》的旋律都显得圣洁无比,可是选择这样的曲子,无疑是另类的。

悠扬的钢琴曲子,她多数听不懂,颜柯每次为她单独演奏的时候,都会选择一些通俗的音乐,到网上找到乐谱,然后弹给她听。今天,他恐怕也是为了能让熊伊凡听懂,才做出了这样的选择。

颜柯谢幕的时候,站在舞台上扫视了一圈,随后对着熊伊凡所在的方向笑了笑,瞬间百媚丛生。熊伊凡静静地看着他,没有像之前一样吹口哨,而是莞尔一笑,以此回应。

许多人说,两人在一起久了,会变得越来越像对方,吃饭的口味相近,说话的方式相近。原本,在熊伊凡看来就好似天神一般的颜柯,也被她带得越来越接地气,而自己,也不再像之前一样粗鲁。她突然不知道,这算是好事,还是坏事。

感谢你,赠予我的这些年,身边有你,一直有你,就是最大的欢喜。

回到家,熊老爹一个劲地念叨:"女大不中留啊,不想爹,只陪小情人。"

这一念叨就是四五天,弄得熊伊凡只好成天陪着熊老爹,白天看店,晚上给熊老爹捏肩,难得休息一天,还被颜妈妈叫去跟颜柯一块儿试样品。熊伊凡也有了经验,去了之后直接换衣服,还大大咧咧地问:"完事之后能顺便做个 SPA 不?"

"行,这店里除了跟小白共浴,其他的你随便来。"颜妈妈说着,还凑到熊伊凡耳边小声说,"共浴的话,你俩回家去,阿姨家白天都是没人的。"

熊伊凡一听就乐了,很是欣慰地拍了拍颜妈妈的肩膀:"您就放心将儿子交给我吧,我会好好照顾他的!"还没等说出什么其他的保证,就被颜柯拎着进了包间。

免费试用样品也等于免费美容,后来,熊伊凡还叫来了丁茗,三人聚在一块儿，多半是两个女生叽叽喳喳地说着学校里的事情，颜柯在一边沉默地旁听。

熊伊凡最关心的问题还是丁茗为什么还没恋爱："我说春天都过了，你的春天咋还没来呢，我这边是石头里孵孙悟空，时间久，你呢？"

"没有看着顺眼的人呗。"丁茗回答得极为坦然，语气轻松，根本没有任何情绪在其中，恐怕她也快被熊伊凡问得麻木了。

"要不我给你介绍几个吧。对了，我认识一个男生，也叫小白，比女生还漂亮，我介绍给你啊？"

"不用了，男朋友还是自己挑的比较好，就好像你与颜柯，他不就是你挑的吗？"

每当熊伊凡问起丁茗男朋友的事情时，颜柯都会故意转移话题，她是从未察觉过，自然而然地被转移了注意力，而后丁茗会对颜柯表示感谢地一笑。

有一次熊伊凡去洗手间，颜柯像是无意间提起似的问丁茗："你为什么不告诉小熊，你一直喜欢的人是小松，而小松为了她，拒绝了你？"

丁茗很是淡然地摇头，手中捧着喷营养液的小壶，有些低落地回答："小熊这个人很重义气，如果让她知道，我一直单身是因为她，她会很内疚的，我不想这样。因为就算她如何内疚，我的单恋还是不可能成功。"

听到这样的答案，颜柯沉默了好久，而熊伊凡依旧搞不清楚状况，继续嘻嘻哈哈地跟他们开玩笑。

这一次的暑假，齐小松没有再回避熊伊凡，而是主动将她约了出来。

那天清晨，下了一场小雨，熊伊凡出门时雨才停不久，天空就像个爱美的姑娘，别上了彩色的发卡，横亘天际。蔚蓝的天际好似飘逸的裙,点缀着点点云彩。

她用手机照了一张彩虹的相片,便骑着脚踏车去了体育馆。进去的时候,齐小松已经在里面独自打起篮球了。清晨的体育馆没有多少人,大家更喜欢在这样清新的早晨去户外运动,以至于硕大的体育馆里只有齐小松拍篮球的声响,就像不规律的脉动。

他见熊伊凡来了,并不打招呼,而是直接将球丢给了她。她灵巧地接过,随后带球助跑,很快,两人一对一打了起来。熊伊凡比较擅长投三分球,她的弹跳能力一直特别好。齐小松能够扣篮,这也是他最帅的时候。

两人打了将近一个小时才停下来,熊伊凡坐在一边呆呆地看着篮球,齐小松则去体育馆外买了两瓶运动饮料,丢给她一瓶:"你跟小白进展得怎么样了?"

熊伊凡当齐小松是以朋友的身份问,便自嘲地笑了笑:"还是那样,暧昧不清的朋友关系。"

齐小松了然地点了点头,喝了一口饮料,将瓶子的盖子紧紧地拧上,随即开口:"如果是我,我也喜欢与你这样的追求者暧昧。能干活儿、会做饭、死皮赖脸、皮糙肉厚,可以用来当取乐的对象,可以用来帮自己跑腿,还能在身体饥渴的时候用来开荤。哦,对了,就是属于那种很好用的备胎。"

熊伊凡的表情越来越难看,她甚至隐隐有了发怒的迹象,只是齐小松说的这些,她都无法反驳。

齐小松没有理她,只是继续说了下去:"你知道吗,真正会跟你在一起的男生不会让你等待这么久。我来算算看,你追他也有三年了吧?要能成功早就成功了吧?你在追他的时候,就算表现得如何坚强,都会在心里觉得委屈。追不到会被其他人笑话,被其他追求者鄙视。心里彷徨无助,不知道该不该放弃,吃醋不能发泄,生气不能发火。

就像……我追你的时候一样,我从我自己的感觉,就能知道你的辛苦,然后觉得你这么令人心疼。而颜柯,就像你不会答应我一样,也不会答应你。"

"我只是没有再表白过,如果表白的话,说不定……"

"你不表白的原因,还不是因为没信心?好,现在我问你,小熊,我喜欢了你四年,你愿不愿意放弃颜柯和我在一起?"

熊伊凡心中咯噔一下,被问得哑口无言。

最后,她看向齐小松,看到齐小松一副了然的表情。他站起身,伸了一个懒腰,骨骼发出噼啪的声响,随后回过身,站在她身前,郑重地开口:"我爱你,就算我没能考上你所在的大学,一年没能与你联系,还是爱你,我希望你考虑我。不过,我不为难你,从你的眼神,我就能知道你的回答。我今天来,就做好了有可能被你打一顿的觉悟。就算如此,我还是不想隐藏我的想法,四年时间都未曾动摇的想法,就是爱你。同时,我想拯救你。小熊,你真的很好,你是一个很招人喜欢的女孩子,你不要继续将自己的青春消耗在小白身上了,这种永无止境的游戏,就好像旋转木马一样,你一直在追他,他却一直与你保持着相同的距离,永远也追不到。"

吧嗒。

一滴眼泪从熊伊凡的眼眶里面掉出来,她急急地擦掉,随后苦笑:"你胡说什么啊,我哪有那么好。"

"你应该记得颜柯说过,他有一个喜欢的女生吧,你也知道,他没有对你表白吧。放弃吧,别再如此折磨自己,或许在小白眼中,你不过是个玩物而已。你并不是放不下,你只是不甘心罢了。"

"对不起……我还是不能答应你,就像,小白也不会答应我一样……"熊伊凡说着,擦了擦眼泪,继续说道,"我今天会去找小白表白,如果他拒绝了我,我就会放弃他,好不好?"

真正的心伤，不是看几条心灵鸡汤的微博就能治疗好的；真正的喜欢，也不是被人骂了几句，就能够停止的。只有真正得到了回答，确定了不再可能，才能就此放下。

齐小松听了，点了点头，随后从熊伊凡身边拿过篮球，抱在怀里。

"祝你好运。"他只能这样说，然后独自离开体育场。

他出现在熊伊凡最美好的年纪，却吻不到熊伊凡最美的脸。他总在吃醋，这是一种爱与恨交织而成的情绪，围绕了他多年。这一刻，他终于解放了，放弃了多年的单恋，选择自己的日子，曾经的爱有多美，都经不起岁月的沉淀。等他老了，再想起熊伊凡的时候，说不定就会释然了。

熊伊凡手指颤抖地给颜柯发短信，眼泪说什么也停不下来。豆大的泪滴砸在她的手上、手机屏幕上、衣服上，一点点漾开。

今天，会是一场宣判，成功与失败，象征着日后的生活。这种徒劳的等待，熊伊凡也有些受够了，想要结束，就该有一个结果，一切，都要看颜柯的态度。

她了解颜柯，就算多寂寞，也不会胡乱答应一个女生的追求，来消遣自己的时光。有的时候她竟然奢望颜柯骗骗她，说喜欢她，玩够了再将她甩了，那样她还能算是与颜柯在一起过。可最后，只换来无尽的痛心以及心口的酸，不与人喧。

颜柯过来的时候，熊伊凡坐在体育馆最角落的位置，正捧着新买的一包纸抽，脚底放着垃圾桶，一张一张地往里面丢鼻涕纸。

他知道她今天跟齐小松见面，只是没想到之后会叫他过来，还是这样的阵仗。

他走到熊伊凡身边坐下，盯着她流泪的样子，一张一张地帮她递纸巾，嘴里说着不留情面的话："哭，继续哭，使劲哭，最好把狼都招来。"

"你为什么都不哄我？"

"真正悲伤的人是哄不好的。就好像真正想跳楼的人，是不会徘徊不前的。"

"我突然不想哭了。"

颜柯抽出几张纸，递到熊伊凡面前，看着她擦干净鼻涕，这才问："哭够了？"

熊伊凡点了点头，试着用鼻子呼吸，回答："好了。"

"鼻子通气了？"

"嗯。"

颜柯点了点头，从熊伊凡怀里取过纸抽，放到一边，随后抬起胳膊，揽住了她的脖子，将她拉过去，直接吻住了她的唇。

两人的唇瓣都有些发颤，带着青涩的味道，渐渐找到了门路，他轻舔她的唇，随后撬开贝齿，一举进攻，一探她口中的甘甜。

久久，颜柯才松开熊伊凡，舔了舔自己的唇瓣，回味了半天才问："怎么老磕牙？"

熊伊凡有些晕乎乎的，半天没回过味来，有些含混地回答："因为不熟练吧？"

颜柯深有同感，这种事情他并不擅长，递给熊伊凡纸巾，让她再一次擦了擦鼻子，随后又一次凑了过去。

长久的吻，就好似陈年的酒、六月的花以及温润的月光，芳香醉人，美得让人沉醉。

熊伊凡觉得自己的心脏要顺着这个吻被颜柯偷走了，它怦怦怦乱跳，不规律得如同心脏得了某种加速的疾病，需要打镇静剂才能得到安稳。这突如其来的吻，让她觉得自己应该是被颜柯爱着的，不然朋友之间，怎么会有这样的举动？

于是，在这个吻停止之后，熊伊凡几乎是破口而出："要不要在

一起？我是说……交往，让我做你的女朋友，而不是这样继续维持暧昧不清的关系。"

颜柯扭头看向熊伊凡，见她问得眉飞色舞，脸上带着淡淡的微笑，当即扬起嘴角，回答："好啊。"

熊伊凡险些尖叫出声，张开手臂便抱住了颜柯，这一瞬间，她好似抱住了自己的整个世界。宛如一万块的拼图，用了三年的时间拼好了轮廓，终于在这一天，将拼图拼凑完整，成了一幅完美的图案，令人有着大大的成就感。

颜柯被抱得有些难受，抬手摸了摸她的头发，突然用很小的声音说："你觉得可能吗，我只是在安慰你罢了。"

一句话，好像一记惊天的炸雷，五雷轰顶。

熊伊凡木讷地松开颜柯，看着他脸上戏弄的微笑，惊喜转为了彻骨的失望，突然也跟着笑起来："谁说不是呢，我居然当真了，真可笑。"

她终于醒悟了，她在颜柯心中的位置，一直是一个玩物罢了。开心的时候叫来玩玩，生气的时候叫来戏弄，忙碌的时候，就毫不在意地丢弃。

这一瞬间，她突然对颜柯产生了一丝陌生与厌倦，看到他，就像看到了自己最丑陋的伤疤，远离他才能够好一些。两人处于面对面的位置，却突然出现了不可逾越的距离，远得让人心碎。

颜柯听了微怔，随后意识到什么，想要开口说话，结果，熊伊凡已经自顾自地起身，不再去管纸巾，独自迈着大大的步子离开了，不带任何犹豫。

真正的放弃，不需要任何宣誓，只要直接离开就可以了。不再出现在他的世界，不再去问关于他的事情，就像不认识他一样，只要努力，就一定能够做到。

她已经不准备再用宣告放弃，来引起颜柯的注意了，因为那已经毫无意义了。

于是，她走了，一路顺畅，从未回头。

颜柯追出来的时候，熊伊凡已经上了一辆出租车扬长而去，竟然，没有在门口故意等他。

不该是这样的，以前她一定会失落，然后颜柯再与她说几句话，她就会好了，她不该这样的……

不该的……

颜柯跟着打了一辆车，追着熊伊凡离开的方向，他突然觉得很不安，好似什么重要的东西，就要因为他的失误，而飞走了。

| 第十四章 |

不想用离开唤醒你的喜欢，我只是倦了，这不是捉迷藏。

悲伤的时候，沉默寡言的人，也会像醉酒了一般想找人倾诉。

熊伊凡翻遍了手机，没有选择找丁茗，而是打电话给白语泽，这是鬼使神差的选择，她自己都想不明白。

白语泽接通电话很迅速，很是兴奋地问："小熊，你打电话来，是做好准备要与我相爱了吗？"

熊伊凡被逗笑了，当即嗔怒道："我是找你倾诉的，别没正行。"

然后，她将自己的全部心情，以及这几天的事情告诉了白语泽。白语泽认真地听，很少说话，过了许久，他才开口："你不要回家了，到高速公路的入口等我，我带你去散心，我现在已经在路上了。"

熊伊凡完全没想到白语泽是这样的行动派，不由得一阵惊讶。她根据白语泽说的，掉头去了高速公路口，并没有意识到，颜柯所在的出租车按照回家的路，已经拐进了巷子。

到达地点，熊伊凡一个人蹲在高速公路口等待，在来回徘徊期间，她渐渐地调整好了情绪，见到白语泽时，她已经不再流泪了。她上了白语泽的车子，坐在副驾驶座上，饶有兴趣地问："我们去哪里？"

有时，失恋就是一场逃亡，避开两个人熟悉的地点，躲开充满回忆的地方,甚至是一同看过的油画、并肩路过的小溪、沿路走过的风景,那时总会感叹:如果天空也躲得过,那么,她真想不见天日。

"其实我也不知道,我就随便开了。"白语泽说着,扭头瞥了一眼熊伊凡,"你知道吗?不喜欢你的男生,是不会在意你哭不哭的,甚至不会在意你是死是活,顶多会在你伤心的时候装模作样地哄你几句,而颜柯那样,是标准的戏弄。"

"谢谢你来哄我。"

"不,我是喜欢你,不然在油价这么贵的时间开长途只为哄你,那绝对是炫富!"

"我挺弄不明白的,你喜欢我什么啊?我改好不好?"

"我喜欢你不喜欢我,我喜欢你不理我,我喜欢你不抱着我,我喜欢你不吻我。"随后又自己笑了起来,"哈哈,开玩笑的。我觉得你很会照顾人,就在了解你以后,当时我就有一个感叹:天哪,颜柯那小子好幸福啊!随后我嫉妒恨啊,就想将你抢过来,渐渐发现,还真喜欢上了。"

白语泽开着车左右看,找了一处僻静的地方停了下来,伸手拿过了熊伊凡的手机,手脚利索地开始设置:"如果想放弃,就彻底断掉联系吧。将颜柯的名字改为贱人,然后设置黑名单,这两天你先躲到颜柯找不到的地方,让他找不到你。等开学的时候,你也尽可能地避开他,久而久之,这事也就过去了。"

熊伊凡想了想,也觉得有理,既然要放弃,就做得彻底点,于是抢过手机亲自设置了黑名单,随后打电话联系了明西玥,希望她收留自己几天,又很是抱歉地给父亲打电话,说自己的朋友突然有事找她,她会有几天不回家。

做完这一切,她自告奋勇地掏腰包为白语泽的车子加油,随后让他顺路将自己送到明西玥家。

这一顺路,就是两百多公里,将近三个小时的车程,折磨得两人在车里都快抑郁了。

"小熊,这事都让你办绝了,我开了一天的车只是为了你,到了地方你都不说留我住一宿。"到达地点之后,白语泽恢复战斗力,坐在车里便开始嚷嚷,为了表示抗议,还按了按喇叭,高调地示威。

"这是我室友家,我也不好留你啊。要不这样吧,我出钱帮你找宾馆,你住一晚上好不好?"

"得了吧,你出一趟门能带多少钱?你家庭条件在校园网上都被曝光了,我也知道,不过是逗你一句。你兜里的钱够不够,不够我给你拿点儿?"

"不用,实在不行我让我爸汇款给我。"

"拿着吧,在追求一个人的时候,人都是贱种,不趁这个时候多得到些好处,更待何时?你也追过人,又不是不知道。"

"有时候,你说话真不招人听。"

"这只能说,我无时无刻不在想尽办法黑颜柯。"白语泽说完嘿嘿直乐,然后从自己的口袋里掏出了一千块现金,递给熊伊凡,"你先拿着,回头有钱了再还我。出门在外,还是在别人家住,总不好太吝啬了,我先陪你去买点儿水果吧。"

熊伊凡默默地伸手接了钱,心中暖暖的。她突然明白,为什么颜柯愿意与她暧昧,原来在被人追求的时候,那种被人照顾的感觉真的很好,就连她也不舍得将白语泽拒绝得太狠。她又想起齐小松,突然一阵心疼,她知道,齐小松一定跟她一样难过。

人总是患得患失,拥有的时候肆无忌惮,失去之后又显得快快不乐。一会儿成了诗人,看到什么都想感慨;一会儿又好像一个神经质的病人,敏感得近乎矫情。

熊伊凡觉得自己得了一种名为失恋的病，无药可医。她只能走走停停，然后任由风吹拂记忆，带走原本重要的那些东西，到那时，她就被治愈了。

明西玥的家是豪宅别墅，如果不是按照她给的地址来的，熊伊凡真的会觉得自己走错了路。这里是独立的花园，有精致的欧式路灯，有可以歇脚的长椅，院中有她叫不出名字的漂亮花丛，正中间甚至有喷泉，只是因为到了冬天，已经被关上了。

明西玥懒洋洋地蹲在别墅门口，看到熊伊凡过来也没打招呼，而是打了一个大大的哈欠，这让熊伊凡猜到，其实她给明西玥打电话的时候，她还在睡。

因为明西玥慢热的个性，以至于她虽然是和熊伊凡关系还不错的室友，颜柯却不认识她。两人只是打过一个照面而已，躲在她家里，最为稳妥。

熊伊凡走到门口，明西玥也不着急请她进去，只是指着不远处的一座别墅介绍："那里就是薛阳的家，离得近吧？我曾经用望远镜试过，能看到他们家里。"

熊伊凡当即来了兴趣："真的假的，能不能看到洗澡啊？"

"不行，被薛阳发现之后，他家就开始常年拉窗帘了，特扫兴。"

跟着明西玥进了屋子，熊伊凡摆出了一副乖乖女的模样，想要与长辈问好，却将明西玥逗笑了。她大大咧咧地走进去，一屁股坐在沙发上，无精打采地说道："你放心住吧，有可能你在我家里住一个月，都跟他们打不了一个照面。我家里总是冷冷清清的，这也是我不爱回家的缘故。"

"他们都很忙啊？"

"嗯，我爸的名言就是，能赚大钱的人，有几个是成天在家里待

着的？"明西玥说着，就开始翻熊伊凡拎来的水果。

熊伊凡得救了似的坐在了沙发上，呆呆地看着奢华的环境，也不知是该羡慕，还是该同情。

没一会儿，她就收到了白语泽的短信："寂寞的时候可以找我聊天。"

明西玥凑过来偷看，然后冷嘲热讽："那个小白啊？说实话，我一直不喜欢他，太妖了，我不喜欢人妖。"

"你说这话的时候，将自己置于何地？"

"……"

熊伊凡消失了。

颜柯并不缺少女人的喜欢，也不缺少生活的乐趣，熊伊凡消失，他只是缺了一种习惯。偏偏只是这一种习惯，就致使他的生活空了一大半，落针可闻。

颜柯一直在打熊伊凡的手机，却总是对方已关机，完全联系不到。他曾经去熊伊凡家找过她，熊老爹却说她去了同学家住，没回来，同样也不知道什么时候回来。又去问丁茗，丁茗竟然是一无所知。这让颜柯意识到，这一次的事情，怕是不那么简单了。

然后他试着用家里的电话、母亲的电话打给熊伊凡，最后干脆用父亲的电话拨打，这是熊伊凡唯一不知道的号码，电话居然拨通了，就在那一瞬间，颜柯的心凉了半截。他的心悬着，只用一根发丝缠着，下面就好似万丈悬崖，轻轻一吹就足以摔得粉碎。

随后，熊伊凡接听了电话，依旧是原本的声音，她说："喂，你好，你是哪位？"

颜柯捧着电话，竟然不知道该如何言语。他已经猜到，熊伊凡是将自己的电话设置了黑名单，她是故意不联系自己的。

原来，她也有躲开自己的一天。

"别再闹了,回来吧……"

颜柯说了这样一句话,让熊伊凡陷入了沉默。他有信心,自己只要一开口,对方就能够听出他的声音。

然后,她回答了:"别再打来了。"紧接着,就是漫无边际的忙音,嘟——嘟——嘟,就好像颜柯心脏下沉的节奏一般。他从未在熊伊凡这里,受到过这样的冷落,正是因为这样的反差,让他短时间内难以适应。

偶有一次早晨,坐在餐桌前发现自己忘记拿番茄酱,下意识地叫出了熊伊凡的名字,那一刻,他才霍然发现,原来,她已经走进了他的生活里面,且留下了深深的印记。原来,他是那样依赖她。

世界突然变得孤单,像是原本的城堡被破坏,让所有的一切暴露在光天化日之下,竟然是那么令人难受。原本完好的世界,也因为一个人的离开,就好似天塌了一般。

终于熬到了开学,他开始在校园里寻找熊伊凡。这个时候他才发现,原来熊伊凡总能在人群中寻到自己是多么不容易。他搜索了自己的全部记忆,却回忆不起她究竟是如何选的课,他只知道,熊伊凡是人力资源管理专业,寝室楼在F座,其他的,一无所知。

大一新生入学,学校里面空前绝后的热闹,喧嚷的人群,透着新生们的兴奋。颜柯看着熙熙攘攘的人群,突然一阵头痛,最后,只能无功而返。

后来,他习惯站在家门口的栏杆前,俯身向楼下看,希望可以看到回心转意的熊伊凡又一次出现在这里,手中提着大包大包的零食与材料,用很大的嗓门嚷嚷:"你能不能下来帮我拎点儿东西?"

只可惜,熊伊凡没再来过,她像是不记得这里曾经是她最爱来的地方,同时忘记了来这里的路,甚至忘记了她曾经深爱的他。他好似被人遗弃的孩子,躲在冰冷的角落,露出最为慌张无措的模样,却什么也做不了。

有几次，住在隔壁不知名的美女会来与他说话，然后递给他一根烟。

颜柯苦笑着拒绝了："你这样的人送的，谁知道是不是毒品？"

"你知道吗，比毒品更可怕的东西，就是习惯与依赖，它们不像毒品那样折磨你的身体，在毒瘾发作的时候，也不会有刻骨铭心的难受。它们是慢性的，一点儿一点儿地腐蚀你的内心，让你一点儿一点儿地崩溃，直至麻木，最后索性放弃。可是你会发现，后遗症就是，你不会再像从前那样依赖、那样爱了。失去了最原本的真心，变得无情，其实……都是自作自受罢了。"

颜柯最后还是拒绝了，他苦涩地笑着，用有些沙哑的声音说："我何必又染上另外一种瘾？有一种，就够让人难受了。"

之后几天，他试着在 F 座的寝室门口等，或者去熊伊凡所在的院系寻找，可惜，他都没能找到一丝痕迹。熊伊凡太了解他了，知道他会采取什么样的行动，以至于，想要避开他，也太简单了。

这样的寻找之中，他碰到了齐子涵几次，听说，齐子涵遇到过熊伊凡一次，当时她正与一个特别帅的男生在一起。齐子涵还问颜柯，他们是不是吵架了。

不知为何，颜柯第一个想到的就是白语泽，他没有回答齐子涵，而是立刻去找白语泽。想找到白语泽就容易多了。因为外形优秀，白语泽总是会被女生们纠缠，颜柯甚至听说，追求白语泽的人中，不仅仅有女生，还有男生，这是颜柯没有过的遭遇。

白语泽见到颜柯时，总是一副幸灾乐祸的表情，笑得有些淫荡，这让颜柯越发不爽。

"你知道小熊在哪里吗？"颜柯问。

白语泽露出了超级吃惊的表情，用一种难以置信的语气问："天哪，小熊不是跟你形影不离吗,你怎么可能找不到她了呢?"

"少废话,我知道她曾经跟你在一起。"

"哎呀,不是曾经,是一直。"他说着,从自己的口袋里面取出手机,给颜柯看他与熊伊凡的短信,找了好多条,才找到关键的几条,随后拿着手机给颜柯看。

短信的内容是这样的:

白语泽:"最近还想那小子吗?已经好多了吧?"

小熊:"嗯,好多了,谢谢你的关心。"

白语泽:"那你要不要试试做我的女朋友,我可不比他差,哈哈哈!"

小熊:"好啊。"

还没等颜柯往下看,白语泽就将手机收了回去,放回口袋里面,对着颜柯露出胜利的微笑:"你自己也看到了,小熊现在是我的女朋友,所以,你在我面前,问我女朋友的下落,是不是有点儿……过分啊?"

"分手!"颜柯几乎是立刻说出了这样两个字,近乎发狠,那种极其强烈的情感让白语泽脸上的笑容都淡了几分。

一直是一名小清新的帅哥,看起来就是标准的乖乖牌,不染发、不抽烟、不去夜店、不花心,有的时候,让人觉得颜柯十分不真实。他一直是淡然的,好像一切尽在掌握之中,偶尔转得厉害,也是因为自信从容。

而这一刻,他像愤怒的狮子,发出不该属于他的怒吼。他讨厌大嗓门,讨厌难听的声音,可是,这一刻,他声音嘶哑,好似沙粒被人用鞋底踩压一般难听。

记得薛琳曾经说过,颜柯的占有欲格外强,他几乎将熊伊凡当成了自己的私人物品,谁也不许抢走,一旦发生威胁,这安分的少年必然爆发。

白语泽笑了,笑得嘲讽,长这么大都没有见过颜柯这样可笑的人。

他不跟熊伊凡在一起，还不许熊伊凡跟别人在一起，这是什么道理？他突然开始庆幸，幸好熊伊凡放弃了，不然真是要被这个极品给弄疯了！

"妄想。"白语泽语调平缓，神态淡然也是出于底气十足。

这更让颜柯觉得愤怒，他紧握拳头。可事实上，打架并不是他擅长的事情。他突然觉得委屈，又一阵难过，情绪莫名。

而最后，他冷静下来，开口问道："能让我跟她见一面吗？"

答案是明确的："不行。"

明西玥新学期没住寝室，而是出去租了一间房子。并非什么高档的小区，而是旧的居民楼，比熊伊凡家里还要破旧，楼梯都有些不均匀，一个楼梯高，一个楼梯矮，也不知是怎样业余的建筑工队，才能做出这样的杰作来。熊伊凡也被调了寝室，去了G座，和一个大一新生同寝室。

当然，明西玥出来打工是为给薛阳提供钱供养瑶瑶，仅此而已。瑶瑶是落魄千金，却改不了大手大脚的毛病，需求无度之下，薛阳只能跟明西玥借钱。而为省去不必要的麻烦，明西玥只能偷偷去打工。

熊伊凡觉得她简直就是疯了，有脑子就该劝薛阳放弃杜梦瑶，就算她得不到薛阳，也不能让他们继续耗下去啊。再怎么说明西玥也是一名千金大小姐，竟然为了养活别人的女朋友受这样的待遇，这究竟是什么道理？

可是后来想一想，自己当年不也是这样不顾及自己，只希望颜柯快乐吗？

仔细思考一番，突然长长地松了一口气，她庆幸不用自己去牺牲，换来颜柯与女朋友的快乐，那样，她会悲伤得疯掉。

这天，她跟着明西玥去了极为高档的理发店，剪了头发，染了亚麻色,又去商场扫荡了几身衣裳,用的全部是一张神奇的卡。那个时候,熊伊凡才知道什么叫奢侈的富二代,因为他们刷卡时几乎不会犹豫。她拒绝的时候,明西玥总会苦笑:"这个月的工资我还没给薛阳,钱花在你身上我还能好受点儿,不然我有钱就想给薛阳,给完了,自己心里就开始不舒服,是不是怪矫情的?"

后来,熊伊凡干脆不说话了。

明西玥是比她更可怜的人,可怜得让人觉得心疼。

熊伊凡对美一直没有什么概念,只是任由明西玥摆弄,结果回来后,她渐渐地开始受欢迎,吸引的却是一群女孩子。她的眉眼不如明西玥精致,却有明西玥没有的豪爽性格,以至于她也变成了一名颇为帅气的女生。

这个造型得到了白语泽的赞赏:"嗯嗯,小熊还是这样比较合适,长头发不适合你。"

当初她是为了让颜柯觉得自己是个女孩子才留的长头发,她也知道,自己像男人一样,长长的头发只会显得她是一个顶着假发的男人。现在的短发清爽了许多,也干净利落。

丢弃不合身的连衣裙,重新穿起印着字母的宽大 T 恤、破洞的牛仔短裤、一双网面的运动鞋。每天活跃在体育场,与男生称兄道弟,帮女生们提重的东西,遇到不开心的事情就张牙舞爪地扑过去,高兴的时候就扯着嗓门大笑,开开心心地做原本的自己。

一口气放手,一切做得洒脱,不会拖泥带水,这才是她的风格。

明西玥说:"我更喜欢现在的你。"

没有之前的郁郁寡欢,没有时常的患得患失,只有没心没肺的模样。

可是,偶尔想起颜柯的时候,还是会心酸,原本爽朗的笑声会突然一顿,然后抬头去看满世界的梧桐花,花开无声,落花亦无情,纷纷扬扬，撒了一地，谁知是悲伤，还是来年的希望？

结束一段感情，最为令人惊讶的事情，有时并非分开了，还爱着对方，而是结束了，居然还相信爱情。

她成天跟白语泽混在一起，在学校里面出双入对，她知道自己龌龊的心思，她只是想让颜柯看到，自己没有他，也可以与其他优秀的男生在一起，关系要好，过得快乐。

只是想让颜柯看到……

颜柯，你快来看啊，她真的过得很好，很好……

可惜颜柯看不到她，因为她跑得太快了，每次颜柯出现的时候，她都顺利地躲开了。还有一次，她偷听到了有女生对颜柯表白。

梧桐花开的树下，对立而站的少男少女，偶有人路过，会偷看他们一眼，最后还是离开，留给两人说话的空间。

"颜柯，最近看到你总是孤身一个人，就想着问问你是不是单身。如果你没有女朋友的话，可以考虑与我在一起吗？"表白的是一个清瘦的女生，并不如何漂亮，却很有气质，举手投足之间，有着与熊伊凡接近的女汉子味道。这恐怕也是她觉得自己有可能的原因吧，因为有不少人觉得，颜柯喜欢的是熊伊凡这类的女生。

"我对你没兴趣。"颜柯的拒绝依旧干净利索。

"可以告诉我理由吗？是因为我不够漂亮？"

"你嗓门太大，声音还不好听，说话的时候会喷唾沫，我接受不了。在一块儿上课的时候，你坐下就会抖腿、跷二郎腿，喜欢这样坐姿的女生一般腿形都不好看。另外，你呼吸声很大，应该会在晚上打呼噜，举止太粗鲁，也可能睡觉很不老实，我接受不了。当然，这些都是你需要的理由，我不答应你的理由很简单，因为我不喜欢你。"

"我……我不会放弃的，我会一点儿一点儿改变自己的！"

"其实，在一个男生拒绝你第一次以后，你大可不必继续了。如果他真的有可能答应你,是不会拒绝你的。一般拒绝你的男生分两种,一种是真的不想与你在一起,另外一种是穷装。而第二种男生,一定是一个虚荣心很强的人,和他在一起,你不会快乐。你就算继续维持下去,也只是一个很好利用的傻女孩罢了,那样你会受伤的。放弃吧,我们真的不可能。"

熊伊凡在听到这些话的时候,忍不住笑了起来。颜柯还真是进步了呢,如今拒绝其他人的时候,已经这么干净利落了。当初也只有她傻而已,愿意坚持那么久。于是她毅然决然地离开,不再偷听,完全不知道后续。

"你属于哪一种呢?"

"我以前属于后一种,现在都他妈后悔死了……"

颜柯说着,转身离开,留下错愕的女生。

呃,刚才男神他……说脏话了?

太稀奇了!

丁茗是一路看过来的,所以当颜柯打电话给她的时候,她还挺淡然的。

这两个笨蛋哟,到底还是走到了这一步。一个没心没肺,一个别别扭扭,这样的结果注定一般,并不让人惊讶,只是让人感慨,来得还真慢。

颜柯跟之前一样,面对她欲言又止,面色绯红,迟疑了好久,他才终于开口:"你能约小熊出来吗?不要说我在……我想见见她……"

丁茗并未答应,而是沉默地坐在店里,用吸管搅拌饮料中的冰块,嘴角的弧度泄露了些许为难。

过了许久,她终于开口:"你知道吗,小熊真的是一个倔强的女孩儿,她决定的事情,就会一条路走到黑,于是她被你戏弄、呼来喝去地追求了你三年。现在她放弃了,你就不要再去找她了,因为找了也是没用的,她决定的事情,是不会回头的。"

颜柯听完,长久地沉默,面前的冰激凌在一点点地融化,他却提不起食欲:"我……当时只是难为情,当时小熊很开心,我就忍不住……想逗她,其实我喜欢她……从高三的时候。"

"我早就知道了,你在谢师宴上说有喜欢的女生时,看着的人是小熊。小熊喝醉以后,小松送她回家,你急急地跟了出去,听说,后来是你将她背回去的?占有欲可真强啊……"丁茗说着,突然笑了,"可是你们还是错过了,因为你的态度让小熊没有自信,就算我这么告诉她,她也不相信你喜欢她。你也活该这么狼狈,明明喜欢,还摆出一副高高在上的态度。的确,初恋不懂得珍惜,你也是因为没有经验,但是……我还是觉得你活该。"

颜柯居然生不起气来,因为心中焦急,这几天他的嘴角还起了泡,说话的时候就会裂开,生生地疼。听着丁茗说的,他忍不住跟着苦笑,扯动了嘴角的伤口,再一次裂开,让他倒吸了一口气。

有个成语叫:自作自受。

现在这个词降临在了颜柯身上:自己作死,自己承受。

"就算你这么说,我还是想要坚持一下。其实可以像之前小熊追我,现在反过来,由我追她。"颜柯说着,歪了歪头,"也该是我来回报她了。"

"但愿你会像小熊一样执着。"

颜柯点了点头,结账离开,只留下桌面上融化成一杯液体的冰激凌。

初恋,总是因为不成功,才会被人深深记住,有的时候甚至会分不清,之所以如此记忆犹新,是因为当初错误地对待、没有勇敢地说出,还是被其他人拆散而导致分开的后悔更让人难以忘记?还是初恋本身的美好更让人念念不忘?第一次的爱恋,总是不成熟的,所以,他们总是把握不好。就好像第一次学走路会歪歪扭扭、第一次握笔写字会写得弯弯曲曲、第一次学习自行车会磕磕绊绊。

人们在爱上一个人的时候,都会告诉朋友,我爱上了一个怎样的人,却不会去想,该怎样爱对方。而他们也总是失去了,才会反省,不该这般对待,应该那样对待,而那时,谁还理你?

而青春就像一道难解的代数题,明明公式就摆在书本上,黑板上还罗列着例题,可惜学生们在实战的考试中遇到,还是会冥思苦想,随便写错一个步骤,就有可能全盘皆输。至于老师,会通过正确的步骤给予评分,这个评分,就是这场青春的判定。也只有考试的结果下来了,才能够正确地发现,并非自己全不懂,只是运用得不够娴熟罢了。

颜柯依旧寻不到熊伊凡的情况,这种情形维持到了十一放假。

回到家里,依旧是空荡荡的房间,肚子饿得打鼓,去到楼下,却没有开门的饭店。十一期间仍旧开业的店也只有超市罢了,就连菜市场也只有零散的几家开张而已。

他去到熊伊凡的家,发现熊老爹的蛋糕店也停业了,问了隔壁卖油条的大婶,才知道他们去旅游了,而她也在收摊子。

"老熊带着小熊去旅游了。小熊这孩子懂事,高考结束都没缠着她爸出去玩,这一次小熊好像心情不太好,她爸就带着她去散散心。"

颜柯无功而返,去超市买了几包方便面,煮了之后发觉水放多了,而且,也煮得有些过劲了,筷子根本夹不住面,一碰就断了。然后他捂着肚子,看着冷清的房子,实在无聊了,去了母亲的店里,结果母亲忙得没时间理他。

以前他也是这样的,不知为何,这一次他觉得出奇寂寞。坐在角落连续吃了三个苹果,又觉得肚子不舒服,里面一阵阵泛酸水,他却委屈得快要哭出来了。

他回到家,打开自己的电脑,将自己曾经的日记照下来,发到了网上。

　　一封羞于送出的信。

敬启：

　　总在说喜欢我的你。

　　我无法猜测，你看到这封信时会是怎样的情形。我想，多半是你已经放弃喜欢我了，而我也默然承受了心中的失落，然后，丢弃了这封信，却被你发现了。

　　其实我也不明白，为什么突然想写一封信给你。明明我只需要拿出手机来，拨通你的电话，你无论是在睡觉，或者是累得浑身麻痹，都会愿意接听我的电话。为了能与我多聊几句，你总是会提起无聊的话题，一个人独自在电话那一端傻乐。

　　瞧我，竟然这样了解你。

　　想要用这一种古老的方式，在纸上诉说我的心情，这种想法只是一瞬间的冲动，于是我取出了信纸，展开铺平，却看着信纸开始发呆。笔尖一下一下地磕着桌面，嘴角溢出嘲笑自己的弧度，却还是认认真真地写下了这些文字。

　　我知道你喜欢我，我看过太多女生喜欢我时的模样，你是其中的典范。因为你很简单，一个眼神、一个举动，就能够让人看透你。根本不会出现"啊，这个女生真是莫名其妙，女人心海底针"，或是"她究竟想要表达什么"这样的心情，就好像小学三年级做的苹果数量的题目，没有任何挑战难度。

　　其实，我不喜欢你叫我男神，听起来丢人透了，就好像白痴在叫白痴一样！

　　你知道吗？听说你为了追我，拼命地美白，在夏天的时候我去了海边，躺在椅子上时，我将自己完全袒露在阳光下，晒了整整三天，心中想着，是不是我晒黑一点儿，你就不用那么努力了。然后我发现，成果竟然是：皮肤被晒得脱了一层皮，却完全没有黑，还险些被晒晕了。这让我发现，原来，你想变白，就好像我想变黑一样不容易。

我们，是不是都为了对方，很辛苦呢？

或许，我喜欢你？

也许吧，我是喜欢你的，我有些分辨不清楚。到底，是不是喜欢，喜欢又是怎样一种心情？我弄不清楚，我只知道，我在写这封信的时候，心中想的全是你。

熊伊凡，说不定，我真的有点儿喜欢你。

你有没有发现，你的确一直陪着我，与此同时，我也一直在你身边。

——颜柯（高三下学期凌晨一点）

颜柯为这张图片配上了一段文字：原本，这是我在高三那一年，准备夹在练习册里面一块儿送给你的礼物。现在，它却还留在我的抽屉里。不过，你可以去翻翻书架上的书，拆下书腰看里面的文字，那里，有我写给你的话。原谅我好不好，我真的很喜欢你。

| 第十五章 |

深爱的人就好像洋葱,报复他
伤害他的时候,自己却在流泪。

熊伊凡在十一期间国内旅游的总结就是:人多。

感想是:挤死了。

在她计划着干脆奢侈一把,转途去西藏的时候,丁茗突然打电话给熊伊凡,问她:"书腰上的字是什么啊?"

熊伊凡被问住了,这简直是异次元的事情,让她半天才反问:"什么书腰?"

"你没看微博啊,小白那封信都转发过万了。"

"啊?"

"深情表白,求你回头呢!"

"啊?啊啊啊!"

"颜柯都苦苦寻找你将近两个月了,你也该解气了吧?"

"……"原来自己在丁茗心里,还是那么没骨气,放弃了两个月,还是不肯相信她真的放弃了。

熊伊凡快速挂断了电话,用手机登录微博,摆弄了好半天,才将颜柯的那封信找出来。拥挤的人群之中,她狠狠地找了一处落脚点,用食指划着屏幕,将图片放大,终于能够看清上面的文字。

一个字一个字地读，反复读了三遍，熊伊凡才颓然地坐在了椅子上。熊老爹好奇地探头，熊伊凡却将手机藏了起来。

"爸……我想回家……"

"好不容易出来一趟，再玩两天吧？"

熊伊凡指了指前面漫无边际的人头，说道："你看这人挤人的模样，景色真就不如咱家旁边的小河沟好呢！"

熊老爹一听也是，随后提议："要不去西藏吧，听说那边人少点儿。"

熊伊凡想想也是，自己都等了三年了，还差这点儿时间？便也不再推辞，跟着熊老爹，当天便坐着火车去往西藏。

其实，看到颜柯的信，她不能说不激动，三年单恋的感情，终于有了结果，还是令人满意的两情相悦，她甚至觉得，自己的人生都圆满了。可是想到自己这段时间来受的委屈，以及颜柯戏弄时得逞的笑容，就觉得气愤难当。

凭什么自己追求的时候，颜柯就可以傲娇对待，颜柯回头的时候，她就该屁颠屁颠地凑过去？

她才不要。

之前郁郁的情绪一扫而空，让她颇为欢喜地迎接了这一次的旅游。

宏伟的布达拉宫，摆设精美、布置华丽，墙壁上有着象征佛教信仰的神圣绘画，红宫之中供奉的佛像，以及一名名活佛喇嘛，庞大的大昭寺、景色如画的罗布林卡，让熊伊凡十分兴奋。

熊老爹的照相水平不如白语泽，熊伊凡的留影之中，大多是标准的剪刀手，但是这并不影响熊伊凡的好心情。就好似阴雨成灾的地方，突然出现了明媚的太阳，晒干了所有的阴晦，让周遭的一切，都充满了芳香的味道。

玩够了，刚下车回到家，就在楼梯那里看到了蹲在她家门口傻等的颜柯，不由得一怔。

这是从上一次见面之后，两人阔别两个多月之后第一次四目相对。

仿佛隔了整整一个世纪，两人都变了模样，颜柯是第一次看到熊伊凡现在的短发，当即想起了当年向自己要电话号码那个勇敢的女生。

熊伊凡则从未见过这么狼狈的颜柯，蜷缩着坐在楼梯上，双手抱着膝盖，像是躲避寒冷的小动物。他的模样很是憔悴，好像很多天都没有睡好，白皙的脸蛋上浮着分明的黑眼圈。他好像又瘦了，上一次陪他去买的牛仔裤有些松了，显得有些晃荡。他看到熊伊凡之后想要起身，身体却有些发僵，情急之下，竟然好像要跌下楼梯。

熊伊凡下意识过去扶住他，却被他用力地握住了手腕，苍白的脸孔上漾出笑容来："终于抓到你了，这回我不会松手了。"

不知为何，熊伊凡突然有些眼眶发热，若不是熊老爹轻咳了一声，她说不定就会哭出来。

"进屋说。"熊老爹说着开门，让两人进去，从始至终，颜柯都没松开她的手。

熊伊凡的手心有些出汗，却还在装傻，她好似无所谓地摆放着自己的行礼，随后开口问颜柯："你找我有事啊？"

"微博你看了吗？"

"什么微博？"

颜柯略微失望了一下，却没有继续纠缠这个问题，而是犹豫着开口："你……能不能跟白语泽分手？"

这句话出乎熊伊凡的意料，她愣了一下，随后奇怪地回答："我没跟他在一起啊！"

"你们不是发短信说交往了吗？"

熊伊凡觉得颜柯有些莫名其妙，从自己的口袋里面取出手机，直接丢给了颜柯："你别无理取闹好不好？你自己看，我什么时候跟他交往了，说得好像我多水性杨花似的。"

颜柯接过手机，翻到了白语泽曾经给他看过的短信，内容如下：

白语泽："最近还想那小子吗？已经好多了吧？"

小熊："嗯，好多了，谢谢你的关心。"

白语泽："那你要不要试试做我的女朋友，我可不比他差，哈哈哈！"

小熊："对不起。"

白语泽："算了，我早就猜到是这样的结果了，我也不强迫你，等你真的喜欢我了，再接受我吧。我们继续做朋友可以吧？"

小熊："好啊。"

颜柯看着看着，眼角有些抽搐，白语泽竟然删掉了最关键的两条才给他看，他不误会就奇怪了！

熊伊凡叉着腰观察颜柯，发现他很快地按了通话键，在白语泽接通的瞬间，骂了一句"贱人"，随后就挂断了电话。

熊伊凡惊呆了！

颜柯将手机调成静音放在书桌上，走到书架前取出自己曾送给她的练习册，将书腰取下来递给了熊伊凡："我在谢师宴上提起过的表白在这里，你一直没有回答我，现在给我一个答复吧。"

其实她也一直好奇颜柯到底在这上面写了什么，便伸手接过来，只看到一排冷艳高傲的文字："我也喜欢你。"

她几乎是在瞬间就将书腰丢在了地上，咆哮道："你的表白还敢不敢再含蓄一点儿！"

轻薄的书腰被丢得发出"啾"的一声，竟然也颇有气势。

"你给人的印象就是会把书腰扯下来的人啊！谁知道你居然不看这里？"颜柯回答得理直气壮，气得熊伊凡直翻白眼。

"你送给我的礼物，我当然会好好珍藏啊！你当这是超市的购物条，会随手就扔的？"

"那你现在回答我不就好了吗？"

"你当我是旅店啊，想睡就睡，想走就走？"

"你不是说你喜欢我，喜欢到想睡了我吗？我现在给你睡，你答不答应啊？"说着，还双手交叉扯着自己的衣角，好似只要熊伊凡点头，他就会马上脱衣服。

熊伊凡从未想过颜柯会说出这么豪放的话，一时之间还有些适应不了。她咬了咬嘴唇，想要矜持，手却不由自主地前伸，恨不得直接将面前这尤物给脱个干净，看个痛快。

纠结良久，她才狠下心来说道："我考虑考虑。"

随后坐在了书桌前，装模作样地打开电脑，电脑屏幕上却总是保持着开机画面，显然是许久未曾开机，这老电脑闹了情绪。

颜柯见熊伊凡这般模样，显然是心软了的，便也不着急了。他扯了扯衬衫的纽扣，随后扶住了熊伊凡椅子的靠背，凑过去用鼻尖蹭她的脸，用一种近乎诱惑的口吻问："我最近换了新牙膏，你要不要尝尝看？"

"我……我……我又不是变态。"熊伊凡躲了躲，又用手去推开颜柯，心中却开始不争气地悸动起来，这也使得她的脸颊绯红一片。

她追求颜柯的时候，不但是变态，还是偷窥狂，会到颜柯的浴室看洗漱用品的牌子，然后偷偷买来同一个牌子，甚至是男士洗发水，这样，她身上就能够散发出和他一样的味道，满足她的自我陶醉。

颜柯笑了起来，拉过一把椅子坐在她身边，舔了舔嘴唇，伸手握住推着自己的那只手："哪，做我女朋友好不好？以后我绝对不欺负你，也不戏弄你，你说的每一句话，我都会听。我喜欢你，还会一天比一天更喜欢你，原谅我之前的任性好不好？"

听着他讨好似撒娇的口吻，一个劲地哄着她，她心中真是暗爽不已。她也明白，这一次绝非戏弄，不然颜柯不会摆出如此大的阵仗。如果不是真心，不会愿意放低身价，自降尊严，来求她这样的女孩子。

没有谁会对一个落败者穷追猛打，除非是真的喜欢。

可是，她心中还是充斥着一股子埋怨的情绪，就像青春期叛逆的心理，让她明知道会伤害对方，还是会说出冷冰冰的话语来："难道我在你心中，真的是招之即来，挥之即去的那种女生？你让我滚，我滚了，现在你却想将我追回来，很可惜，你一直没有我速度快。"

颜柯脸上游刃有余的表情一僵，随后收敛了微笑，身体不自在地挪了挪，衣服挤出的褶皱都透着一股子失落。他舔了舔嘴唇，酝酿了一会儿才说："那我就一直追，追到你累了，停下来歇脚的那一天。"

"那你滚一个我看看？现在从我房间里出去，离开我的视线。"

这一句话够狠，让颜柯整个人都呆傻在了当场，原本十分机灵的模样也不复存在了。熊伊凡今天的态度颠覆了他对她的认知，他原本以为，他只要诚心，总会让熊伊凡回心转意，因为她是喜欢自己的。

现在看来，是他异想天开了。

"我会再来。"颜柯说着，低迷地离开房间，到门口却朗声与熊老爹打招呼，"熊叔叔，我在追求小熊，您记得帮帮我，等我跟小熊结婚的时候，我会让家里多弄点儿彩礼的。"

熊老爹嘿嘿直笑，并未说话，却偷偷朝颜柯比了一个 OK 的手势，颜柯这才离开。

听到关门声的一瞬间，熊伊凡几乎是从椅子上跳起来的，从房间里探头向外面看，见并没有颜柯，才问熊老爹："走了？"

"嗯，你也别将小白折腾得狠了，他是个要强的性子，万一放弃了，有你哭的。"

"我也挺要强啊……"

"是，我闺女要强，要的男朋友比谁的都强。我觉得小白不错，有礼貌，会说话，学习好，长得也好，跟你在一块儿也挺合适的。就

是有点儿瘦了……"

"您女儿壮实啊!"

"你太壮实了,你爸我都没腹肌,你弄了六块。"

"……"

熊伊凡沉默了,猫腰回了房间,重新捡起书腰,小心翼翼地放在桌上仔细端详了半天,才又包在了书封外。随后,又打开微博,用电脑看微博上的那一封信。

她对颜柯的字体太熟悉了,甚至能够分清他每一时期,写字时是怎样的笔锋。她的抽屉里面,到现在还装着颜柯的字帖。

颜柯的这一条微博转发量很高,高得熊伊凡都有些被吓到了,因为他在微博里提到了自己,以至于这一条微博被转发一次,她就会被提到一次。看着密密麻麻的话语,大多是羡慕与祝福,女汉子追男神成功的实例摆在这里,她微博里面曾经的相片也遭到了围观,她曾经的微博下面,也出现了不少评论。

她当即俯下身脸滚键盘,心情难以言说。

过了好久,她才意识到自己的手机屏幕一直亮着,接通电话便听到白语泽的咆哮:"小熊,不要跟那个颜柯在一起!他居然骂我!"

"你做了什么丧尽天良的事情,能逼得他说脏话?"

"你居然护着他!没良心,在你最难过的时候,是谁英雄一样出现,你都忘记了吗?不是说好要做彼此的天使吗?你居然这样,我好伤心,你去死一万次好吗?"

"呃……你听我说……"

"不听不听不听!你到底想说什么?"

"……"

当颜妈妈走进熊伊凡家里的蛋糕店时,熊伊凡真被吓了一跳,因为她很少见颜妈妈出现在非美容院的地方。

颜妈妈见某人表情僵直，当即露出了愁容，抱怨起来："与小白闹别扭，居然连阿姨的手机号码也拖黑了？"

"我……"熊伊凡有些不知道该如何回答。

"你去医院看看颜柯吧，伤了手，也不知道还能不能弹钢琴。"

熊伊凡被这消息吓了一跳，心脏猛地收缩了一下。

"他受伤了？"

"嗯，自己在家里发脾气，摔了杯子，砸了酒柜，划了手，正在医院里挑玻璃碎片呢，我都不忍心看，就先来找你了。"颜妈妈说着，眼圈一红，自己的儿子自虐，能拯救他的只有熊伊凡了。

熊伊凡知道，颜家亲戚众多，每个都有着极好的前途。颜妈妈当年也是靠文艺生上的大学，之后认识了颜爸爸。所以，颜家也是因为这一点，瞧不起颜妈妈许多年，几番冷嘲热讽，让颜柯心里有了疙瘩，以至于他明明可以被保送，却还是瞒着家里，觉得文艺生是拿不出手的事情，会让父母丢脸。家里的互相攀比，造成了颜柯很大的压力，让他对人情世故越来越寡淡。

现在，他还因为自己的性格，将熊伊凡也赶走了。

然而，颜柯就算是喜欢，也喜欢摆出一副高高在上的姿态，这是他性格上的缺陷。其他的孩子小时跟着大人看电视剧也会耳濡目染，知道点儿爱情是什么。偏偏颜柯很少看电视、小说、漫画，以至于他在这方面完全就是空白。

颜柯的生活一直是在练琴、学习。高一忙碌着跳级，跳级结束，随后就是高考，他就好似忙碌不停的缝纫机，整日整夜没有空暇时间来想起他自己。现在，他终于明白喜欢一个人是怎样的心情，却不会用什么手段来挽回，任性地去伤害自己，又有什么用呢？

熊伊凡动作利索地摘了围裙，将头顶上的厨师帽子取下来，匆匆跟着颜妈妈出去,竟然忘记了跟熊老爹打招呼。

等两人到达医院,颜柯的伤口已经处理完了,正一个人颓然地坐在医院的走廊上。他的脸色有些灰败,显然是之前挑玻璃碴的时候被折腾的,这位小少爷已经有些吃不消了。

熊伊凡走到他身边,叉着腰喘着粗气,想瞪他,眼神却忍不住柔和下来。想生气,却发现自己心里软软的。

"疼不疼?"

"他们都不给我打麻药。"颜柯说得很委屈,就像一个孩子,噘起唇瓣,鼻尖有点儿红,却没有哭出来。

"打麻药还怎么知道有没有玻璃碎片啊?"她说着,坐下来看颜柯的右手,手指没有事,只是手掌有伤口而已,应该不会影响到弹钢琴,不过,右手小拇指会受到些许牵连吧。

颜妈妈看着两人,连连表示:"我去给你们买点儿东西吃。"说着一溜烟跑了。

颜柯探头看了看,确定颜妈妈没有躲起来偷听,这才眼巴巴地看着熊伊凡:"心也疼……"

熊伊凡长长叹了一口气,伸手将颜柯抱住,将头搭在他的肩膀上,开口抱怨:"我果然对你狠不下心来,你不是很聪明吗?怎么不想点儿别的招数?"

"聪明是智商,不证明情商同步。而且,之前都是女生们主动靠过来,我从来没思考过要怎么追女生。"

"这话让你说的,弄得我突然好想揍你一顿。"

"你揍我都比不理我让我觉得好受。"说着,他单手抱住熊伊凡的腰,笑眯眯地问,"明天跟我一块儿回学校吧?"

"好。"

"我手受伤了,不能正常活动了,你来我家里,给我做饭吃吧,我可是很挑食的。"

"你本来就长了一张挑食的脸,我说,这算不算苦肉计?"

颜柯得逞似的嘿嘿直乐,抱着熊伊凡便不松手,弄得她哭笑不得。两人真在一起了,万一这小子以后发脾气乱砸东西怎么办?在她看来,这小子砸东西的战斗力不该比齐子涵弱吧?

现在想想,颜柯真够理智的,不然他真跟齐子涵在一块儿了,绝对是俩败家子。

"我说你以后别再搞破坏了,不然家里都养不起你,你家酒柜上的红酒多贵呢。"

结果,一句话引得颜柯学霸模式开启,直接喋喋不休起来:"做每一件事,都应该计算能够得到多少回报。比如我今天这么做,能换你回到我身边来,我就觉得很值得。但是以后我们在一起了,我再这样,能换来什么?让你知道我脾气很大,还是让你敬佩我砸东西时的英姿?显然是不理智的,正所谓理智的吵架,就该冷战到底……"

"得得得,屁大点儿事让你说得这么道貌岸然。"

"你是屁大点儿啊?"某人特意抬手给她看。

熊伊凡思考了几分钟,才明白其中的意思,不由得暗暗叹气,自己到底还是周旋不过颜柯。

两人离开老家,坐飞机回学校的时候,熊伊凡的左邻右舍都已知道,小熊跟小白在一块儿谈恋爱了。

两人形影不离了三年多,终于修成正果了,在不少人的意料之中。不过熊伊凡心里还是怪怪的,她追了颜柯三年,颜柯追了她两个月,结果自己就妥协了,真够没出息的。不过,扭头去看靠在自己肩膀上睡得甘甜的俊俏脸庞,最后还是十分不争气地感叹:没办法,谁让他是自己的男神呢?

飞机穿梭在云层之中，放眼望去，天空蔚蓝，云彩好像就在脚下，触手可及。

有时候期待一件事物久了，真正得到了，会觉得十分不真实。

闭上眼睛再睁开，发现这一切并非梦境。熊伊凡眨眨眼，用另外一只手去轻轻抚摸颜柯的头发，又小心翼翼地碰了碰他纤长的睫毛，嫉妒得不行。

一个男生的睫毛长成这样，真是不像话。

颜柯的睫毛颤了颤，随后睁开眼睛，探寻地看向熊伊凡。两人对视了片刻，都没有什么要说的，却同时笑了起来，心中也被一种甜甜的味道所占满。

他们终于在一起了。

下了飞机，两人先去了颜柯在外租住的屋子。一踏进门，扫到眼前的凌乱，熊伊凡简直惊呆了。颜柯一边踢着脚边凌乱的袜子山，一边拖着行李走了进去，听到某人一声哀号的时候，一溜烟躲进屋里不再出来。

一口气将灾难现场一样的房间收拾干净后，已经是三个小时后的事了。颜柯盘着腿坐在沙发上嗑瓜子，见熊伊凡出来，当即拍了拍身边的位置："过来坐。"

熊伊凡一屁股坐下，伸手拿起桌上的饮料喝了一口，扭头就准备训颜柯，却被他一瞬扑倒在了沙发上。然后挪了挪身体，跪坐在她身上，毫不犹豫地俯下身去吻她的唇。

这个吻带着一丝迫不及待，甚至是想要用最快的速度占为己有，以至于他的吻近乎碾压，好像将自己这段时间所有的想念，都施加于这个吻上面。

熊伊凡伸手抱住了他的脖子，热情地回应，这个让她深爱的男人，终于属于她了。

"唔……唔……"颜柯只觉得一阵天旋地转,就被熊伊凡反过来扑倒,犹如一只饥饿的野兽。

吻,越发浓了。

午后的阳光透过窗户进入屋中,斜斜地投射在沙发上。静谧的空间内,交缠着暧昧的呼吸声,与衣服碰触时窸窸窣窣的声响,任由光束渐渐转移方位,时光流逝如同潺潺流水,他们也没有在意。

相恋的人,总是想要尽可能地拖延时间,多与对方在一起,以至于颜柯将熊伊凡抱在怀里,亲昵地吻着她的额头时,还在试探性地问:"能不能搬来跟我一块儿住?"

"太快了吧?"不是熊伊凡保守,而是她实在跟不上颜柯的节奏。

"其实……上大学之后,我已经默认我们是交往状态了,所以,我们也算是在一起一年多了……"

"我是当事人,为什么我不知情?"

"我最近手受伤了,需要人照顾……"颜柯居然开始撒娇,这是极其犯规的表现。

熊伊凡努力地克制自己泛滥的母爱,当即拒绝:"你还有一只手能活动,可以照顾好自己的,甚至包括你的小弟弟。"

"……"

之后,熊伊凡做好了晚饭,两人吃完饭,颜柯还很自觉地去刷碗。熊伊凡站在他身边督促,看他做得像模像样了后才从身后抱住他的腰,很是满足地哼哼了两声:"总感觉不太真实呢!"

"是不是让你刷碗,你才觉得我还是以前的我?你知不知道一只手刷碗有多累?"

"你手指又没受伤,可以捏住碗边。你可以做好的,我相信你。"

"……"

熊伊凡和颜柯在一起的消息在学校里造成了不小的轰动。

反应最强烈的，恐怕是白语泽了。他哭天抢地地反对，却以无效告终，最后当着颜柯的面立誓："我会黑你一辈子的！让你变成小黑！"

颜柯却懒得理他。

熊伊凡带着颜柯去见她的朋友，这让颜柯有些惊讶，没想到熊伊凡能够在一个月内交到这么多哥们儿。

运动场内男生们三三两两地与熊伊凡打招呼，看到她与颜柯拉着手，都十分好奇："小熊，这是你男朋友啊？不错嘛！"

"哎哟，小伙子，你可得珍惜小熊，不然哥几个可不放过你。"

随后就是一群叽叽喳喳的学妹，围着熊伊凡大叫："学姐，你怎么交男朋友了？你不要我们了？"

"学姐，你男朋友还蛮帅的嘛！"

"学姐！我们永远爱你的。"

颜柯听了，直接将熊伊凡拽到了自己身边，对着那群学妹近乎于示威地宣布："我也爱，所以，她是我的。"

"占有欲好强哦！"

"吃醋了吃醋了！我居然被萌到了！"

颜柯被这群学妹弄得节节败退，最后只能是被她们七嘴八舌议论的份儿。

这时他才发现，只要熊伊凡愿意，她可以用短短一个月的时间，结交一群肝胆相照的好哥们儿，却笨笨地用了三年，也没能搞定他这个所谓的男神。

其实，所谓的男神，并非这个男人有多么仙风道骨，或是多么帅气、多么有钱、多么狂霸酷跩屌，而是，这男人在女生心中，占领着神一样的地位。往往，自己的男神，在别人看来也只是一名一般的男生罢了。可她就是那样爱，爱得快要疯掉了。

| 第十六章 |

将这份绝无仅有的宠爱全部给你,爱你爱你,生命不止,此爱不息。

跟喜欢的人在一起,时间总是会过得特别快,一朝一夕,一个昼夜循环,接连不断。好似有对方在身边就会刀枪不入,水土不侵,强大到难以想象。

幸福也会简单到推着一辆购物车逛超市,放学时牵手回家,一边骂对方懒蛋一边去煮泡面,或者是争吵后气红的脸,又很快心软的态度。就好像盛开的向日葵,接受了充足的阳光,展现出明媚的姿态,结出硕果累累。

两人是从大四之后才开始同居的,一同住在颜柯租用的小屋里。

熊伊凡强拉硬拽地带着颜柯每天早晨出去跑步,而她的待遇就是每天都要听颜柯弹钢琴。还别说,她真就被强制性培养得有了些许艺术细胞,至少不会是一开口就破锣嗓子,甚至不知晓贝多芬是弹钢琴还是拉小提琴的。

住在隔壁的美女偶尔会来他们家蹭饭,之前对颜柯有所图谋的女人,现在居然成了两人的爱情顾问,没少教两人相处之道。不过,这不代表熊伊凡会对她掉以轻心。熊伊凡总是恨不得在颜柯身边盖起铜

墙铁壁，将自家男神圈在其中，任何女人不能侵犯。

之前学校选校草，颜柯虽然是候选人之一，最后还是落选了，因为他有女朋友了，而且，他的女朋友还不是太能……带出手的那种。不过，颜柯在女生们心中的地位还是很高的，不是校草，却成了情圣。

这让熊伊凡觉得啼笑皆非，一个连恋爱都不会的家伙，居然成了情圣，这是什么道理？不过，与颜柯在一起的各种小问题，还是只有熊伊凡自己知道的。

在同居一个月的时候，熊伊凡突然得了一次荨麻疹，具体的得病经过为：熊伊凡洗完澡后开着窗户，在卫生间里给颜柯洗袜子，不出一天，就冒出了一身鲜红色的斑，皮肤瘙痒得厉害，弄得她十分难受。

去医院开了药，最后只能在家里静养，躺在被子里，连屋子都不能出。颜柯理所应当地承担起了照顾熊伊凡的角色，每天在家里忙碌着做饭。对一个生活笨蛋来说，照顾一个病人简直就是如临大敌。

为熊伊凡煲粥时，他原本只是想掀开锅盖看一看粥成型了没，结果却被热汽灼伤了手，手背与手臂变得红彤彤一片，无论他是用水冲，还是用酱油涂抹，那里都十分难受，针扎一般痛。

就算这样，还是要帮熊伊凡准备好饭，将粥端到床边，就看到熊伊凡在床上来回打滚，嘴里喊着："痒死我了，我要忍不住了，我想抓……"

颜柯将粥放在床边，让她自己来吃，熊伊凡却嘟嘴："这么烫人，人家怎么吃？"

原本以为颜柯会用勺子帮她吹凉了粥再喂给她，结果，颜柯竟然动作利索地去冰箱里取出了几块冰块，放在碗里，对她拱手示意："可以吃了。"

熊伊凡迟疑了良久，才开始动筷子，其间还忍不住问颜柯："我现在的样子是不是很丑啊？"

"不会啊，你也没漂亮过。"

"我前一阵看了个电视剧，光绪得了天花，慈禧太后看到之后就说什么你的脸像天上的星星……你就不能这么说说我？"

"嗯，你的脸就像动物园里的猩猩。"

"……"

熊伊凡彻底老实了，将粥吃了，才又重新躺下。

颜柯为她准备了一片安眠药，让她睡着了，她就不会这么难受了。

等到熊伊凡睡着，他才开始处理自己手上的灼伤，将手放在水盆里面泡了半个小时左右，又在伤口上涂抹了盐消炎。处理好了手，出来的时候，看到熊伊凡在睡梦之中仍旧会去抓身上的皮肤，这才拿过一张椅子在床边坐下，取来指甲刀，帮熊伊凡修剪指甲，将其磨整齐，让她抓痒的时候不至于抓坏了皮肤。

将一切做好之后，便一直坐在床边看着她，一坐就是一下午。

如果不是真的跟熊伊凡在一起，颜柯也不知道原来自己也能用心地照顾一个人。他从熊伊凡身上学到了许多，以至于他在照顾她的时候，也没有觉得烦躁，而是理所应当。

好在这一次的荨麻疹，熊伊凡只用了三天就好转起来。不过之后几天她还是被颜柯扣在了家里，弄得某人天天在家里举哑铃。

颜柯渐渐地在意起一个人来，就是熊伊凡手机里的那个轩。

他记得，这个轩在他们高三时就经常给熊伊凡寄东西。后来，他们交往后，这个人还给他们寄了情侣项链，这都应该是颜柯送的，结果，这个轩总是一次次地喧宾夺主。

不过看样子熊伊凡似乎不准备告诉他这个轩到底是谁。

他曾偷偷看过熊伊凡的手机，发现她发给轩的不少短信，一条接

一条,却从未得到回复。

越来越在意她,乃至越来越在意她所有的事情。可真要去逼问,又显得不妥,于是,某人默默地纠结上了。

不过事情的转折,发生在熊伊凡去学校交论文的时候。

两人老早就约好,一起去看电影,结果她却突然爽约了,这是十分罕见的事情。本来颜柯下午没课,就在学校门口的长椅上等熊伊凡一同去看电影,顺便懒洋洋地晒着太阳。

正是六月,天气渐渐转暖,和煦的阳光带着一丝波澜不惊。偶尔有女生路过,看到颜柯都会多扫几眼,这种养眼的男生总是令人百看不厌。渐渐地,也有女生跃跃欲试,想要凑过去跟颜柯要电话,却看到他脸色一变。

不远处,熊伊凡一边打电话,一边快速地跑出了学校,颜柯赶紧站起身来,还未等他开口唤她的名字,就看到她钻进了一辆银色的跑车里。几乎没有任何逗留,这辆车直接启动,扬长而去。

颜柯错愕地目视着这一切,很快就听到自己手机的铃声响了起来,接通电话,是熊伊凡歉意的声音:"小白,今天的电影我恐怕不能去看了,我要去见一个人,很着急,所以……"

"见谁?"

"是……轩,等有机会,我介绍你们见面好不好?"

"他是谁?"颜柯努力让自己的声音听起来足够平稳,可是发紧的喉咙之中,溢出来的全部是坏情绪。

熊伊凡沉默了好一阵,才用一种苦涩的声音说:"其实,我也不知道该说他是我的什么人,等我回家再与你详说,可以吗?"

颜柯有些想发火,最后还是忍了下来,挂断了电话,心中却泛起一股子酸味。

这个轩,好像比他都重要!

重新坐回长椅上,颜柯傻呆呆地望着天良久,才发觉自己忘记问熊伊凡什么时候才能回来,不由得有些懊恼。再次打电话过去吧,还会显得自己不相信她,最后干脆将电话打给了丁茗。

"你能告诉我轩是谁吗?就在刚才,小熊说她要去见一个叫轩的人。"

"轩吗?如果小熊要见的人是轩,那请你不要打扰。"

"什么意思,我不要打扰我的女朋友去见其他的人?"

丁茗那一边很吵,似乎是在寝室里,她很快转移了地方,确定周围没人了才开口:"嗯,轩是小熊的哥哥,亲哥哥,现在跟小熊的母亲在一起生活,所以你不必吃醋,他们只是兄妹。"

颜柯听了之后觉得很莫名其妙,既然是兄妹,有什么说不出口的呢?他们是情侣,为什么熊伊凡要对他有所隐瞒?

"为什么我从来没听她说过?而且他们两个怪怪的。"

"你恐怕不知道熊伊凡父母离婚的原因吧?熊叔叔一直没能干出什么事业来,家里的糕点店看着风光,实际上许多材料都很贵,熊叔叔也不愿意偷工减料坏了招牌,所以净利润并不高。小熊的妈妈有些忍受不了,便跟一个有钱的男人跑了,是直接离家出走了无音信那种,留下熊叔叔照顾他们兄妹。几年后阿姨回来了,说要离婚,熊叔叔当然会答应,但是这还没完,阿姨要带走轩,因为富商没有孩子,她要带走轩做富商的儿子,还要他改姓。"

颜柯听了之后,沉默了半响。

当初颜柯跟熊伊凡谈恋爱的时候,父亲也曾经说起过,觉得熊伊凡家里的条件一般,还是个单亲家庭的孩子,有些不太同意。如果不是颜柯态度坚决,颜妈妈帮着劝说,颜爸爸怕是会态度强硬地拆散他们。毕竟颜妈妈在家里被欺负这件事情,他也是知道的,熊伊凡嫁过去,

只会遭遇同样的处境。

现在看来，熊伊凡的妈妈之所以离开，也是因为经济问题，就好像他爸爸挑剔熊伊凡的家世一样。

"然后那个轩跟阿姨走了？"

"嗯，毕竟熊叔叔养两个孩子很辛苦，而且轩也不忍心看自己的母亲流泪。令人想不到的是，富商的态度居然是轩不许与熊叔叔、小熊有任何联系，不然就不认这个儿子。轩曾经想要离开的，最后还是被阿姨留下了。我跟小松曾经陪着小熊去轩所在的贵族高中找过他，当时轩看到熊伊凡大惊失色，直接赶小熊离开，模样冷漠到了极点，让小熊觉得轩可以为了钱，连亲情都不要了。结果，有一次小熊得了重感冒，烧得糊涂，熊叔叔还去外地进货了，不在本地。小熊当时只想到轩，就给轩发短信，结果轩没回。小熊本以为轩不会理她了，还哭了一场。没想到，凌晨的时候轩却赶回了家，身上穿着雨衣，气喘吁吁，竟然是下雨天打不到车，直接跑去的。也幸好这兄妹俩体育都很好，不然一般人是坚持不了的。"

颜柯耐心地听完了，才问："所以，他们其实是互相关心的，只是不能相认？"

"算是吧，其实没有太复杂，就是小熊每次想到轩，都会觉得很心酸。她一直很懂事，也很喜欢父亲，她是心疼自己的父亲。"

熊伊凡跟熊老爹的感情好，这是颜柯一直知道的，有时他甚至觉得两人不是父女，而是朋友。熊老爹对熊伊凡不是溺爱，也没有将熊伊凡捧在手心里那般珍重，却有着浓浓的亲情在无声地渗透。

家家有本难念的经，这种事情很难判定究竟是谁对谁错。不能说熊伊凡的妈妈爱慕虚荣，谁都会向往更好的生活，叫去自己一个儿子陪伴，也没有什么不妥。也不能说熊老爹没有出息，他也在努力经营自己的生活，没有能力过得更好，却不至于过得很糟。

只是苦了这两个孩子,生怕自己一个不小心会伤害到父母,做出的事情处处小心,竟然是与至亲至爱的人冷漠分离。其实他们最想的,就是能够生活在一起,早上一起吃早饭,争抢洗手间,晚上坐在沙发上抢遥控器,或者是在对方失落的时候拍着对方的肩膀鼓励。

"我知道了,我会让他们在一起聚一聚的。"颜柯说着,突然想到了什么,又补充了一句,"不过我不会允许她夜不归宿。"

丁茗听了咯咯直笑,拿着电话便开始数落颜柯:"你个妻奴。"

熊伊凡坐在车里,手中一直在摆弄手机,以此来伪装自己的不安。

车窗外的景物飞速掠过,越来越高的大厦,让人在街道抬头都无法看到太阳。楼与楼之间的空隙越来越小,街道上的行人越来越多,大家行色匆匆,忙忙碌碌,甚至没有人愿意停下脚步。

驾驶座上的男人一样沉默,他看着路面上的情况,只要有缝隙就会尽可能地超车,就好像有天大的急事需要赶时间,结果,他却连要去的目的地都没有,只是在城市之间绕圈子。

他跟熊伊凡有着相似的眉眼轮廓,不过仔细看,会发现他比熊伊凡白皙一些,线条清晰一些,这也使得熊伊凡作为女生不太好看的容貌,到了男生那边,还是一名俊朗的男生。

他的唇紧抿着,生怕自己说错话似的,偏偏什么话也没开口说。

良久,他才突然开口:"那个男人去世了。"

"哦……"熊伊凡应了一声,并不惊讶。那个男人比母亲大了二十岁,且有着颇为怪异的性格,不然也不会以富翁的身份,闹得众叛亲离。母亲跟他在一起,也不容易。

"你大学毕业后可以来我的公司,我给你安排一个职位,薪水再议。"轩说出来的话带着一股子公式化的冷酷无情,根本不像对自己妹妹说话的口吻,使得熊伊凡心里一阵难受。

她摇了摇头，随后笑道："不了，如果让爸爸知道我也借助那个男人的力量的话，他会伤心的。我觉得，能看到爸爸每天过得充实快乐，比攀龙附凤来得幸福。不过，在听到你说那个男人去世了，我还是小小地松了一口气。原谅我的自私吧，我竟然在感叹，是不是以后就能叫你哥哥了……"

轩的表情当即一僵，随后掉转车头，进了一处地下停车场，跑车压过减速带发出轰隆隆的声响，随后入目的是宽阔的停车场。昏黄的灯光之下，车子在一处车位停稳，轩突兀地伏在了方向盘上，肩膀微微颤抖。

"爸……他还好吗？"就连声音也哽咽了。

"挺好的，前几天还跟我打电话嚷嚷，说我耽误他找女朋友了呢！"

"可以叫我哥了，可以了……可是我不知道我还配不配当你的哥哥。居然为了等这个男人的财产，跟你们冷漠相对了这么多年，我真的是……没脸见你们。"

熊伊凡无力地靠着车窗，没一会儿也跟着哽咽起来，抬起手来擦了擦眼泪，看着车窗上映出来的自己，那女孩儿的脸上似乎是挂着车窗上的露珠而已，因为那一张在笑的脸，不该流泪。

两人没有热络地聊天，反而有着不熟悉的拘谨，他们明明是兄妹，却没有任何亲昵的模样。

这样的情景，让人瞧了心疼。

如果轩不在意她，也不会总在打听她的消息，然后尽可能地帮她。也不会寄给熊伊凡那些东西，让她不至于在大学用着旧手机被人嘲笑。而熊伊凡，如果不在意轩，也不会动不动就发短信给他，想要唤回一点儿熟悉感，或者是在哥哥那边有些许存在感。

她根本不需要那些奢华的物质，看起来就好似活生生的讽刺，她只想要亲人之间的关怀。

"哥,我交了男朋友,他对我挺好的,虽然性格别别扭扭的,但是他在努力学习着如何才能以最好的姿态珍惜我。我在他心里有很重要的位置,我也很爱他,如果有机会,你们见一面吧,毕竟都是我最亲近的人。"

"嗯,好。"

"可我对哥哥的情况一无所知,你说这是不是很不公平?"

轩这才笑了起来,擦了擦眼泪,轻咳了一声,开始讲述关于自己的事情。

他还是单身,或许是因为家里的压迫,或许是他心情一直不是很好,以至于一直没有交女朋友,因为他的继父就连他的择偶权都想控制。轩不想被继父安排女朋友,这样他一定会更加难受。他目前接手了继父的公司,旗下产业做得很大,算得上是一笔极为可观的遗产。

至于轩本人,他现在正在读研,同时开始慢慢地接手整个公司,每天都很忙碌,今天也是抽空过来见熊伊凡的。

之后两人去了一家餐厅,面对面坐在一起吃饭。熊伊凡用不惯刀叉,轩便耐心地教她,同时问:"你男朋友都不带你吃西餐的吗?"

"自从上一次我们去吃牛排,我用刀把盘子都切碎了后,他就再也不带我来西餐厅了,每次都只带我去快餐店,可过分了。"

轩愣了一下,随后爆笑,见引来了周围的奇异目光,这才收敛了笑容,摆了摆手:"我理解他。"

"哥,你不能没跟他见面,就跟他站在同一阵营了啊!"

"他是学什么专业的啊?"

"经济学。"

"家里条件怎么样?"

"他妈妈自己开了一家美容院,属于连锁的那种店铺,也会做整容手术。他爸爸是一家贸易公司的主管,听说生意不错,经常不回家。"

轩点了点头,似乎对颜柯家里的条件还挺满意的。其实他见过颜柯几次,只是都没有露面而已,当时他还挺感叹的,自己的妹妹好能耐,能交到这么帅的男朋友,还能将男朋友看得牢牢的,就算是被女生搭讪,也回绝得不留任何情面。

他哪里知道,自己妹妹最初与颜柯搭话的时候,也被回绝得不留任何情面。

熊伊凡回到家已经是晚上十一点多了,进门就看到颜柯正坐在沙发上打盹儿,手里还抓着手机,似乎是在等谁的电话。他面前放着笔记本电脑,此时已经黑屏了,也不知多久没有去碰了。

熊伊凡整理了一下东西,便走过去准备叫醒他,迟疑了片刻,最后还是选择不打扰颜柯睡觉,伸出手一个公主抱将人抱了起来,准备将他送到卧室去。一向浅眠的颜柯当即被吓醒了,睁开眼睛看到两人的状态,当即大喝了一声:"熊伊凡,你把我放下来!"

一听颜柯叫她的全名,她就心虚,当即将颜柯重新放回到沙发上。

颜柯调整了一番姿势,才去看时间,随后拍了拍身边的位置:"坐下。"

熊伊凡规规矩矩地坐下。

颜柯打了一个哈欠,又揉了揉眼睛,突然跷起二郎腿,一副大爷的模样问道:"说说是怎么一回事吧。"

每每颜柯露出这样的姿态,就证明某人如果不给出一个良好的解释,这事就不容易过关。至于颜柯惩治她的方法,并不需要跪搓衣板什么的,只需要不理她、冷战,她就会乖乖投降了。

熊伊凡调整了一下面部表情,确定自己足够沉稳,且没有什么猥琐的神情后,才开始述说今天的事情。跟丁茗说的差不多,只是多了些许后续内容而已,让一部亲情狗血剧有了像模像样的结局。

颜柯听了,点了点头,随后伸手将熊伊凡抱在了怀里,用手一下一下地摸着她的后背,似乎是在无声地安抚她的情绪。他的怀里很暖,他的身体并不健壮,却能够保证拥抱她时,让她有充分的安全感。

"以后无论是什么样的事情,都要跟我说好吗?我给你一辈子的时间,愿意当你的听众,听你所有的烦恼与忧愁,只要你愿意,我就会坐下来听你说,为你参谋。或许你觉得这种事情是家里丢人的事情,不想说出来被人取笑,可是你忘记了,我是你的男人,要陪你一辈子的人,如果我连安慰你这样的小事都做不了,我还有什么资格站在你身边,做你的另外一半?"

颜柯说得温情,声音很低很柔,配合着他带有磁性的声线,在熊伊凡耳边回绕的时候,就好似舒缓的琴曲,让她自然而然地安静了下来。

她在颜柯怀里点了点头,同样抱紧了他:"是我不好。"

"这世间形形色色的人太多了,有时候觉得,自己的认知简直太局限了,偶尔看到网上的消息,都会觉得大跌眼镜。我们身边充斥着这样的人,我们管不了他们,因为他们都有自己的想法,我们努力地做好自己,才是最根本的。"

颜柯生活在互相攀比的环境之中,亲属们势利,戴着有色眼镜看人,他们喜欢嘲讽其他人来抬高自己。颜柯就曾经太在意这些人,将自己逼入了一个死胡同,只能压迫自己,让自己变得更加优秀,最后造成了这种不善交际的性格。

熊伊凡跟他生活在不同的境地,她身边一派和谐,所以造成了这样喜欢照顾人和大大咧咧的个性。可是她的家人向往更好的生活,自身努力不上去,便借助别人的力量。都是通往成功的道路,只是途径不同而已。有些被人敬佩,有些让人不齿,可最终的结果是一样的,走捷径的人显然更省力一些,只要不在意周遭的眼光,他们一样是成

功的人。

而他们两个，只能尽可能地做好自己，这样才能够不放弃尊严，坦荡地继续享受属于他们的小幸福。

关于日后的抉择，两人都十分分明。

熊伊凡早早就奋斗在了招聘会的现场，将颜柯帮她整理好的档案以发传单的方式送了出去，只等着有公司联系她上班。功夫不负有心人，她找到了一家不错的私企，做了HR，主要负责项目招聘新员工，以及一些琐碎的工作。大到去寻找合适的新写字间更换工作场所，小到每天去厕所更换手纸。她一向有着很好的亲和力，又能吃苦，以至于做得风生水起，公司破例让她一个月就转正了，每个月有三千多元的工资，熊伊凡还挺满足的。

颜柯则是考研，整日在家里奋斗着，结果又一次混到了保送硕博连读的名额，让熊伊凡大跌眼镜，心说长相好，脑袋聪明，就算说话不招人听，也是很招老师喜欢的啊。

之后的日子，颜柯渐渐不再向家里要钱，开始四处帮人修改毕业论文，每个月的收入要比熊伊凡的高出几倍。最可恨的是，颜柯还总是大言不惭："我写这么多份论文大纲，从来就没有重样的。"

"我每天都会从不同的角度鄙视你，也从来没重样过。"熊伊凡表示不服，她每天忙前忙后，累得脚前后脑勺，结果颜柯敲敲键盘，轻轻松松就能够超过她，她当然不高兴！

结果，熊伊凡的一句话，引得颜柯对她进行了一晚上的思想教育。告诉她什么叫共产主义，什么叫有福同享，什么叫夫妻同心，还逼着她说出她每天是以什么角度来鄙视自己的，少于三十条，晚上就不许睡觉。可怜的熊伊凡只能冥思苦想了一晚上，重复了三次"不洗袜子"这一条，才算勉强过关。

不过,颜柯还是好几天不理她,毕竟被一下子说了二十多条缺点,颜柯还是有些不开心的。

熊伊凡这才意识到,颜柯还真是小心眼儿,结果颜柯还理直气壮:"让你说你就说啊,你傻啊!"

熊伊凡彻底无奈了,只觉得这位少爷越来越不好伺候了。

诸如此类的小磕绊还有很多,有时只是鸡毛蒜皮的小事,小吵怡情,就好像平静的海面是无法航行的一般。

熊伊凡二十三岁生日那天,颜柯再一次邀请她去了西餐厅。

熊伊凡看到餐厅的宣传单就胆怯了,在这里吃一顿饭的钱堪比她一个月的工资,当即将颜柯强拉硬拽着去了小吃一条街,在路边摊买臭豆腐吃。

颜柯很无奈,一再强调:"我已经订了位置,不去就可惜了。"

"不去不去,太贵了。我说我的大少爷,你怎么到现在还这么乱花钱啊?咱俩是要在一起过日子的,而不是凑到一块儿炫富的好吗?"说着,还跟颜柯递了个眼神,一副"我帮你省钱,够意思吧"的表情。

颜柯气鼓鼓地跟着熊伊凡在小吃一条街逛游,看着熊伊凡胃口不错地吃了一个卷饼,又买了份炒冷面,最后还去了烤鱿鱼的摊子,一口气要了十个鱿鱼串。

"你要不要吃点别的,比如冰激凌什么的?"颜柯提议。

"你疯了啊!这么冷的天,吃那玩意儿?"

颜柯沉默了好一会儿,都快被熊伊凡气得翻白眼了,最后干脆问烤鱿鱼的师傅:"师傅,能帮我把这个钻戒串在串上吗?"

师傅一看就乐了,连连摆手:"不成啊,你那钻石一碰我这铁板就融化了,不成。"

熊伊凡直勾勾地盯着颜柯从口袋里取出的戒指盒,重重地吞了一口唾沫,看着自己手里的臭豆腐盒子,当即颤颤巍巍地开口:"我这里还有个臭豆腐碗,要不你放这里?早知道我就少要点儿臭酱了!"

颜柯嫌弃地看着熊伊凡手里的臭豆腐碗,又将戒指揣在了口袋里面,生着闷气地开口:"我写了几十份论文才买下来的,谁要放在那里面!"

豪放如熊伊凡,当即将自己手上的手套拽了下来,把手伸过去,戳了戳颜柯的身体,示意着让他帮自己戴在手上。颜柯撇了撇嘴,还是有点儿不乐意,谁知,小吃街上居然响起了一阵掌声,还有喜欢凑热闹的男生开始吹口哨,弄得颜柯身体越来越僵。

熊伊凡再次凑到了颜柯身边,用一种鼓励的眼神看着颜柯,气得颜柯直骂:"把你那种恶心的眼神给我收回去!"

不过,他还是将戒指拿了出来,小心翼翼地戴在了熊伊凡的手指上。看着正合适的大小,释然地一笑,却被熊伊凡粗鲁地捧住了脑袋,在他嘴上"啾"地就是一口,还带着一股子臭豆腐味。待他回神,就看到某人站在他面前叉着腰仰天长啸:"老娘总算把你拿下了,哈哈哈哈!"

震耳欲聋的豪放笑声让颜柯哭笑不得,觉得有些丢人,干脆单手掩面,仔细看会发现,他嘴角绽放的弧度,却是最为幸福的微笑。

天空又下起了雪,就好像从天际悬挂下来的珠帘,软绵绵的雪洋洋洒洒,飘散在世界每一个角落。

踏着松软的积雪,在上面留下两排脚印,一个脚大一些,一个脚小一些,两排脚印紧挨着,证明他们是牵着手走过的。

仅仅如此,就能瞧出两人是深爱着、深爱着对方的。

那样爱着。

| 番外一 |

或许，相遇就是一场上天注定的浩劫。

明西玥对着镜子，整理了一番领口的蝴蝶结，确定形象还可以，才走出更衣室。这是她在餐厅打工时要穿的工作服，还是男款的衣服。

这里是一家国际知名的饭店，装修豪华，有著名的钢琴师、小提琴大师、歌唱家在这里助兴表演，里面的东西更是贵得要命。明西玥应聘到这里颇为周折，还是靠朋友推荐才进来的，因为这里需要大学文凭与英语四级水平，她大学尚未毕业，险些被拒之门外。

在这里打工并不累，因为来的人不多，而且来人大多高雅，并没有多少难缠的顾客。而且，这里允许服务员收取小费，往往一笔小费要比一个月的工资还多，这才让这里的工作岗位十分难得。

明西玥一般是穿男服务员的衣服，因为女服务员的统一形象需要盘头，她一头短发很是碍眼。不过，这并不影响她在这家西餐厅的地位，因为她这样的外形十分受欢迎，喜欢与她亲近的女生很多，且大多是一些富家小姐，还叫来不少女伴围观她。明西玥还被评为史上最帅女服务员，很快成了这里的一棵摇钱树。

奶奶说她是女生男相，一个女孩子，身高长到177cm也就罢了，偏生得比男生都帅，她索性就大大咧咧做了假小子。到了大学三年级

依旧没谈过恋爱，哥们儿却是一堆一堆的。身边资源很多，可惜都对她不来电，她也不在意，这事也就一直拖了下去。

她之所以来这里打工，是因为一个人，一个她喜欢的人——薛阳。

她喜欢薛阳，从很小很小的时候就喜欢。

薛阳喜欢杜梦瑶，喜欢得比明西玥还早，这让她痛恨自己为何不能早些认识薛阳。

记忆里，他们的初遇是在七八岁的年纪。

那一年，她父母以外地人的身份，在A市寸土寸金的地段买了一栋二手别墅，一家人搬进去，却总有一个男孩子到她家里来闹，说他们占了他朋友的房子。明西玥与他年龄相仿，跑去告诉他，这栋房子是他们买的，之前的那家人已经搬走了。

小男孩气鼓鼓地瞪了明西玥一眼，扭头跑了，进了隔壁别墅的院子。

后来，她知道小男孩叫薛阳，住在隔壁，与她同岁。她转学到了他所在的学校，他在隔壁班。两人上学时总会碰到，久而久之，没有了之前的误会，成了朋友。

薛阳告诉她，那栋房子曾经住着的一家人中，有他喜欢的女孩子，而那个女孩子就是杜梦瑶，两人是青梅竹马，一起长大，关系十分要好。

后来明西玥从父母口中得知，杜梦瑶家里破产了，欠了很多债务，没办法才卖掉了房子，他们能够低价买来这栋房子，其实也是占了便宜的。

不过薛阳与杜梦瑶没有断了联系，杜梦瑶时不时还会来找薛阳玩。明西玥曾经远远地看过那个女孩子，长长的头发，水汪汪的大眼睛，穿着公主裙，就好似一个精致的洋娃娃，十分可爱。

不像她是个假小子。

薛阳曾经试图叫明西玥与杜梦瑶一同玩耍，可惜杜梦瑶并不喜欢明西玥，明确地表示不想跟她一起玩。薛阳劝了几句，随后表示："暖暖，要不你先回家去吧，等瑶瑶走了，我去找你玩。"

暖暖是她的闺名，只有亲近的人才如此叫她。

这是薛阳的决定，后来成了规定，只要杜梦瑶出现，明西玥都得回避，必须将薛阳让给杜梦瑶，无论她与薛阳之间到底有没有重要的事情，都是如此。

后来，也就习以为常了。

进入大学之后，薛阳与杜梦瑶成了男女朋友的关系。杜梦瑶家中情况仍未好转，一家人都是大富大贵过来的，突兀地成了穷人，一时间还不能很好地接受。那种花销无度的习惯未改，一心以为能够咸鱼翻身，却只是一次次摔得越来越惨。

杜梦瑶需要钱，就会向薛阳索要。薛阳真心爱她，所以会尽可能地帮助她。可惜，薛阳家里并不喜欢杜梦瑶，甚至讨厌杜家一家人，觉得这一家人就好似扶不起的烂泥，而杜梦瑶更像是薛阳身上的寄生虫，令人作呕。所以他们封锁了薛阳的经济来源，薛阳没办法，只好来求明西玥。

明西玥先给了薛阳自己所有的存款，后来还卖了自己的车，可是杜家人的胃口就像无底洞，永无填满之日。明西玥见不得薛阳忧愁，放弃了大小姐的架子，不要面子地找关系，找到了这份西餐厅的工作，然后，将自己的全部工资交给薛阳。

熊伊凡知晓之后骂明西玥榆木脑袋，有脑子就该劝薛阳放弃杜梦瑶，就算明西玥不能得到薛阳，也不能让薛阳再与杜梦瑶耗下去，耽误了一个大好男人。薛阳那么帅，想找什么样的女人找不到，何必与杜梦瑶那个贪得无厌的女人在一起？明西玥再怎么说也是一名千金大小姐，竟然为了养活别人的女朋友去打工，而那个真正的落魄户的女儿，

却理所应当地用着别人的血汗钱,被捧着宠着做公主,这究竟是什么道理?

明西玥不是不清楚,只是她狠不下心来。她至今还记得,大二那一年的春节,薛阳喝醉了酒,蹲在雪地之中哭得惨绝人寰,他说:"我知道瑶瑶应该改掉娇生惯养的毛病,踏踏实实地过日子,可是我就是看不得她吃苦,我真的爱她,我能怎么办?我该怎么办?我爱她,这么多年了……都只爱她!"

明西玥陪着他哭,觉得自己哭得上气不接下气,比薛阳都悲伤。她又何尝不是呢,她知晓薛阳这么做不对,却看不得他难过,她就是爱他,爱了这么多年,她能怎么办呢?

她在薛阳心中有一席之地,可惜定位只是朋友。年华匆匆地过去,他们都失去了一颗真心,给了不该给的人,覆水难收。

她追赶了他许多年,难以进入他的眼眸深处,最后只能拥抱他相片之中的身影。她不知道要为自己这一份暗恋,再荒废几多青春。

以朋友之名,永无分手之日。

今天的明西玥因为得了感冒,所以大堂经理安排她去后勤工作,以免将病传染给客人,或者是耽误了工作。这也算是特别照顾了,毕竟这种高档的餐厅,不允许出现任何闪失,随便招惹一位客人,恐怕都会是有头有脸的人物。

她拖着黑色的垃圾袋,将垃圾丢进室外的垃圾桶里面,又打扫了一下垃圾桶边的卫生。

很快,她就注意到不远处有一辆轿车停下,熄了火。那个地点是不允许停车的,因为停在那里,会影响地下停车场出来的车辆通行。

她快速走过去,想让车主将车移动一下位置。在她伸出手,想要敲车窗的时候,并未关严的车窗缝隙之中,看到了春光旖旎的景象,她身体当即一僵,迟疑了一番,还是退开,快速地进入西餐厅的后门,躲得极为利索。

这种不雅的事情,难道不知道找个低调点儿的地方吗?

她送第二趟垃圾出来的时候,那辆高档轿车之中走出来一个人,他发丝略显散乱,下巴有些许胡楂,却让这个男人更为狂野、有型。他身上的衬衫只系了一颗纽扣,裤子却穿得整整齐齐。看到明西玥,他大步流星地走过来,凭借昏暗的灯光,明西玥可以清楚地看到男人胸口结实的肌肉,与衬衫难以遮挡的腹肌。

他走到明西玥面前站定,手中拎着一个小的塑料袋,开口问她:"用过的套套扔哪里?"

明西玥嘴角一抽,有点儿不想理他。

不过,出于服务员的素质,她还是开口:"扔到不可回收的桶里就可以了。"

听到她的声音,男人一怔,随后多打量了她两眼。

她并不理他,继续搬运垃圾,将黑色的垃圾袋扔进桶里。行动间,露出了她手腕上的手表,引得男人轻声"咦"了一声。

"您还有什么问题吗?"她问。

男人摸着自己的下巴,很有内涵地笑了起来,扭头看了一眼这间西餐厅,问道:"你在这里打工?"

"如你所见。"

"一直都是晚班吗?"

"……"明西玥没再回答,对男人点了点头,便转身进了后门。

谁知,她却被男人叫住:"你等一下,我有些口渴,帮我来一瓶红酒吧。"他说着,取出一张卡,递给了明西玥,"我告诉你密码。"

在她回身的时候,他的眼睛直直盯向她胸前的名字牌,看清上面的名字,脸上闪过一丝阴冷的笑,却因为他站在阴面,明西玥的双眸

未能捕捉到。

"对不起，我们这里有规定，不能接手这个，如若您有需要，可以进去点餐，或者是打电话叫外卖。"

男人露出了遗憾的表情，点了点头，便迈着懒散的步伐回到了车上，谁知，明西玥竟然追了过来。

"先生，请您将车挪一挪，这里禁止停车，谢谢配合。"她说完，快速离开，根本就不准备监督男人有没有将车开走，避他如蛇蝎。

男人一直瞧了她许久，才笑眯眯地听从了她说的话。

明西玥并不知晓，自己会因此被这个男人缠上，而且，正是这个男人，让她忘却了薛阳。

她曾觉得，深爱一个人，就是一场万劫不复。

这个名叫翁璟城的男人，带她走出了一场万劫不复，却用温柔的姿态，邀请她进入了属于他的万劫不复之中，难以脱身。

或许，相遇就是一场上天注定的浩劫。

|番外二|

后来，我爱上的女孩儿都像你。

熊伊凡，你知道吗，后来我爱上的女孩儿都像你。

每天每天，我都在暗骂自己：齐小松，你简直就是一个疯子！

第一次注意到你的时候，是在高一军训时。你站在班级末尾，明明是个女孩子，却挺立得跟标枪一样直。在长距离越野的时候，女生们因为身体状况跟不上队伍，教官说了她们几句娇气，你居然被气得哆嗦，与教官顶嘴，然后代替那些女生将剩下的距离全跑了。

炎热的中午，太阳前像放了一个放大镜，让太阳冒出火来。其他班的学生都去吃饭了，只有我们班的学生站在烈日下，看着你一圈一圈地跑下来。你全程噘着嘴，脸孔阴沉，双眸之中还噙着眼泪。

那时我就在想，天哪，这女生简直就是个爱管闲事的疯子。

可惜，我错了，从那以后，全班的女生都喜欢围着你转悠，你有了极好的人缘，就算是班级里有一个长得跟朵花似的唐糖，都没有你受欢迎。

开学之后，我们两个都成了体育委员，你是因为人缘好，还是体校毕业的，我则是因为身高。

在筹办运动会的时候，我们俩留在了学校，走得很晚。那时学校只有体育场，没有座席，需要学生搬着椅子去体育场，你一个人在操场上将班里所有人的椅子摆整齐。这时下了雨，你跑到学校外面，不知道从哪里借来了大大的塑料棚子，将班级所有的椅子盖上，让我们班成了全校唯一一个幸免于难的班级。

那天我没有带伞，离开的时候你跟我搭乘同一辆公交车，撑着伞，将我送到了家，我才知道你家住在城市的另外一边。然后你在漆黑的夜里离开了，走得毅然决然，没有任何害怕。那时我还在想，这女生喜欢我吧，不然怎么会特意送我回来。

后来我知道我又错了，你不喜欢我，从来没喜欢过我。

我呢，却这样喜欢上你了，完全控制不住。

你那么爱笑，一笑就停不下来，笑声很有穿透力，一听就知道是你。

你总是愿意帮助人，完全不在意辛苦不辛苦，你就像女生们的卫士一样，她们受欺负了，你比谁都生气。

你每天都那么有精神，好似有用不完的力气，大扫除的时候你总是一个人承担所有的重活儿，帮所有的女生换水。女生们不爱用手去拧的拖布，你挽起袖子，蹲在桶边便徒手去弄，脸上依旧能够灿烂地微笑。那时我总会很生气，开始充当黑脸，在一侧叉着腰嚷嚷："这些破活儿你们自己弄去，别把我家小熊累坏了。"

同学们开始起哄，你也没有在意，只是笑得像个太阳。

后来，你热衷于帮助一个人，在男生的分担区帮助颜柯扫除，他总是双手环胸地站在一侧看着你干得一头大汗，有一搭没一搭地与你说话，你呢，没出息得好似能与他说一会儿话，再累也无所谓。

那个时候我就开始觉得你傻透了！

可是我不得不承认，我心里是那样嫉妒。

你终于亲口说了你喜欢颜柯，然后接了他的电话决然离去，我觉得我受了伤，转手却伤害了喜欢我的女生。我们都是那么无情，我们心里只有自己爱着的那个人，自私得可以。然后我开始理解你，因为我们都是一个德行。

颜柯突然来了我们班，我是那样容不下他。可他并不是个坏人，只是得到了你的喜欢，又得了我妹妹的喜欢，他本身没有做错什么。

在跟他同一个寝室的时候，越是与他相处久了，越是讨厌不起来他，因为熟悉之后，他这个人并不讨厌，反而有点儿招人喜欢。他曾经盘着腿给全体男生开会，给他们做考前辅导，将他们喜欢的女生数落得一文不值，并且告诉他们高考成功之后，到了大学才能找到高水准的女朋友，还能光明正大地开房，理所当然地牵手。

高考前几天，有人在寝室里面问颜柯："那么多女生追你，你如果真的答应其中一个，你会选谁？"

颜柯拄着下巴继续看书，嘴巴里面蹦豆子一样回答："熊伊凡。"

几乎是一瞬间，全部男生都看向我，我却只能当成是没听见，继续躺在床上听复读机。我有些弄不清，高考失利，是不是因为他当时那一句话。

我一直觉得，以我的条件足以配上你，却发现，你爱上了更优秀的颜柯。我固执地认为，你一定会被颜柯拒绝得毫无余地，大学会让颜柯花了眼睛，平凡的你难以入他的双眼。

可是，我还是看到了你们甜蜜的样子。

元旦的聚会，我想去你家里接你，顺便再次跟你表白我的心意，却在车站看到了相拥的你们。你将头埋在颜柯怀里，颜柯眯缝着眼睛笑得那么甜蜜。为你挡风的样子，竟然比你当年照顾他时更为小心翼翼。他把你抱在怀里，恨不得让别人都看不到你，那样你就是他一个人的宝贝，他能一个人独自占有。

那个时候我突然醒悟,你那么好,颜柯有什么理由不喜欢你?

我那么爱你,别人也有可能一样爱你。你不是我的专利,爱你也不是我一个人可以做的事情。

颜柯占有欲那么强,或许当年高考之前的回答,就是一句示威,只是我一直没有自信应战罢了。

我落荒而逃,决定徒步走回家去,跨越了大半座城市,寒冷的风足以让我的脑袋清醒。那天晚上,你曾打电话给我,我却发现,此时最不想接到的就是你的电话,我只能说我不想去,心中却说我不想看到你们。

是的,不想看到你们。

我爱你,爱到不想从你口中听到他的名字,爱到不想看到你的眼神在他身上游走,爱到无法容忍你们生活在同一座城市,爱到心如刀割,梦也会痛。

后来我喜欢坚强的女孩子,寂寞的时候也不会用眼泪来讨要拥抱。她们不会想要占小便宜,不会无理取闹,甚至不会撒娇。委屈了只会表情僵硬片刻,然后再次扬起微笑。快乐了,就咧开嘴放肆地微笑。

后来我喜欢留短发的女孩子,干净利落,跑步的时候风会扬起她的头发,看起来就好似软绵绵的轻纱。有时头帘盖住眼睛,还会流露出不经意的帅气。想闹的时候尽可能地疯,想发怒的时候抓乱自己的头发,不在意自己会不会像一个疯子。

后来我喜欢脾气很好的女孩子,生气的时候不会大吵大闹,反而有些沉默。她很理智,也不会轻易认错,有时还会倔强地仰起头,强忍泪水。

后来我发现,原来我最喜欢的还是你,你就是我寻找女友的标准,越像你的女孩子,我越喜欢。我知道这对后来的女朋友很不公平,可是我控制不住,谁让我先爱上了你?

突然开始受欢迎,是因为网上流行最萌身高差,以至于不少女生愿意追在我屁股后跑。这使得我总想起你曾经的抱怨,说跟我在一起,会严重影响你的颈椎。颜柯比我矮半头多,那才是你喜欢的身高,不是吗?

我试着找了女朋友,可惜,她们都不是你,我也没有那么多的容忍与爱,分手就是必然发生的事情。

我多想世间还有另外一个你,而那个你,好巧也会喜欢上我。

明天你就要嫁给颜柯了。

明天,我会做他的伴郎,穿着西装,跟你站在同一片红地毯上。最后的合影,你会穿着婚纱,我也穿着礼服,看起来,就好像一同结婚一样。

爱了你八年,好似一转眼间的事情。

我会一直爱,即使寂寞铺成海。

明天你就要成为颜柯的妻子了。

就让我在这一天,放弃男人该有的尊严,卸下肩膀上的负担,放肆地,哭个痛快……

| 番外三 |

真正的闺蜜，不会睡好友的男人，甚至不会与喜欢好友的人在一起。

大学毕业之后，丁茗开始被家里安排着去相亲，生怕她成了剩女。丁茗觉得不胜其扰，毕竟工作还没稳定下来呢，着急找什么男朋友啊？

渐渐地，她才发现，原来，工作稳定下来了，反而不容易找男朋友了。

工作环境中的男人大多太老，或者已婚，难得同龄的，还笨手笨脚。每天生活在一个固定的范围，放眼望去，觉得身边的男人都是好人，却并不是适合自己的人。

生活在这样五光十色的城市之中，谁敢保证自己沾不上一点儿缤纷，只是心空了，麻木了，反而觉得恋爱是一种累赘了。

节日里形单影只的时候，丁茗也会觉得难过，却依旧享受自己的生活，继续喜欢着那个从来不曾喜欢自己的人，感谢他，一直在她心里，陪伴她度过整个青春。

等到熊伊凡都开始张罗结婚了，她还是独身一人，老树未曾开花，初恋都还没谈过。

丁茗是熊伊凡结婚时的伴娘之一，不过熊伊凡不太乐意，尤其是伴娘之中还有唐糖、齐子涵等美女。可惜，熊伊凡在她所有的朋友之中寻找了个遍，最后还是妥协了，原因很简单，因为她的朋友都长得比她好看一些，与其找配合度不高的，还不如找关系比较好的。

明西玥跟熊伊凡关系好，却当了伴郎。

任由颜柯脸黑不止，伴郎还有齐小松、白语泽，这两个男人还真是与熊伊凡一块儿走上红毯了，只是新郎不是他们。

丁茗原本以为，齐小松不会答应，结果他真的来了，全程嘻嘻哈哈的，好似任何问题都没有，中途还跟她聊天。

"我三个月前跟女朋友分手了，正伤心着呢！"齐小松说着还活动了一下脖子，骨骼发出噼啪的声音，和高中的时候一样，总是老实不下来。

只不过，她看得出来，齐小松沉稳了许多。依旧是一头短发，没有了之前的长头帘，干净利落，身上的衣服也是浅灰色的T恤，得体的牛仔裤。他气质内敛了许多，透着一股成熟，脸上的痘痘没有了，帅气了些，到底还是长大了。

这些年，又有谁是在静止不前呢？

"听说你在大学里面很受欢迎，恭喜咯。"

"嗯，女生们都喜欢个子高的男生，说什么最萌身高差。身高一米五的女生总缠着我，我却总怕绊了脚。"

丁茗听了咯咯笑，就看到齐小松凑了过来，眼巴巴地看着她："你怎么这么多年都没找男朋友，不会一直在等我吧？要不然咱俩凑合一下？"

"不要。"丁茗拒绝得很痛快，没有任何犹豫。

齐小松扬眉，也不觉得尴尬，点了点头才道："看来是我一厢情愿了。"

"你不是一厢情愿，我的确单恋了你八年。"丁茗说着，就好似说起一件小事情而已，根本不在意那"八年"的震撼力。

齐小松的身体一僵，半晌没有开口。他完全没想到丁茗会这么坦然地承认，还一副浑不在意的模样。

"可是我不会跟你在一起，凑合也不行。我不想做能够让你继续出现在小熊身边的借口，也不想嫉妒小熊一辈子，我宁愿保持现状，这样我心里还舒服点儿。"

齐小松愣愣地看着她，随后扯着嘴角苦笑。他单手捂着脸，没一会儿就笑不出来了，他觉得自己卑鄙透了。

"瞒不过你啊……"齐小松叹了一句，让丁茗久久无语。

其实，有些人，不爱就是不爱，凑合不来，如何努力争取也是徒劳，受了伤也是自己活该。

丁茗一直是一个理智的女生，不属于她的，她从不勉强。勉强得来了，也不快乐。

或许，爱一个人是一种习惯。

还有一种习惯，是习惯了生活之中没有你。

熊伊凡跟颜柯的婚礼在很多人的意料之中，也在意料之外。他们没想到两人会维持这么久，还直接就到了谈婚论嫁的地步。

结婚之前，两人曾经在新房装修好后，请大家到新家里吃饭。他们没想到再次见面的时候，颜柯跟熊伊凡相处得那么融洽。他宠她宠得厉害，恨不得将眼珠子盯在她身上，她去哪里，他就看向哪里。而她看向他的时候，他却别扭地收回目光，看向别处。

颜柯对熊伊凡的喜欢小心翼翼的，生怕被人瞧见了似的。可是那种发自内心的喜欢，是遮掩不住的。

在厨房忙碌期间，颜柯跟着帮忙，却被熊伊凡严厉地制止了："你出去，碍事。"

"我如果想要学习做菜的话，会学得很快的。"颜柯对自己的智商很有信心，所以觉得自己只是不会做菜而已，如果学了，就会是做菜的好手。

"今天没空教你，出去招待大家。"熊伊凡说着，用大拇指向外指，让他出去。

颜柯气鼓鼓地走了出去，原本傲娇的少年竟然被熊伊凡驯服了。

丁茗打从心眼里替熊伊凡觉得高兴，心中一阵羡慕，她一直向往着那份勇敢与执着，幻想着自己如果努力了，能不能也像她这样幸福。可是后来她释然了，因为她爱着的，是痴情的齐小松。

酒足饭饱，熊伊凡开始起哄让丁茗做她的嫂子，且一来了想法就止不住了。丁茗被吵得心烦，当即反驳："你哥哥又不是找不到女朋友，你用得着当媒婆吗？"

颜柯表示赞同："我也不希望丁茗突然成了我的长辈。"

熊伊凡先是不服气地嘟嘴，随后想起什么似的，突然提起："小松不是也单身呢嘛，你们两个在一起呗，挺好的，互相都了解。"

丁茗突然僵了身子，良久才突然起身，走出房间："我去趟厕所。"

熊伊凡见她离开还有些失落，凑过去问颜柯："丁茗和小松不是挺合适吗？"

"你别瞎起哄。"颜柯严厉地拒绝了，然后从桌面上拿起纸抽，送到了洗手间。

丁茗靠着墙壁偷偷地流眼泪，看到颜柯过来为她送纸，不由得感谢地一笑。

"真弄不懂你……"颜柯嘟囔了一句。

"谢谢。"丁茗不接他的话。

"自己的老婆傻，我不能跟着傻吧，她很幸运，能够认识你这样

的闺蜜。"

"能认识她也是我的幸运,她照顾我的时候,比我妈妈还周到。"

"既然不准备跟小松在一起,就试着放下吧,你会有更好的未来。"颜柯说完,便走了出去。

说得容易……

时光如同流窜的逃犯,人们抓不住它,愤恨得咬牙。

时光匆匆,青春已逝,她一直学不会,该如何停止爱齐小松。

婚礼当天,齐小松跟丁茗都是尽职尽责的伴郎伴娘,帮着忙碌了一整天。到了拍照的时间,熊伊凡跟齐小松有机会单独照相。

两人都有些不自然,气氛也很尴尬。齐小松发现了这一点,伸手拍了拍熊伊凡的肩膀,随后张开手臂,摆了一个夸张的姿势:"大鹏展翅。"

熊伊凡看到之后当即忍不住笑了起来,不顾及自己穿的是婚纱,掀起衣摆,便摆了一个姿势:"黑虎掏心。"

周围的老同学想起当年的情景笑成一片,只有丁茗忍不住偷偷流泪。齐小松一直是这样,什么事情都替熊伊凡着想,知道自己表白之后熊伊凡会尴尬,便尽可能地找借口避开她,或者是找一些其他的事情化解尴尬。

他爱熊伊凡那么那么深,她作为一名旁观者,看了那么那么多年,感动了那么那么多年,可这份喜欢,永远不属于自己。

或许,多年之后,丁茗也会和一个男人走上红毯。

这个男人各方面都不优秀,个子不高,也不够痴情;他或许会很温柔,是一个做菜的高手;他工资不高,工作却很稳当;他貌不惊人,说话也不讨人喜欢,声音却柔和动听。

他或许不是最出色的男人,她却愿意嫁给他。

因为她选男人的标准只有一条最为明确:那个男人要很爱她,很爱很爱她。

就好像她深爱着齐小松一样。

|番外四|

初恋了那么、那么多年……

春节假期,熊伊凡突然回了娘家,三天没回来,打电话给她,她仍旧会接听,态度良好,却不肯说回娘家的原因。

颜柯读的是硕博连读,至今仍旧是个学生,只能跟着导师做项目赚钱。他偶尔会去做兼职,到酒店里弹钢琴,每天只需要工作三个小时,收入就十分可观。外加他外形优秀,很得大家的喜欢。他到了那里,还可以当成是在练琴,只不过是换了个环境,穿得正式了些而已。

春节是高峰期,他回家有些晚了,回来就没见到熊伊凡,扑了个空。这让颜柯觉得难以接受,便去追查自己神秘兮兮的母亲。

颜柯生命中最重要的两个女人,脑袋都单纯得要命,想跟她们周旋,根本不是什么费脑子的事情。不过等再见到熊伊凡之后,颜柯还是震惊了!

熊伊凡的脸上缠着绷带,就好像出了什么重大的意外,吓得颜柯心里咯噔一下。仔细一问才知道,是自己的母亲硬拉着她进了家里美容院的手术室,给熊伊凡割了双眼皮,还开了眼角!

熊伊凡扑到颜柯怀里欲哭无泪,难受极了:"小白,妈她是不是嫌我丑啊?她老劝我整容!我……我……呜呜呜……"

"你少让她折腾你！"颜柯气得牙打战，自己的妈对自己的媳妇动了刀子，还是直接往脸上割，他不气就奇怪了！

当年是颜妈妈开导之下，颜柯才弄明白什么是喜欢，渐渐地接纳了熊伊凡。

那个时候，颜妈妈是这样安慰颜柯的："我觉得小熊不错，虽然长得一般了点儿，但是做我们家的媳妇不怕，妈可以帮她整容。"

颜柯当时当颜妈妈是开玩笑，当即问："那我嫌她个子矮呢？"

"个子就不好办了，这手术现在没几个人敢做了。"

颜柯听完直翻白眼。

见熊伊凡的脸被包成了粽子，颜柯第一次跟颜妈妈发了一场火，与之前的小打小闹不同，这次他们吵得颇为厉害，尤其是听说颜妈妈已经为熊伊凡准备好了隆鼻手术，更是气得砸了一套瓷器。

经过这么一闹，颜妈妈终于放弃了劝熊伊凡整容，却开始劝熊伊凡住在婆家，天天帮着家里做菜。颜柯又一次板着脸，狠狠地瞪着母亲，结婚没多久，就让他们夫妻二人分隔两地了？

颜妈妈吓得手抖，还碰倒了空气加湿器，弄了一地的水。

熊伊凡手脚利索地收拾，听到颜妈妈委屈地开口："小熊，碰到我这样的婆婆，让你受累了。"

熊伊凡摇了摇头，笑道："您客气了，如果您不是这样，我也当不了您儿媳妇。"

其实后来有挺多人问熊伊凡，她是如何追到男神的。她自己总结归纳了一下，其实无非死缠烂打、皮糙肉厚、有可取之处、少了作死的矫情。然后，刚巧男神有一个让他深恶痛绝的花瓶妈妈，那样，女汉子追男神这件事情八成是成功的。

追男神，靠的是实力，同样也是运气。

她的男神性格别扭、口是心非，女生们说他是傲娇，熊伊凡却觉得，颜柯就是死要面子活受罪，自己不折腾他一番，他还是之前那副好死不如赖活着的模样。

他毒舌，性格慢热，总会让人第一印象很差，如果不是他自身优秀，怕是也不会有人愿意与他继续亲近。他面容俊朗，钢琴尤其厉害，甚至还会小提琴，做得了学霸，当得了家教，但是，他不会做饭，却十分喜欢甜食。他不喜欢洗袜子，家里的袜子成山一样地买。他走走停停，看多了冷漠的风景。

然后，他遇到了她。

幸好，遇到了她。

她天然呆，性格大大咧咧，样貌平凡皮肤还黑，嗓门很大穿透力很强，能够单手扛起重物，与男生掰腕子都不会输。她很会过日子，会做菜、会做糕点、会做家务，甚至会照顾孩子。但是她功课不好，总觉得以后有了孩子，家里得有一个能辅导功课的。

然后，她遇到了他。

幸好，遇到了他。

在他们情窦初开的年纪相遇了，然后相识、相知、相爱，最后相伴至耄耋之年。

初恋。

该怎样定义这个词呢？

美好、青涩、暧昧、难忘……

命运兜兜转转，每个人都有每个人的故事、每个人的心酸、每个人的心事。

命中注定他们会爱上一个人，或者是许多人。其实后来想想，还是第一份爱最为纯粹。

交往的人多了，就会产生一种比较的心理，前任比较温柔，前前任很会撒娇，这一回的却只爱哭。

分手的次数多了，也会变得麻木，觉得失去一个爱人，是一件无所谓的事情，反正还会再遇到其他人。

经历得多了，会迷失自己的心，最后发现，已经很难再像当初那么深刻地、用力地去爱了。

而他们，却是初恋到老。

有一次，颜柯跟着熊伊凡去参加她的公司聚会，其间有人问起初恋的事情，熊伊凡指着颜柯，笑得一脸甜蜜："他就是我的初恋，我也是他的初恋。"

然后整个公司的人都沸腾了，他们觉得简直是不可思议！

他们眼中的九〇后叛逆、疯狂，甚至有一点儿脑残。可是，他们看到的都是网上的负面消息，八〇后之所以消停，是因为他们成长的年代相机与手机真的不是很普遍，没有曝光的途径，所以他们才幸免于难。

每个年代都充满着不同的人，不能因为几个个例，就否定一个时代的人，或者，否定这个时代的爱情。

事实就是如此，他们死守着这份初恋，从未分开过。

或许，他们根本就没有觉得，两人会分开。

还记得那年，熊伊凡对颜柯一见钟情，跌跌撞撞地去追求，一路被拒绝被冷落，却还是坚持了下来。她不会想到，她追的男神会是她未来的老公，然后一不小心，就白头到老了。

后来想想，原来，他们初恋了那么多年。

那么、那么多年……